根の島　伊東麻紀

旅の始まり

まどろみの中で血の臭いを嗅いだ。悲鳴と怒号と泣き叫ぶ子供たちの声が耳元で生々しく聞こえた。再び、あの場所に引き戻されている。床の上にいくつもの死体が転がっているのが見えた。まだ息のある者は断末魔にうめき、身体を痙攣させている。逃げなければ、今すぐに。自分が標的にされる前に。だが、手足は思うように動かない。冷たい汗にまみれ、叫び声を上げようとしたところで、ようやく目が覚めた。

いつもの悪夢だ。もはや鶫《ツグミ》にとっては馴染み深いものであり、人生の一部になってしまっているとさえ言える。夢は不快で苦痛ではあるものの、現実の肉体を傷つけることはないはずだ。だが、今回に限っては何かがおかしかった。

暖かな毛布にくるまれた腰から下が生温かい液体で粘ついている。血の臭いは現実のものだった。耳元でうめき声がする。一瞬、夢が現実を侵食してきたという不合理な恐怖に駆られたが、意識が覚醒するにつれて、何か異常な気配を肌で感じた。枕元の明かりをつけると、鈍い黄色味を帯びた光が見慣れた自分の部屋を照らし出した。殺風景と呼ぶほかない場所だ。ベッドとテーブルの他にはろくな家具もなく、花一輪、絵や写真の一枚すらない。窓のカーテンは以前の恋人の誰かが見かねて買ってくれたものだが、何年もの間、日の光に晒され、埃にまみれて元の色もわからなくなってしまっていた。

決して貧しいわけではない。市の権力者に側近として仕えて、スュードとしては裕福な部類に入るだろう。単に、物を所有したり、身の回りを飾ったりすることに無関心なだけなのだ。施設育ちのせいで、物に対する執着が薄いのかもしれない。あるいは、それもスュードとしての特性によるものなのか。どうでもいいことだ。どち

らであろうと、大した違いはないのだから。

うめき声は恋人の口から漏れていた。胎児のように丸まった背中が鵜の方に向けられている。

「菘《スズナ》、どうしたんだ」

両脚の間からは、どす黒く見える液体が止めどなく流れ出している。血の臭いの元はそこだった。

「何でもない、何でもないの、大丈夫だから」

かすれた囁きに近い声だった。大丈夫どころではない。菘の顔には血の気がまったくなく、唇までが紙のような色になっている。

「医者を呼んでくる」

「駄目。ママに叱られる」

まともに頭も働かないほど苦痛がひどいのだろう。鵜は毛布をはねのけて立ち上がった。血まみれのパジャマを脱ぎ捨て、昨夜着ていた服をそのまま身につける。きつい汗の臭いが鼻をついたが、そんなことにかまっている場合ではない。

「ここにいて。すぐに戻るから」

この状態で菘が動けるとは思えなかったものの、念のために声をかけておいてから鵜は冷たい夜気の中へ駆け出した。


棗《ナツメ》・Mが鵜の愛人だったのはもう十年近く前のことだ。お互いに納得ずくで別れて何のわだかまりもないつもりだった。とはいえ、歩いて数分の距離に住んでいるのに一度も近況を尋ねなかったのは、我ながらあまりにも冷淡な気がする。いくらかばつの悪い思いを鵜は脇へ押しやった。

医院の裏口を叩くと、すぐに応答があり、扉を開けてくれたのは棗本人だった。

「誰かと思ったら……」

軽く目をみはった顔が昔とまったく変わっていないことに、鵜は軽い衝撃を覚えた。真夜中過ぎだというのに、眠そうにも不機嫌そうにも見えない。寝巻ではなく、普段着らしい短い上着とズボン姿だ。こんな時間までずっと起きていたのだろうか。

「しばらく会わないうちに、ずいぶん大人になったのね」

口元に昔のままの笑みが浮かんだ。昔のまま、鵜を戸口からベッドへ誘うのではないかとさえ思える笑みが。

不本意ながら、心がざわついた。

だが、今はそれどころではないのだ。

「急患なんです。助けてください」

たちまち愛人の笑みは消え、棗の顔には医者らしい威

巌が戻ってきた。

「その人はどこにいるの？」

「わたしの部屋です。出血が……脚の、いえ陰部から出血しているようなんです」

「ちょっと待って」

棗は戸口から引っ込み、建物の奥に向かって何事かを叫んだ。慌ただしい足音がして、若いスュードがこちらへ走ってきた。右手に大きな鞄を下げ、左腕には棗の仕事着らしいガウンをかけている。

「馬車の手配をお願い」

ガウンをはおり、鞄を受け取ると、棗は早口で告げた。

助手は心得顔で頷いて、表口の方へ姿を消した。

「行きましょう。馬車は後から来るわ」

二人は夜の街を駆けた。棗の足取りは戦士にも劣らないほど軽やかで、この人は普段から身体を鍛えているのかと鵺は訝った。

ドアを開けたとたん、むせかえりそうな血の臭いが押し寄せてくる。

「菘！」

まさか。手遅れだったのかとパニックを起こしかけたとき、弱々しいうめき声が聞こえた。


「あなたは外で待っていて」

棗の口調は有無を言わせないほど毅然としたものだった。抗議する暇もなく、鵺は自分の部屋から締め出され、晩秋の夜の中に取り残された。もちろん棗の判断が正しいことはわかっていたものの、寒い上に不安で所在ないのは耐えがたかった。暗幕を広げたような空で星が冷たく輝いていた。

このあたりは共同住宅が密集する一角で、紅娘《コウジョウ》市では中の下といったところだろう。それでも、スュードとしては上等の部類だった。富や権力はすべてフェムのものなのだ。

以前の恋人はみんな鵺より年上だったし、裕福で安定した暮らしをしていた。ベッドの中でも主導権を握り、経験の浅いスュードに未知の快楽を教えてくれた。誕生日や何かの記念日にかこつけては贈られる高価なプレゼントを、鵺は何のこだわりもなく受け取っていた。それが相手にとっては大した負担ではないとわかっていたからだ。一時の情熱が冷めたあとは、どちらもあっさりと関係を終わらせ、あとから面倒が起きることもなかった。

だが、菘は鵺よりずっと年下で、まだ学生だった。ふたりは三か月ほど前、古文書館で出会ったのだ。

古文書館は古い建物だった。失われた時代の末期、人口が激減して多くの施設が荒廃するに任せられた時期にも、少数の篤志家の手で奇跡的に守り抜かれてきた。今では他の都市からも多くの人々が訪れ、学問の聖地のひとつになっている。

あの日、鶫は気の進まない用事で古文書館の館長と面会していた。古い資料を閲覧したいという上司の申し出を館長が拒否したため、説得役を仰せつかったのだが、老館長の頑固さと融通のきかなさときては巨大な岩を相手にしているかのようだった。

渋面で同じ主張を繰り返すばかりのしわがれた声を聞き流しながら、ふとカウンターの奥に目をやると、若いフェムが興味津々でこちらを見つめていた。スュードが古文書館に来ることなど滅多にない。奇異の眼差しを向けられるのはやむを得ないこととはいえ、その視線に嫌悪や侮蔑はこもっていなかった。まるで子供のように純粋な好奇心であふれかえらんばかりに見える。

たぶん、その瞬間に惹かれていたのだ。

結局、何の進展もないまま、鶫は館長との会見を打ち切った。すぐに報告に戻らなければならないことはわかっていたが、上司の反応は察しがつくだけにひたすら気が重かった。

出口へ向かおうとすると、軽い足音が後ろから追ってきた。鶫はわざとゆっくりと振り返った。

菘は学費を稼ぐために古文書館でアルバイトをしていた。成人したスュードを見たことがないので興味があったのだと無邪気そのものの口調で言った。おそらく、鶫が菘に惹かれたように、菘も一目で鶫に惹かれたのだろう。

その無防備なほどの若さに触れ、まだ歓びを知らない身体を自分のものにしたいと思った。スュードがフェムにそんな欲望を抱くのは罪深いことだ。だからこそ、鶫はその誘惑に抵抗できなかったのだ。

闇の彼方から蹄と車輪の音がこちらへ近づいてくる。オレンジ色の明かりの中に、二頭立ての馬車が浮かび上がった。車は通常よりも前後に長く、高さは低めに作られている。病人を寝かせたまま乗せられるようになっているのだ。御者台についているのはさっきの若いスュードだ。鶫の姿を認めると、無表情のまま軽く頷いてよこした。無愛想で非社交的なのはスュードにはよくあることだ。鶫自身、お世辞にも人付き合いのいい方だとは言いがたい。それでも、棗に信頼されている以上、仕事に

関しては有能なのだろう。道路脇に馬車を止めると、助手は御者台から飛び降り、鵺の部屋のドアを叩いた。何か約束事でもあったのか、即座に向こうからドアが開いて棗が顔を覗かせた。

「患者を病院に運ぶわ。あなたも手伝って」

「菘はどうなんです。重症なんですか」

鵺はつい急き込んだ口調で訊いてしまった。

「おそらく子宮外妊娠ね。卵管が破裂してるかどうかは検査しないとわからないけど、緊急手術が必要になると思う」

子宮外妊娠。その言葉が頭の中で意味をなすまでにしばらく時間がかかった。菘が妊娠していたことさえも鵺は知らなかったのだ。

「何も言ってくれなかったんです」

「そうでしょうね。気持ちはわかるわ」

棗はあっさりと言ってのけた。怒りがこみ上げてきた。わかる、とはいったい何がわかるというのか。菘のことを知りもしないくせに。フェムのことがわかるのはフェムだけだとでも言いたいのか。

助手が馬車の後部から担架を下ろそうとしているのに気づいて、鵺はその感情を抑えつけた。今は自分のことにかかずらっている場合ではあるまい。

棗の指示で、鵺と助手は二人がかりで菘の身体をベッドから担架に移した。棗が応急処置をしたらしく、出血はほとんど止まり、顔にもわずかながら赤みが差している。

「ごめんね、鵺」

菘はうっすらと目を開けて弱々しくつぶやいた。

「謝ることなんてないよ。菘は何も悪くないんだから」

「ベッドを汚しちゃった」

唇の端をほんのわずか歪めたのは、笑ったつもりだったのかもしれない。

「どうでもいいよ、そんなことは。先生の言うことを聞いて、早くよくなるんだ」

この状態で、なぜ黙っていたのかと問い詰めるわけにもいかない。菘は小さく頷いて目を閉じた。涙が一筋、頬を伝い落ち、浅い呼吸がそのまま寝息に変わった。

助手が御者台によじ登り、棗と鵺は寝台に固定された菘とともに馬車に収まった。車はゆっくりと動き出した。揺れはほとんど感じられない。患者の身体にできるだけ負荷をかけないように、緩衝材がふんだんに使われているのだろう。

「この子はいくつ？」

「十九歳です」

「まだ学生よね。これはわたしの憶測なんだけど、子種を授かったのは本人じゃなくて母親の意思だったんじゃないかしら」

不意に、鵯は思い当たった。ママに叱られる、とはそういう意味だったにちがいない。

よくある話だ。フェムの中には子供を産み育てること自体を生き甲斐にしている者が少なからずいる。そういう者たちは受胎可能なうちは毎年のように子種を授かろうとし、それが年齢的に限界になってくると、今度は娘に子供を産ませようとする。

「おっしゃる通りだと思います」

「たぶん焦ったのね。悪い噂が流れているようだから」

「というと？」

「近いうちに子種の供給が止まるんじゃないかという の。うちに来ている患者たちからも同じ話を聞いたわ。だから、今のうちに自分の娘だけでも、と思ったんでしょうね。身勝手な考えだけど、あながち非難することもできないわ」

その件についてなら、鵯は棗以上に詳しい事情を知っていた。何しろ、鵯の上司は直接の責任者なのだから。それは市の極秘事項であり、鵯が自分の立場や職務を人前で口にすることは厳しく禁じられていた。

「わたしは本当に何も聞いていなかったんです」

無意識のうちに、恨みがましい口調になっていたらしい。棗は顔を上げ、真正面から鵯の目を覗き込んだ。

「この子を愛してるの？」

とっさに返事ができなかった。

「でも、あなたがこの子を愛してる以上に、この子はあなたを愛してるの。だから言えなかったのよ。もし妊娠したと打ち明けられていたら、あなたはどうしていたかしら」

答えはわかりきっていた。スュードが妊娠したフェムと関係を続けるなど論外だ。これほど不道徳で恥ずべき行為はあるまい。

「別れたくないから黙っていた、と」

「それくらいのことは自分で気づきなさい」

鵯は思わず赤面した。

「この子の連絡先はわかる？」

「電話番号だけなら」

「じゃあ、帰る前に教えてちょうだい」

鶫は抗議しようとして口を開きかけた。

当然ながら、菘に付き添うつもりでいたのだ。せめて手術が終わるまでは。これ以上、関係を続けられないとしても、恋人として最後まで誠実でありたかった。スュードの誠実さなど、世間から見れば何の価値もないのだろうが。

棗は穏やかに鶫を制した。

「いいから聞いて。この子は成人前だから、手術には保護者の同意がいるの。愛人の母親と顔を合わせる度胸はないでしょ。あるとしてもお勧めしないし、もっとはっきり言えば、わたしが迷惑するの。ただでさえ気が動転してる相手の前に、娘の恋人だと名乗って出るつもり？

よけいに話がややこしくなるだけよ。下手をすれば、全部あなたのせいにされかねないわ」

「わたしがスュードだからですね」

「それは関係ない。思いがけない災難に遭うと、誰かを責めたくなるのはよくあることなの。とても理不尽な行動だけどね。そういう患者や家族を何人も見てきたわ。わたしの病院を愁嘆場の舞台にしないでちょうだい」

関係ない、というのは棗の思いやりだろう。スュードと交際することも、スュードを産んでしまうことも、育ちのいいフェムにとっては不名誉で屈辱的なことなのだ。ましてや、娘の秘密の恋人だったなどと知ったら逆上する程度では済まないはずだ。

棗の言っていることは完全に正しいのだが、正しい判断に逆らいたくなるひねくれた気持ちが鶫の中にある。どうせなら、菘の母親に思うさま罵られ、徹底的に人間性を否定されでもすれば、いっそ清々しいとさえ思ってしまうのだ。いつかこのひねくれた性根が自分を破滅させることになるのかもしれない。

それでも、棗に迷惑をかけるわけにはいかないし、権威あるフェムに従うことはもはや本能に近いものになっていた。

馬車が速度を落として止まったのが身体で感じられた。助手が外から扉を開ける。その場に待機していた看護師たちの手で病室に運び込まれる菘を見送ってから、鶫は改めて棗に頭を下げた。

「ありがとうございました。本当に助かりました」

「相変わらず堅苦しいのね。医者は夜中の急患なんて慣れているものよ。いちいち不満に思ってたら、この仕事は勤まらないもの。あの子のことは心配しないで。街一番の名医がついてるんだから。母親にも上手く取り繕っ

ておくわ」

棗は共犯者の笑みを見せた。ほんの一瞬、心が揺れた。快楽を分かち合っていた時間の記憶が生々しく甦った。だが、それはとうに終わったことだった。記憶はあくまで過去のものであり、現在や未来には属していないのだ。


血の臭いの残る寒々とした部屋だけが鵺を待っていた。改めてベッドを検分すると、予想以上の惨状だった。シーツや毛布の汚れはいくら洗っても完全には落ちないだろう。マットレスに染みこんだ大量の血が床にまでしたたり落ちている。まるでベッドの上で豚でも殺したようだ。

どうでもよくはなかったな、と鵺は苦笑する。この後始末をするだけでも一日がかりになりそうだ。今日が非番だったのがせめてもの幸いだった。とにかく洗濯やら掃除やらは夜が明けてからにしよう。今になって、急に疲れが押し寄せてきた。肉体的なものではなく気疲れだろうが。

クローゼットから予備の毛布を引っぱり出すと、鵺はできるだけベッドから離れた床の上で丸くなった。もちろん寝心地は最悪だったが、戦士としての訓練では、地面に直に寝ることさえあるのだ。自分の部屋で寝られるだけ、ありがたく思わなければなるまい。

たぶん菘にはもう会わない方がいいのだ。もちろん、棗は何もかも抜かりなくやってくれて、鵺の存在を母親には隠し通してくれるだろう。だとしても、このまま関係を続けてどうなるというのか。フェムとスュードが伴侶として人生を共にするなどということはあり得ない。今までの恋人たち同様、いつかは終わらせなければならないのは目に見えている。そうとわかっていても、菘のことを考えると胸が痛かった。

夢の中には泣いている菘と声高に自分を責め立てる菘が現れた。鵺はただひたすら詫びていた。いや、自分ではそのつもりだったのだが、どうしても言葉を発することができず、虚しく息をあえがせていた。

浅い眠りは乱暴に扉を叩く音で破られた。色褪せたカーテン越しに、朝の光が部屋中に満ちている。

「ここを開けろ、鵺」

聞き覚えのある声がわめいていた。困惑と同時に怒りが湧いてきた。休みの日に家まで押しかけられる謂われはないはずだ。それ以前に、同僚に住まいを教えた覚えはなかった。

居留守を使うわけにもいかず、鶇はしぶしぶ立ち上がった。

扉を開けると、例によって面白くもなさそうな顔つきの竜胆《リンドウ》が立っていた。灰色の短衣に膝丈のズボン、腰にはナイフを差している。職場からじかに来たのは一目瞭然だった。

「何の用だ。今日は非番だぞ」

あからさまに不機嫌な口調になっているのは自覚していた。

「局長がお呼びだ。急用だそうだ。すぐに行った方がいいぞ」

そういうことか、と鶇は舌打ちしたい気分だった。だが、ここで異議を唱えたところで詮ないことだ。竜胆とて使い走りなどさせられて、いい加減に腹立たしい思いをしているにちがいない。

「わかった。すぐに支度する」

部屋の中を見られないように、視界を遮る位置に立っていたつもりだったのだが、竜胆は予想以上に目ざとかった。ドアを閉めるより早く、同僚は素早く中に滑り込んできた。

「何だ、これは。何があった」

仏頂面が不審の表情に変わるのを見て取って、鶇は苛立った。こんな形で私生活に踏み込まれたくはなかったのに。

「別に人を殺したわけじゃない」

「おまえの冗談は笑えないな」

鶇は無言のまま、身支度を整えた。竜胆と同じような短衣と膝丈のズボンを身につけ、腰にナイフを差す。シャワーを浴びるのは諦めるしかなかった。上司が血の臭いに気づかなければいいのだが。

思いやりなど期待しても無駄なのはわかっていた。深夜だろうと早朝だろうと、あるいは恋人との情事の最中だろうと、呼び出されれば直ちに駆けつけなければならない。それに見合うだけの特権は与えてやっている、というのが上司の言い分だった。たとえ不満があっても、鶇は黙って従うしかない立場だ。

職場へ向かう道々、竜胆はずっと不機嫌だった。もともと感情をほとんど表に出さないたちなのだが、それでも長年のつきあいでその辺のところは察しがつくのだ。

市場へ向かうトラックが傍らを通り過ぎていく。荷台には泥のついたままの野菜や穀物の袋が満載され、生きた鶏の入った籠が無理やり隙間に押し込まれている。

凍った轍にはまって車が揺れるたびに、鶏たちは甲高い抗議の悲鳴を上げる。後ろから軽い足音が近づいてくると同時に、生魚の悪臭が鼻先をかすめていった。スュードの荷運びは力強い足取りで二人を抜き去り、まもなく角を曲がって姿を消した。

行く手に保健局が威圧するようにそびえ立っている。紅娘市では一番高い建物で、失われた時代に造られたとされていた。むしろ、記念碑のようなこの建物のまわりに人が集まって市が築かれたという方が正確なのかもしれない。

「フェムなんかと関わるな。いつか厄介なことになるぞ」

鶇は思わずその場に立ち止まっていた。いつもの竜胆らしくもない台詞だ。いや、考えてみれば、家に押しかけてきた時から様子がおかしかったのだ。寝不足と昨夜の出来事で頭がいっぱいだったせいで、さっきはそこまで気が回らなかったが。

「局長に使い走りをさせられたのが、そんなに気にくわなかったのか」

「局長のことなんかどうでもいい」

吐き捨てるような口調だった。鶇は改めて竜胆の顔を覗き込んだ。フェムかと見紛うほど優しげな目鼻立ちをしているくせに、竜胆が笑うことは滅多になかった。

「どうして、フェムなんかと付き合うんだ。スュードはスュードどうしでつるんでいれば、誰からも文句は出ないだろうに」

「おまえの知ったことじゃない」

鶇は困惑するばかりだった。

竜胆は一部の同僚たちの間では人気があった。ベッドの相手として、という意味だ。小柄でほっそりした身体つきをしているので、フェムを抱いている気分になれるのだ、と陰で囁かれている。本人に面と向かって口にする度胸のある者はいない。鶇自身も含めて、竜胆を敵に回したいとは誰も思わないだろう。竜胆の喧嘩っ早さと情け容赦のなさは戦士たちの全員が知っていた。

そもそも、フェムのようだと言われることは、スュードにとっては屈辱なのか、名誉なのか。

「おまえを心配してやってるんだぞ。フェムと付き合ったからって、フェムの仲間に入れるわけでもなかろうに。どうせ、飽きられて捨てられるんだ」

「いい加減にしてくれ」

さすがに鶇も声が荒くなった。菘と別れなければならないことは、誰よりも自分が一番よく知っているのだ。

他人にあれこれ口出しされる謂われはない。

竜胆は顔を強ばらせて視線を逸らし、無言で歩き出した。それきり言葉を交わさないまま、二人は保健局の門をくぐった。自分の持ち場へ向かう竜胆の後ろ姿にちらりと目をやってから、鶫はホールの奥にある階段を駆け上った。スュードの戦士がエレベーターを使うことは許されていないのだ。わざわざ自宅まで迎えをよこすくらいだから、上司がかなり焦れていることは察しがついた。

柘榴《ザクロ》の執務室は最上階にある窓のない部屋だった。肩書きは保健局長ということになっているものの、柘榴が市長以上の権力を握っていることを知らない者はなかった。薄汚い策士だというもっぱらの評判で、部下の誰からも好かれてはいないし、当の本人もそれを十分に承知していた。

鶫が入っていったとき、柘榴は無表情に壁のモニタースクリーンを見つめていた。きつい香水の匂いが鼻先に漂ってくる。また銘柄を変えたらしい。満開の薔薇と熟れすぎた南国の果実を混ぜ合わせたような強烈な香りは、もはや異臭と紙一重にさえ感じられた。今にも頭痛がしてきそうだったが、苦情を述べるわけにもいかない。西からやってくる行商人が持ち込む高価な香水は、フェムの権力者にとってはステータス・シンボルになっているのだ。

いくら仕事のうちとはいえ、よくも毎日あんな映像を平気で見ていられるものだ。そういう神経の持ち主でなければ権力者にはなれないのかもしれない。音声がオフになっているのがせめてもの救いだ。

「受精率が極端に落ちてるの」

痩せこけた雌鶏のような顔がこちらを振り返り、例によって、前置きもなしに柘榴は口を開いた。遅れた理由を尋ねもしないのは、寛大だからではなく、こちらの個人的な事情にはまったく無関心なせいだった。

鶫はやむなくスクリーンに視線を向けた。

青白く締まりのない肉の塊が仰向けにベッドに横たわっていた。皮膚は無数の小皺に覆われ、薄くなった髪の隙間からは地肌が透けて見えている。それがこの市で唯一のメイルだった。まだ二十歳前のはずなのに、とてもそうは思えなかった。虚ろな眼差しをしたインターフェイスがその身体にまたがり、この上もなく淫らに腰を振っている。

鶫は吐き気を覚えた。目を逸らしたくてたまらなかったが、柘榴がそれを許さないのはわかっていた。

「不気味の谷」と呼ばれる現象があるそうだ。人間とは似て非なる、というより中途半端に人間に似た存在を目にすると、いわく言い難い嫌悪感をかき立てられるという。本当にそんな現象があるかどうかはともかく、十代半ばのフェムを模して造られたインターフェイスは、世にもおぞましい代物だった。〈マリリン〉という通称がつけられているが、とてもその名を口にする気にはなれない。

たるみきった腹の肉が波立つ水面のように揺れ、小皺の間を汗がしたたり落ちている。

柘榴が無造作にスピーカーのスイッチを入れた。

「あぁぁん、ご主人様ぁぁ、すごくいいいいぃ。マリリン、イきそうぉぉぉ」

インターフェイスが身体を大きくのけぞらせ、舌足らずな甘ったるい声で叫ぶ。ただのプログラムだ、と頭では理解していても、生理的な嫌悪感はどうしても抑えられない。目の前に柘榴がいなかったら、比喩ではなく鶫は嘔吐していただろう。

柘榴は眉一つ動かさない。この人は本当に生身の人間なのかと訝るのは、これで何度目になることか。

突然、スクリーンが緑色の光を放ち、オレンジ色の数字が目まぐるしく現れては消えた。メイルが子種を放出したのだ。画面の数値を確認した瞬間だけ、柘榴の表情がほんのわずか曇った。

「子種の量も減る一方なの。これじゃ一日に二、三人がいいところよ。このメイルは劣化が早いわね。代替わりのたびに寿命が短くなる気がするわ」

メイルといえども人間なのだ。劣化ではなくせめて老化と呼ぶべきだろうに。

いつになく反感を覚える自分に、鶫は困惑していた。菘とのことをまだ気に病んでいるのか、それとも竜胆にからまれたのが引っかかっているのか。仕事に私情を持ち込むほど未熟ではないつもりだったのだが。

画面が再び監視カメラの映像に切り替わる。メイルはぐったりと仰向けになったまま、苦しげな呼吸を繰り返していた。調子の狂った笛のような音がスピーカーから漏れてくる。

鶫は哀れみを覚えた。これは人間に対する扱いではない。いや、家畜だって、もっと大切にされているだろう。この分では、このメイルはもう長くは保つまい。いくら寿命が短いとは言っても、わざわざ虐待して死期を早めるのはむごすぎる。

「回復させる方法はないんですか」

柘榴の笑い声は、不快さをそのまま音声に変換したようなものだった。これなら、無表情でいてくれた方がよっぽどましだ。

「略奪した方がずっと安上がりよ。そのために、あなたを呼んだの」

インターフェイスの手が再び股間に伸ばされる。メイルには抵抗する力も残っていない様子だった。弱々しく身体を丸めて拒否しようとするものの、インターフェイスはそれを無視して強引にのしかかっていく。この人間もどきには気遣いや思いやりはプログラムされていない。ただひたすら与えられた目的を果たそうとするだけなのだ。

愛の行為とはほど遠かった。これに最も近いものは搾乳機につながれた乳牛かもしれない。どちらも自らの意思に反して、体内で生成されるものを無理やり搾り取られているのだから。

インターフェイスは失われた時代の技術によって造られたという。フェムの代用品だったというのだが、鵺の知るかぎり、あんな振る舞いをするフェムなど見たことがない。昔のフェムは今とは違っていたのか。それとも、メイルが生身のフェムでは満足できず、自分たちの空想を実体化したのか。

表面だけは人間に似せているものの、インターフェイスの胴体部分のほとんどは精子を貯蔵するタンクと冷却装置で占められていた。体内に蓄えられた貴重な子種は、鮮度が落ちないうちに取り出され、柘榴の監督の下で厳重に保管される。

「少し休ませてよ、マリリン」

年寄りじみた外見とは裏腹に、その声は子供っぽかった。

「駄目ぇぇぇ、ご主人様ぁ。マリリン、我慢できないもーん」

こんなしゃべり方をするフェムがいるわけはない。柘榴が音声をオフにしてくれたときには、心からほっとした。ただし、それは鵺の気持ちを察したからではなく、話に集中するためだった。

「太母市へ行ってほしいの。部隊のメンバーはあなたが選んでくれていいわ」

「略奪をしろ、と」

「このメイルはもう使いものにならない。一目瞭然よね。あなたがいちばん適任なのよ」

あの時、鵺はまだ十四歳になったばかりだった。戦士としてやっとひととおりの訓練を終えたところで、思いもかけず、略奪作戦に参加しろという命令を受けた。直前になって、部隊に欠員が出たというのだ。

忌まわしい悪夢が甦りかけるのを、鵺は強いて抑えつけた。覚悟はしていたはずだ。この市に生まれて、戦士を職業として選ぶということは、略奪者になるということなのだ。だが、二度目がこれほど早いとは予想外だった。

子種を買うか、あるいは期限を決めてメイルを借りるという穏当な方法がなぜ取れないのか。他の多くの市ではそうしているというのに。——その疑問を柘榴の前で口にするほど、鵺は愚かではなかった。

「わかりました。今夜にでも出発できるように準備をします」

一礼して退出しようとすると、冷ややかな声が追ってきた。

「待って。出かける前に、始末をつけていって」

何を言われているのか理解できなかった。

柘榴はデスクの抽斗《ひきだし》を開けると、落ち着き払った動作で大型の拳銃を取り出した。鵺はその場に立ちすくんだ。顔から血の気が引くのが感じられた。

「どうしたの。あなたは戦士なんだから、こういう仕事には慣れてるでしょう」

柘榴は冷然と言い放った。

「せめて、寿命を全うさせてやることはできませんか」

どのみち、もう長くは生きられないし、十年近くの間、この市に多くの子供をもたらしてくれたのだ。最後の日々を人間らしく過ごす権利くらいはあるはずだ。

「子種を作れないメイルに何の価値があるの」

この人には他人に感謝する、労に報いるという発想はないのだろうか。それとも、そんなものを持たないからこそ、権力者でいられるのか。

柘榴は拳銃を鵺の方へ押しやり、奥の部屋に通じるドアのロックを解除した。あの日以来、鵺はメイルと直接顔を合わせたことはなかった。それでも折に触れて、幼い子供が成長し、思春期を迎えて、インターフェイスの餌食にされる様をモニター越しに見守ってきた。

反論も抵抗も許されない。

鵺は銃を手に取り、ゆっくりとドアに近づいていった。扉が開くと、何とも言い難い異臭が鼻先に押し寄せてきた。フェムともスュードとも違う。糞尿と汗とさらには

零れた子種の臭いなのだろうか。

インターフェイスはメイルの股間に顔を埋めていた。まるで巨大な蛭が絡みついているようにも見える。力なく伸ばされた手がその人間もどきの長い黒髪をぼんやりとなで続けていた。やめさせたいのか、逆に快楽に溺れたいのか、どっちつかずの動作だった。おそらくは自分でもわかっていないのだろう。ドアが開いて鵺が入ってきたことにも、気づいた様子はない。

不意に、鵺は凶暴なほどの怒りに駆られた。何をしようとしているのかも意識しないまま、インターフェイスの髪をひっつかんでメイルから引き離すと、立て続けに銃弾を撃ち込んだ。首の後ろに開いた穴から太いワイヤの端が飛び出し、腰の穴からは白い液体が勢いよく噴き出した。

「マリリン！」

「気でも狂ったの！」

メイルの声に、柘榴のかん高い声が重なった。

この人でも動転することがあるのかと思うと、意地の悪い喜びを覚えた。だが、それは一時のことだった。鵺は取り返しのつかないことをしてしまったのだ。このまますむわけはない。


インターフェイスの身体の中で何かが弾けるような音がしていた。ワイヤの端から火花が散り、焦げくさい臭いが立ちのぼった。

「マリリン、ねえ、しっかりしてよ、マリリン」

必死に駆け寄ろうとするメイルを、鵺は力いっぱい引き戻した。

「ここから出るんだ、急いで」

「あああぁぁぁぁ、ごしゅじんさま、ごしゅじんさまぁぁ」

ひび割れた声というよりは軋みに近い音がインターフェイスの喉から漏れていた。立ち上がろうとしてよろけ、その場に膝立ちになると、身体を仰け反らせ、呆けたような表情を浮かべた。

弾けるような音がいっそう大きくなった。オレンジ色の炎を視野の端に認めると同時に、鵺は自分より大きな身体を引きずったまま、ドアに向かってダッシュした。

間一髪だった。メイルを床に押し倒し、上から覆い被さった鵺の耳元を爆発音が走り抜けていった。背中がひりひりと痛む。火傷を負ったらしいが、それほどひどくはなさそうだ。

柘榴が呆然とした表情で見下ろしている。

脱出するなら今しかない。鶫は素早く立ち上がり、メイルを引き起こそうとしたが、まるで生きた人間ではなく肉塊になったかのように相手は動こうとしなかった。

「マリリン……マリリンが死んじゃった……」

弱々しい涙声が漏れている。

鶫は舌打ちした。怒りは目の前の相手ではなく自分自身に向けられていた。子供を作れないスュードの人生など、所詮は取るに足りないものなのかもしれない。市ではスュードは使い捨ての要員として扱われる。それでも、鶫にとっては一度きりのかけがえのない人生だった。

こんな無様な生き物を救うために、地位も仕事も上司の信頼もすべて犠牲にしてしまったのだ。何もかも終わりだ。少なからぬ時間と努力を費やして築き上げてきたものを失うのが、これほどまでにあっけないとは夢にも思っていなかった。

とにかく、自己憐憫に浸っている暇はない。今は逃げることだけを考えるのだ。ここでみすみす殺されたら、自分のやったことは単なる愚行になってしまう。

「あなたは市を裏切ったのよ。わかってるの」

顔色は青ざめていたものの、柘榴はすでに落ち着きを取り戻していた。

「もう人殺しはしたくありません」

柘榴の右手がデスクの上に置かれた警報装置のボタンに伸びるのを見て取って、鶫は銃を構え直した。残りはあと一発。できるだけ効果的に使わなければならない。

「今さら何を言ってるの。それがあなたの仕事でしょう」

鶫が引き金に手をかけたとき、よろめくような足取りでメイルが前へ進み出た。

「ねえ、助けてよ。こいつがマリリンを殺したんだ」

柘榴の顔が嫌悪に歪んだ。先ほどの動揺のせいもあるのだろうが、ここまで感情をあらわにした姿を見せるのは初めてだった。

「さっさとこの汚らしい豚を始末しなさい。インターフェイスのことは不問にしてあげるから」

やはり、この人も生身の人間だったのか。あの超然とした態度はあくまでも仮面にすぎなかったわけだ。

鶫は奇妙な感動めいたものを覚えてしまった。

メイルは凍りついたように動きを止めた。柘榴が何を言っているのか、自分をどう思っているのか、完全に理解したのだろう。幼い頃から監禁され、人工的に成熟を促進されても知能は正常なのだ。

鶫はメイルを思いきり突き飛ばすと、間髪を入れずに

引き金を引いた。最後の弾丸は柘榴の右肩に命中し、鮮血が赤い花びらのように飛び散った。反動で後ろ向きに叩きつけられた柘榴は、脳震盪でも起こしたのか、身動きもしなかった。

致命傷は与えていないはずだが、確認している余裕はない。もし、今の銃声が誰かの耳に届いていたとしたら、事が発覚するのは時間の問題だ。

鶫は外に通じるドアを細めに開けて、廊下の気配を窺った。あたりは静まり返っていた。左右どちらの方向にも、しみひとつない真っ白な壁が続いていて、遠近感を見失いそうになる。人影はどこにも見当たらない。まだ誰もこの異変には気づいていないようだ。

鶫はメイルに向き直った。

「ここから逃げなきゃならない」

「どうして、マリリンを殺したんだ」

「その話はあとにしよう。あんたを安全な所へ連れて行かないと」

「どこへ」

問い返された瞬間、鶫の心は決まっていた。

太母市《タイボ》へ行ってほしい——柘榴は最初からそう言っていたではないか。メイルの生まれた場所だ。略奪ではなく、奪ったものを返すために、そこへ行けばいい。

自分の身が無事では済まないことは覚悟していた。向こうの連中はあの出来事を記憶に焼きつけているばかりか、鶫の顔さえも鮮明に覚えているだろう。多少の面変わりくらいは、憎悪と復讐心に燃える者たちにとって、何の障害にもならないはずだ。

だが、鶫にはもう帰る場所はない。ささやかながら居心地のよい住まいも、恋人との安らぎも、永遠に失われてしまったのだ。それなら、かつての罪を償うために命を捧げるのも悪くはあるまい。

この建物の内部は知り尽くしている。鶫は迷わず手近な階段をめざした。メイルは足取りをもたつかせながらも、素直についてきた。インターフェイスのことを納得したとも思えないが、自分の置かれた立場はわかっているようだ。

何かがおかしいことにようやく気づいたのは、階段を二、三階分も下りてからだった。鶫は思わず苦笑した。我ながら、ずいぶん気が動転していたものだ。考えてみれば、メイルが服を着ているところを見た覚えはなかった。モニタースクリーン上ではいつでもインターフェイスと絡み合っていたからだ。たぶん、目覚めている間は

ずっとあの状態なのだろう。食事にそういう薬が混ぜられているという話は、保健局の職員からちらりと耳にしたことがある。

鶫は出口への道を逸れ、「倉庫A」と表示のある扉を開けた。危険は承知していたものの、裸のままで故郷へ送り届けるわけにも行かない。真夏ならともかく、もう秋も終わりに近いのだ。明け方は霜が降りるほどに冷え込む。

万一の場合の用心に、弾の切れた拳銃を身体の前に構えていたが、幸い部屋の中は無人だった。薄暗い照明に雑多な品物が浮かび上がっている。埃をかぶったテーブルや椅子、何かの医療器具らしきもの、故障したコンピューターの端末……。目当てのものは奥の壁際に吊り下げられていた。疫病発生時に医師や職員が着用する防護服だ。普段着にする代物ではないが、風を通さない素材でできているので寒さはしのげるだろう。鶫はできるだけ大きいサイズを選び出して手渡した。

スュードとしては大柄な鶫よりも、メイルは十センチ近く背が高い。それでも威圧感を覚えないのは、動作や顔つきがどことなく子供っぽく感じられるせいだった。

相手は困惑したような顔で防護服と鶫を見比べている。

「それを着るんだ。わかるかい」

鶫は前面のファスナーを開けて、ズボンの部分に脚を突っ込む仕草をしてみせた。メイルは頷き、不器用な手つきで防護服を身につけ始めた。まるで、服を着る練習を始めたばかりの幼児のようだ。見ていてもどかしかったし、今にも誰かが踏み込んでくるのではないかと気が気ではない。思わず急き立てたくなるのを鶫は必死に堪えた。最大限の努力を払っている様子は見て取れたからだ。

たるんだ腹が邪魔になって、ファスナーを閉めるのは一苦労だった。最後は鶫も手を貸して、ふたりがかりの大仕事になってしまった。

「気持ちが悪い」

防護服の肌触りが気に入らなかったらしく、メイルはしかめ面で布地を引っぱったり手足を曲げたりしている。

「我慢して。あとで、もう少しましなものを探すから」

そうはいっても、まともな服を手に入れる機会がはたしてあるかどうか確信はなかった。メイルは不満そうな顔をしたが、それ以上は何も言わなかった。今までの環

境からすれば、驚くべき忍耐力といっていい。

ドアに手をかけようとしたとき、外の廊下を慌ただしい足音が近づいてきた。幸運もここまでのようだ。鵜は床に転がっていた長さ一メートルほどの鉄パイプを拾い上げた。一方の端は金具で封じられているが、反対側は錆びてぼろぼろの切り口がむき出しになっている。こんなものでもないよりはましだろう。

鵜は扉に身を寄せて立ち、連れの方を振り返った。

「いいかい。わたしが合図したら、廊下の向こう側まで走るんだ」

「走る……」

不安そうな声だった。

幼い頃に略奪されて、この市に連れてこられて以来、こんなにも長い距離を自分の脚で移動させられたことはなかったはずだ。執務室の奥にあったあの狭い部屋だけがこのメイルにとっての世界だったのだ。

「そう、走るんだ。でないと、あいつらに捕まって、あんたは殺される」

メイルは怯えたように目を見開き、小さく頷いた。

鵜は外の足音に神経を集中した。追っ手の数はふたり……いや三人か。それ以上ではなさそうだ。もし全員が戦士なら、活路を切り開くのはかなり難しい。だが、警備員としてここに雇われている戦士はそれほど多くはなかった。保健局の一般職員が相手だったら、一対三でも十分に勝算はある。

足音は隣の部屋の前で止まった。低い囁きが交わされ、続いてドアが開く音がした。もう一刻も猶予はできない。

鵜は鉄パイプを握った手で勢いよくドアを開け放つと、もう一方の手で力いっぱいメイルの背中を押した。

「行って」

一瞬、前へつんのめりそうになったものの、メイルはすぐに体勢を立て直した。フォームはぎこちなくても、それなりに速度は出ているように見える。不意を打たれた追っ手が慌ててこちらへ向き直った。

フェムがふたり、スュードがひとりだ。薄緑色の制服を着たフェムたちは暴力沙汰には慣れていないのが明らかだった。最初から腰が引けていて、スュードの背後に身を隠すようにしている。問題はスュードだった。警棒を身体の前に構え、真正面から立ち向かってくる。身長は鵜と同じくらいだが、横幅は相手の方がだいぶ上回っていた。腕に自信もあるし、功名心に駆り立てられてもいるのだろう。あるいは、柘榴の取り巻きに何かを吹き

込まれでもしたか。見覚えのある顔だが、名前は知らない。確か、最近戦士になったばかりの新入りだったはずだ。

竜胆でなくてよかった、と鶫は心から思っていた。手強い相手だからというだけではない。たとえ市を裏切ることになっても、戦士たちの中に友人と呼べる者がいるとすれば、竜胆は一番それに近いような気がするのだ。

もちろん、こちらとしてはまともに戦うつもりはなく、できるだけメイルの逃げる時間を稼ぐのが目的だった。

だが、相手の繰り出してくる攻撃は予想以上に鋭かった。適当にいなすどころか、一度ならずかわしそこねて、肩や胸に強烈な一撃を食らった。鈍い痛みが広がっていく。錆びたパイプで警棒を受け止めながら、鶫はじりじりと後退していった。ちらりと振り返ると、メイルは廊下の向こう端にたどり着こうとしていた。そのまま階段を下りれば出口は遠くないのだが、ひとりで行かせるわけにはいかなかった。この市のことを何も知らないばかりでなく、メイルが異質な存在であることは誰が見ても一目瞭然だった。できれば、街中で騒ぎを起こすような真似は避けたい。

「そこで待っていて」

声をかけておいてから、鶫は横様に飛んだ。床に身を投げ出すと同時に、鉄パイプを相手の足元めがけて投げつける。狙い通り、スゥードはパイプに足を取られて転んだ。

その隙に鶫は素早く起き上がると、振り返りもせずに駆け出した。警棒の先端が背中をかすめるのを感じたが、立ち止まらずに走り続ける。メイルの手を掴み、降りるというよりは落ちるような勢いで階段を下った。

一階のフロアはもう目の前だ。だが、追っ手はそこにも待ち構えていた。裏口も正面玄関も強行突破はできそうにない。とっさの判断で、鶫はそのまま地階へと駆け下りた。そこには機械室と下水の処理場があるだけで、普段は無人の場所だ。モーターの唸りが空気を揺るがし、下水の臭気が鼻をついた。メイルの口が動いていたが、騒音のせいで声は聞こえなかった。追っ手の足音も耳には届かない。

鶫は奥の部屋に飛び込んだ。満々と汚水を湛える巨大な浄化槽から窒息しそうなほどの悪臭が押し寄せてくる。その傍らに、人ひとりがやっと通れるほどのマンホールがあった。鶫は鉄の蓋を持ち上げると耳元で怒鳴った。

「ここに入るんだ」

メイルは顔を強ばらせ、激しく首を左右に振った。

マンホールの中は闇に閉ざされ、悪臭だけがすさまじいばかりの存在感を主張している。不快で恐ろしいのは無理もないことだが、他に逃げ場はないのだ。鵺はメイルを無理やり穴の方へ押しやった。いざとなったら突き落とすしかあるまい。穴の深さはせいぜい二メートル程度だ。運が悪くても足を挫くくらいですむだろう。

メイルは穴の縁で足を踏んばって抵抗しようとする。やむなく、鵺は先に梯子を下りると、足を掴んで思いきり引っぱった。悲鳴は騒音にかき消された。ふたりはもつれ合うようにして転落した。下はコンクリートの通路だ。背中をしたたかに打ちつけて息が詰まりかけたものの、鵺はすぐに起き上がった。突然の闖入者に驚いたドブネズミが金切り声を上げて逃げ去っていく。その声と気配に怯えて、メイルが反射的にしがみついてきた。

「大丈夫だよ。ここには危険なものはいない。人間以外はね」

はるか前方に頼りなげな青白い灯りが見えていた。むっとする湿気があたりに立ちこめ、闇の底で水の流れる音がしている。臭いがさっきまでよりましになった気がするのは、たぶん嗅覚が麻痺してしまったせいだ。

鵺はメイルを立ち上がらせると、下流へ向かって歩き出した。通路は途中でいくつにも枝分かれしていたが、鵺の足取りにためらいはなかった。下水道は市のほとんどの場所へ通じているといってもいい。今までに、何度ここを通って、大っぴらにできない仕事をしてきたことか。

薄汚い策士と呼ばれるとおり、柘榴は情け容赦なく政敵を葬った。当然ながら、自ら手を汚すのではなく、腹心のスュードたちにやらせるのだ。中でも、鵺はいちばんの「お気に入り」だった。望んで手に入れた地位ではない。十二年前のあの出来事が思いもかけずもたらした結果だ。だが、そのおかげで少なからず恩恵を被ってきたことは否定しようもなかった。柘榴の後ろ盾があればこそ、スュードでありながらフェムを恋人にすることを黙認されてもいた。

だが、それも今日で終わりだ。鵺は自分自身ですべてを壊したのだから。

不意に、メイルが顔をしかめて立ち止まった。

「足が痛い」

靴のことまでは頭が回らなかった。あの部屋で暮らしているかぎり、メイルには靴どころか服さえ必要なかっ

たのだ。

「今はどうにもならない。ここを出られたら、何か方法を考えるよ」

「どうして、おまえはぼくをこんなひどい目に遭わせるんだ。人殺しのサディストめ」

鵺を睨みつけた顔は今にも泣き出しそうに歪んでいた。子供が駄駄をこねているようなものだ。鵺は必死に苦笑を堪えなければならなかった。

「だったら、なぜ人殺しのサディストについてきたんだ」

「それは……あいつがぼくを豚と呼んだからだ。召使いの分際で」

柘榴が召使いとは。鵺は今度こそ我慢しきれずに吹き出してしまった。

「何がおかしい」

メイルは顔を真っ赤にしている。憐れみと同時に怒りが湧いてきた。

柘榴はいったいどれほどの嘘や誤った知識を吹き込んできたのだろう。自分の境遇に疑問を持たせず、おとなしくインターフェイスの餌食にさせておくために。

「ひとつだけ約束するよ。わたしは人殺しのサディストかもしれないけど、嘘はつかない。自分の知っている範囲で本当のことを話す」

「じゃあ、あの女はぼくの召使いじゃないのか」

「あの人が主人なんだ。あんただけじゃなくて、わたしや市の多くの住民にとってもね。ついでに言っておくと、女という言葉は死語だ。子供を産む性はフェムと呼ばれる。あんたは男じゃなくてメイルだ。メイルの唯一の役割はフェムに子種を提供することだ」

「男は女の主人で、いちばん優れた男はいちばん美しい女を奴隷にできるっていうのも嘘なのか」

そうして、己を世界の支配者だとでも信じていたのか。狭い部屋に閉じ込められ、虚構の世界に囚われて。

柘榴がどういうつもりで、そんな嘘を信じ込ませていたのかを考えると、鵺は暗澹とした気持ちになった。仕方なくそうしていたというのではない。明らかな悪意を感じる。偽りの世界に生きるメイルを蔑み、あざ笑うことが、柘榴にとってはこの上もない気晴らしになっていたのではないか。

「メイルはもうこの世界にはほんの少ししか残っていない。主人どころか、フェムに養ってもらわなければ、まともに生きていくこともできないだろうね」

「ところで、おまえはどっちなんだ」

「わたしはスゥードだよ。メイルでもフェムでもない。子供は産めないし、子種も作れない」

「よくわからない。おまえは気味が悪い」

「別に、わかってほしいとは思っていない。そろそろ先へ進む気になったかい」

鵺は話を打ち切って歩き出した。メイルはしばらくためらってから、渋々ながら後を追ってきた。つらそうに足を引きずってはいるものの、自分なりの理由で弱音は吐かないことに決めたようだ。

下水道は終点に近づいていた。前方が次第に明るくなり、足元がぬかるんでくる。枯れ草とヘドロの混合物が通路の半分ほどを覆っていた。最近の雨で川が氾濫して、ここまで逆流したのだろう。太陽はまだ空の頂点にあった。日差しの中に足を踏み出すと、鵺は新鮮な空気を思いきり吸い込んだ。今のところ、追っ手の気配はなかったが、ここはまだ市の境界の中だ。油断はしない方がいい。

川は下流へ向かうにつれて深くなり、幅も広がっていた。緩やかに湾曲する流れがちょうど視界から消えるあたりに、大きな橋がかかっているのが見える。柘榴が市から外へ出る橋や街道に非常線を張っていることはまず間違いない。

鵺は橋に背を向けて、上流をめざすことにした。多少遠回りになっても、危険はできるだけ避けたかった。

川と下水道の合流地点には橋の代わりに腐りかけた板が渡されていた。人ひとりがどうにか通れる程度の幅だ。ところどころに開いた穴から褐色の汚水が渦を巻いて流れていくのが見える。意外なことに、メイルはさほどいやがりもせず後についてきた。それは勇敢さではなく、無知と想像力の欠如を表すものだった。闇と悪臭に本能的な不快感は覚えても、冷たい水の中で溺れる恐怖は知らないのだ。

行く手にはススキやカヤツリグサの生い茂る河原が広がっていた。鋭く硬い葉のせいで顔や手は傷だらけになったが、密生した藪がふたりの痕跡を隠してくれた。仮に追っ手がかかっていたとしても、跡を追うのは難しいはずだ。

川幅は次第に狭まっていき、草むらは石ころだらけの地面に取って代わられた。あちこちに大小の岩が顔を覗かせている。靴を履いていないメイルの歩みが遅れるのはやむを得ないことだった。

立ち止まって連れが追いつくのを待ちながら、メイル

というのは何と奇妙に見えることか、と鶇は思っていた。アンドロゲンを投与されたスュードは毛深くなるが、鼻の下や顎にあんなに太くて硬い毛が生えてきたりはしない。確か、髭と呼ぶのだったか。このまま伸び続けたら、食事をするにも邪魔になるに違いない。あの毛を処理するのもインターフェイスの役目のひとつだったのだろう。

いつの間にか、両岸は切り立った崖に挟まれていた。日が西に傾く頃、川はそびえ立つコンクリートの壁で行き止まりになった。ひとすじの流れがその天辺近くから川に降り注いでいる。まるで鋸の刃を刻みつけたように、折れ曲がった急な階段が河原から壁の上端まで続いていた。

このダムは下流のいくつかの市に水と電力を供給している。職員が紅娘市の者とは限らないし、上を通り抜けるだけなら見とがめられることもあるまい。ただし、面倒に巻き込まれたくなければ、メイルを人目に晒さない方がいいのはもちろんのことだ。

あまり気の進まない方法だったが、日が暮れるのを待つことにした。太陽が西側の崖の向こうに沈むと、急に気温が下がってきた。メイルが歯の根も合わないほど震えているのに気づかないふりをして、鶇は階段を上り始めた。

あたりは夕闇に包まれていた。人の姿は見えても、細部の見分けがつかないほどの暗さだ。ダムの上は幅一メートルほどの通路になっていた。向こう端に小屋か詰め所のようなものが建っていて、窓から漏れる灯りの中に黒い人影が浮かび上がっている。スュードかフェムかはわからないが、こちらに横顔を向けて、軽く身体を揺すっているのはラジオで音楽でも聴いているのだろうか。

鶇はできるだけメイルの顔に光が当たらないようにしながら、さりげない足取りで小屋に近づいていった。番人はフェムだった。長い黒髪を頭の後ろでひとつに束ね、両耳にはヘッドフォンをつけている。さらに好都合なことには、編み物に夢中になっていて、ふたりが通り過ぎても顔を上げもしなかった。どうやら、番人としての仕事はひたすら退屈なだけで、危険を伴うようなものではないようだ。

ダムを渡りきると、闇と雑木林が広がっていた。ここから太母市までは直線距離にして百キロ以上はあるはずだ。今夜は野宿をするほかなさそうだった。

村

根の島はこの世界にある陸地としてはさほど大きいわけではない。しかも、その大半は山地と森林で、人の住める平地はごくわずかだった。聞くところによると、船乗りたちの故郷の坤土《コンド》では、東の平原から太陽が昇り、西の平原に沈むのだという。河でさえも海ほどの広さがあるのだそうだ。だが、自分の足以外に移動手段を持たない者にとっては、狭い島でも大陸でも旅の困難に大して変わりはなかった。

戦士は略奪者でもある。略奪者が市の外で堂々と宿を求めるわけにはいかないので、鶫《ツグミ》は野宿には慣れていた。

満月に近い月の光が木立の間から差し込んでいる。鶫は枯れ枝を蔓草で束ねて簡単な骨組みを作り、太い木の根方に立てかけた。その上から落ち葉や枯れ草をかぶせると即席のテントが完成した。快適というにはほど遠いが、多少なりとも風と寒さはしのげる。

当然ながら、メイルは作業を手伝おうともせず、ぼんやりとそばで見ているだけだった。

「腹が減った」

不機嫌な声で、ぼそりと呟く。

「明日になったら、どこかで食べるものを手に入れるよ」

つまりは盗みを働くということだ。思いもかけず市から逃げ出したのだ。ほとんど手ぶらの状態だったし、現金は持っていない。だが、メイルにそんな事情が理解できるはずもなかった。

「ぼくを無理やり連れ出しておいて、空腹まで我慢させるのか」

「いいかい、あんたはあそこで処分されることになってたんだ。助けるためには、他に方法がなかった」

「でたらめを言うな。マリリンを殺したくせに」

疲れと飢えのせいなのか、今までにも増して聞き分けが悪くなっている。子供ではあるまいし、まともに取り合うのも馬鹿馬鹿しかった。鵺は狭い寝床に潜り込んで身体を丸めた。

「あんたもさっさと寝た方がいいよ」

だが、メイルはその場から動こうとしなかった。

「いやだ。人殺しと一緒になんか寝たくない。ぼくも殺されるかもしれない」

「インターフェイスはただの機械なんだ。知性も感情も持っていない。プログラムにしたがって行動するだけだ」

「嘘をつけ。マリリンはぼくのために何だってしてくれた。おまえなんかよりずっと人間らしかった」

あの不気味な人形が本物の人間に見えるとは。いったい、メイルの目に映る世界はどれだけゆがんでいるのだろう。柘榴《ザクロ》がそんなふうにしてしまったのだ。そのゆがみを正すのは鵺の手には余った。自分にできるのは、せいぜい生まれた場所へ帰してやることだけだ。

「本物の人間はね、他人に無条件で奉仕したりはしないんだ。誰かに何かをしてもらったら、普通はそれに見合うだけのお礼やお返しをするのが社会のルールだ。時と場合によって、それはお金だったり物だったり行動や言葉だったり、いろいろだけどね」

「おまえは愛を知らないのか。かわいそうなやつだ」

大真面目な口調だった。思わず笑い出しそうになってから、鵺は胸が悪くなった。インターフェイスをプログラムしたのはフェムでもスュードでもない。とっくに塵に還ってしまった大昔のメイルたちだ。かつてはあれが日常的な愛の行為だったのか。それとも、特殊な趣味を持つ者たちに合わせて造られたものだったのか。今となっては真相を知る者はいない。とにかく、柘榴が過去の遺物をこの上なく効果的に利用していたことは確かだった。

「あんたと愛について議論するつもりはないよ。一晩中そこに突っ立っていたいなら、好きにすればいい」

鵺はわざとそっけなく答えて背を向けた。今日一日で、メイルが歩いた距離は今までの一生分にも匹敵するに違いない。いくら強情を張ろうとしても、身体の疲れには勝てず、そのうち根負けするはずだ。

だが、鵺の読みは間違っていたらしい。

どこか遠くない場所で獣の吠え声が聞こえたような気がして目が覚めた。身体が冷え切って強ばっている。メイルの気配はどこにもなかった。

鵜は慌てて飛び起きた。声を出して呼ぼうとして、連れの名前を知らなかったことに初めて気がついた。

迂闊といえば迂闊だが、市ではたったひとりのメイルを名前で区別する必要は感じなかったのだ。しかし、そう考えること自体、無意識のうちに相手を人間扱いしていなかったことの表れだったのかもしれない。

月はだいぶ低くなり、東の空がほのかに明るんでいる。あと一時間もすれば日が昇るはずだ。

また獣の吠え声が聞こえた。野犬でも猿でも熊でもない。今までに一度も耳にしたことのない声だった。

鵜は不意に悟った。あれは獣ではない。人間の泣き叫ぶ声だ。スュードもフェムもあんな野太い声で泣いたりはしないので、すぐにはそれとわからなかったのだ。

声のする方へ走り出そうとした時、何かが鋭く風を切りながら、耳元を通り過ぎていった。一瞬遅れて、頬に焼けつくような痛みが走る。身体を反らして致命傷を避けたのは、ほとんど反射的な行動だった。灰色の薄明の中に、小柄な人影が黒々と浮かび上がっている。

「戦え、鵜」

聞き覚えのある声が呼びかけてきた。

今まで腹心と見なしていた相手に背かれた以上、柘榴の怒りは相当なものだろう。追っ手がかかるかもしれないことは覚悟していたし、戦士たちの中で、ある程度腕が立って信頼できる者となると人選は限られてくる。

こんな形で対決するのは避けたかったが、こちらとておとなしく殺されるわけにはいかない。気が進まないながらも、鵜は自分のナイフを手にした。沈みかけた月の光を受けて、二本の刃が鈍くきらめいた。

再び繰り出された電光のような突きを、鵜は余裕を持ってかわした。不意打ちでさえなければ、竜胆《リンドウ》の動きを読むのは難しくなかった。訓練では何度も手合わせをしているのだ。ただし、それは竜胆にとっても同じだった。鵜の攻撃は空を切るばかりで、相手にかすりもしない。

「本気でやれ。こっちは手加減しないぞ」

竜胆が苛立たしげに叫んだ。

いつしか、あたりは明るくなり、曙光が竜胆の横顔を照らし出した。額に浮かぶ汗の玉が鮮血の色に染まり、表情が苦しげにゆがんでいる。

鵜も息づかいが荒くなっていたものの、まだそれほどの疲労は感じていなかった。身体が小さく体力が劣る分、戦いが長引くほど竜胆は不利になる。当然、本人もその

ことには気づいているはずだ。まるで勝負を急ぐかのように、前方に足を踏み出そうとして、竜胆は大きくよろめいた。見方によっては、自分からこちらに身を投げかけてきたと思えなくもなかった。慌てて刃を引こうとするより早く、ナイフの切っ先が竜胆の脇腹をえぐり、傷口からあふれ出た血が足元の地面にしたたり落ちた。

鵯はナイフを投げ捨て、倒れかかる竜胆の身体を抱き留めた。

「わたしの負けだ。とどめを刺せ」

蒼白な顔で、竜胆は弱々しく呟いた。

「馬鹿を言うな」

「いつか後悔するぞ」

鵯はそれ以上取り合わなかった。深手ではあっても、幸い傷は内臓にまでは達していないようだ。

自分のシャツをナイフで切り裂き、包帯代わりにきつく傷口に巻きつけた。竜胆はもはや抵抗する力もなく、諦めたようにされるがままになっていた。

こんな場所では応急処置くらいしかできないが、できる限りの手は尽くさなければならない。鵯は竜胆を抱き上げて、即席の寝床に運び込んだ。小柄な身体が予想以上に軽いことに、わけもなく動揺する。完全に無防備になった竜胆は、普段にも増してフェムのように見えた。

鵯は雑木林の中を歩き回って血止めの薬草を摘んだ。それも戦士として教えられる知識の一部だ。

木の間から差し込む陽光が地面を暖めはじめる頃には、竜胆の顔にもいくらか血の気が戻ってきた。

「残念だな。おまえを殺して出世するつもりだったのに」

冗談とも本気ともつかない口調で、竜胆は呟いた。

「局長の命令だったんだろう」

「いや、自分で志願した。他の者には手出しをさせたくなかったんでな」

「なぜ？」

「おまえが好きだからに決まってるだろう。鈍いやつめ」

いともあっさりと言われて、鵯はうろたえた。

「すまない、竜胆。わたしは……」

「知ってるよ。おまえはフェムにしか興味がない」

「わたしはフェムに生まれたかった。こんな醜いできそこないではなく。フェムに生まれて子供を産みたかった」

なぜか怒りがこみ上げてきた。それが己自身に対するものなのか、竜胆に対するものなのか、あるいは他の何かに対するものなのかは自分でもわかっていなかったのだが。

「おまえが思っているほど、フェムはいいものではないぞ。子供を産むかどうかさえ、自分の意思で決められるわけではない」

「わたしは母に捨てられたんだ」

「そうか。わたしの母はわたしを産んだせいで死んだ」

竜胆の口調は淡々としていた。出産で死ぬフェムが決して少なくないことは鶫も知っていた。それでも、多くの者は無事に生きながらえて、わが子を育て上げ、次の世代へと命をつないでいく。それこそが価値のある人生ではないのか。

鶫は妊娠しているフェムを見るのが好きだった。丸く膨らんだ腹にこっそりと目をやっては、暗く暖かな場所で身体を丸めている胎児を思い、熱烈な憧れと羨望を覚えた。

以前、付き合っていたフェムが一度だけお腹に触らせてくれたことがある。

「ほら、もう動くのよ」

そう言ったときのフェムの顔は今までで一番幸福そうに見えた。風船のように膨らんだ皮膚の下で、別の生き物が息づき、成長しているのが手のひらに伝わってくる。その瞬間、鶫の羨望は激しい嫉妬に変わった。赤ん坊を身ごもることはフェムだけに許された特権なのだ。スュードに生まれてしまった以上、どれほど渇望しようと手に入れることはできない。

鶫は別れ話のために呼び出されたのだった。今まで本当に楽しかったし、あなたとの思い出はずっと大切にしたい。でも、妊娠したら、もうスュードと付き合うわけにはいかないの——。

だが、相手の言葉は鶫の耳には入っていなかった。醜い半端者の我が身を心から呪った。いっそのこと、こんな不毛で無意味な人生など投げ捨ててしまいたかった。

その時、自分が何を言ったか、何を答えたのか、鶫はほとんど覚えていない。

「少なくとも、おまえは醜くはないぞ。醜いスュードを恋人にしたがるフェムはいないだろう。半端者でもない。局長はおまえを信頼していたんだ」

「信頼だと。スュードは汚い仕事を押しつけられる。まるで、それが当然だとでもいうように」

その汚い仕事を自分の意思で選んだのだということも忘れて、鶫は思わず口走っていた。

「誰かがやらなければならない仕事だ。フェムにはでき

ないからスゥードがやるのだ。誇りを感じてもいいはずだ」

「こんな目に遭ったのに、よくもそんなことが言えるな。わたしはおまえを……」

それ以上言葉を続けられなかった。怒りは罪悪感の裏返しでもあったのだとようやく気づく。

「自分を責めるな。こうするしかなかったんだ。おまえを仕留めるまでは帰ってくるなというのが局長の命令だったからな」

そこまで言って、竜胆は顔をしかめ、苦しげに咳き込んだ。しめった音とともに、血の混じった唾液が唇の端から流れ落ちた。鶫は慌てて口のまわりを拭ってやった。

「いいからもう行け」

竜胆は煩わしげに鶫の手を払いのけた。

「おまえを置いていけるか」

「連れを捜していたんだろう。放っておくわけにはいくまい」

そう言われて初めて、鶫はメイルのことを思い出した。薄情だと責められれば反論はできないが、もともとこの逃避行をするはめになったのは単なる行きがかりだ。仮に、あのメイルがどこかでのたれ死にしたとしても鶫の落ち度ではないし、人殺し呼ばわりして憎しみをぶつけてくる相手の面倒を見てやる義理はない。今は竜胆の容態の方が気にかかる。同僚を、仲間を、死なせたくない。自分たちは親友にさえなれたかもしれないのに。

「どうでもいい」

竜胆は首を横に振った。

「よくはない。あのメイルは右も左もわからないんだぞ。もし事故にでも遭うか、獣の餌食にでもされて命を落としたら、おまえのやったことは全部無駄になるんだ。何のために、局長に逆らってまであいつを助けた。途中で見殺しにするくらいなら、おとなしく命令に従っていた方がよっぽどましだったんじゃないのか」

鶫は横っ面を殴りつけられたような気がした。己の薄情さを心から恥じた。経緯はどうあれ、一度救った命には責任を負わなければならないのだ。

「わかった。おまえの言うとおりだ」

竜胆から無理やり身を引きはがすようにして、鶫は立ち上がった。

「わたしのことは気にするな。自分の身の始末くらいはつけられる」

「本当にすまない。頼むから生き延びてくれ」

竜胆は顔を背けた。

「さっさと行け。二度と市へは戻ってくるな。次に会ったら、今度こそおまえを殺すぞ」

わざと刺されたのではないか、という疑問は最後まで口にはできなかった。

心を真っ二つに引き裂かれる思いで、鵺は走り出した。途中で何度も振り返りたくなる衝動を必死に堪える。たぶん竜胆はそうしてほしくはあるまい。

あの異様な泣き声の聞こえた方角はすぐに見当がついた。

雑木林には様々な気配が満ちていた。カケスが不安げな叫びを上げ、野生の蜜蜂が耳元をかすめていく。風が木々の梢を揺する。乾いた落ち葉が足の下で砕け、藪が秘密めかして囁きかけてくる。そうしたなじみ深い音の間を縫って、あの獣じみた声が断続的に耳に届いた。時々立ち止まって方向を確かめては、鵺は慎重に歩みを進めた。

やがて、行く手に小さな納屋のようなものが見えてきた。大きさは三メートル四方もない。おそらく、このあたりの農婦か樵が仕事道具の置き場所にしているのだろう。

異様な泣き声はそこから聞こえていた。

鵺は足音を忍ばせて近づいていった。納屋に窓はなかったが、壁の羽目板の一部に破れ目がある。そっと覗き込むと、むき出しの土の上に仰向けにされているメイルが見えた。手足は縄で縛られ、縄の端は地面に打ち込まれた杭に結びつけられている。小さな人影が二つ、そばに屈み込んでいた。

「ねえ、これ何なの」

かん高い子供の声がした。

「何って、ニンゲンだろ。猿でも熊でもなさそうだし」

「でも、こんなニンゲン見たことないよ。すごくヘンだ」

「口のまわりに毛が生えてる。大人なのにおっぱいもない」

「おっぱいのないスュードもいるって前に先生が言ってたじゃない。アンド何とかを使うとそうなるんだっけ」

「だけど、口のまわりに毛は生えないよ。ニンゲンじゃなくて魔物か妖怪かも」

「おまえ、魔物なんて信じてるわけ。馬鹿じゃん」

「何だよ、おまえこそ、夜中にひとりで便所に行けないくせに」

鵺は奇妙な感覚に陥った。まるでひとり二役でも演じ

ているように、二つの声はまったく区別がつかなかったからだ。

「やめろ。ぼくに触るな」

メイルが泣き声で叫んだ。

見知らぬ土地をあてもなくうろついたあげく、よりもよって子供に捕まるとは、間が抜けているにもほどがある。それでも、相手が子供だったのは不幸中の幸いだった。この分なら、救出は大して難しくあるまい。ただ、できることなら、子供相手に手荒な真似はしたくなかった。

少し考えてから、鵺は弾の入っていない銃を取り出した。音を立てないように小屋の入口へ回り込んでから、扉に手をかけて一気に引き開けた。

「手を挙げろ」

ふたりの子供はまったく同時に振り返り、まったく同時に驚きの声を上げた。尻餅をついたタイミングまでまったく同じだったので、もう少しで吹き出すところだった。だが、ここで笑ってしまったら、すべてが台無しになってしまう。

「わたしの連れを返してくれないか」

鵺は強いて無表情を装いながら小屋の中に足を踏み入れた。

子供たちは顔を見合わせた。間に鏡でもあるのかと思うほど、まったく見分けのつかない顔が向かい合う格好になった。年は十一、二歳というところだろうか。このくらいの年齢だと、フェムなのかスュードなのか判断がつかないことも多いのだが、なぜかこのふたりははっきりスュードだとわかった。

「というか、別に捕まえたわけじゃないんだよね」

「こいつ、猪罠に引っかかってたの」

「罠だって」

鵺は眉根を寄せた。

「腹が減ってたんだ」

メイルは顔を真っ赤にして視線を逸らした。

まる一日近く飲まず食わずで歩き続けるのは、訓練を積んだ戦士にとっても決して楽ではない。今までの境遇からすれば、むしろメイルの努力と自制心は賞賛に値するものだった。ここで批判がましいことを口にするのも気が咎める。

「そいつ、あんまり暴れて怖かったから縛っただけだよ」

「人間なんて今まで捕まえたことないもん」

子供たちが代わる代わる言った。ふたりが怯えた目つ

きで銃を見つめているのに気づいて、鵺は役立たずの武器を床に投げ捨てた。

「脅かしてごめん。とにかく解放してやってくれないか。わたしがいれば、もう暴れないから」

「ねえ、お腹が空いてるの」

子供のひとりがおずおずと訊いた。

「うん。昨日の朝から何も食べてなくてね。連れにはちょっと辛かったんだろうと思う」

「村まで来れば食べるものがあるよ」

「駄目だよ。こんなウマノホネを連れてったら叱られちゃう」

もう一方が異を唱えたが、初めの子供はひるまなかった。

「ウマノホネかどうかは、おまえじゃなくて村長が決めるんだろ」

「きみたちは双子なのかい」

鵺は苦笑しながら口を挟んだ。

「そう。こっちが葵《アオイ》で、あっちが薊《アザミ》」

「違うよ。葵はわたし。薊はおまえ」

まったく同じ顔のふたりにそう言われても混乱するばかりだ。


「スゥードの双子ってサイコウに笑えるよね」

「うん、受ける、ほんとにサイコウ」

ふたりは顔を見合わせてユニゾンの笑い声を響かせた。

「いったい、それのどこが面白いんだい」

「え、だって、母ちゃんゼツボウするじゃん」

「ゼツボウだよね。娘が一度にふたり生まれたのに、ふたりともスゥードなんだもの」

「ゼツボー、ゼツボー」

子供たちは歌うような調子で繰り返した。

鵺は胸を突かれた。この子たちも母親に捨てられたのか。

「ご厚意は嬉しいけど、お金を持ってないんだ」

「大丈夫だよ。お金がなければロウドウすればいいって、先生が言ってた。あんたはロウドウできる？」

「たいていのことはね。料理でも掃除でも力仕事でも」

そして必要なら盗みや人殺しでも、と鵺は心の中で呟いた。だが、平和的な手段で食料が手に入るなら、それに越したことはない。

「じゃあ、村においでよ」

どちらかが熱心に勧め、もうひとりはまだ不安そう

だった。

「怒られないかなあ」

鶫はメイルのそばにひざまずき、両手を縛った縄をほどきにかかった。結び目は堅いうえに、恐ろしく複雑に絡まり合っている。仕方なく腰のナイフを抜くと、刃には竜胆の血がこびりついたままになっていた。動揺を表に出すまいとしながら、鶫は刃こぼれしたナイフを操って縄を切った。

子供たちは血の臭いに気づいていないのだろうか。あるいは、気づいてはいても動物の血だと思っているのか。猪の罠と言っていた。普段から狩りをしているのなら、かえって不審は覚えないかもしれない。

ようやく自由になると、メイルは憎々しげに睨みつけてきた。

「どうして、もっと早く助けに来なかった。こいつらに殺されるかと思ったぞ」

何を大げさな、と笑い出しそうになってから、メイルに常識が通用しないことを改めて思い出した。何しろ、子供どころか、生身の人間に接した経験がほとんどないのだ。

「悪かったよ。だけど、勝手に出歩いたあんたも悪いんだ。お互い様だろ。それより、この子たちが食べ物のあるところに連れていってくれるって」

子供のひとりが鶫の投げ捨てた銃を拾い上げた。もうひとりが横合いから手を伸ばしても、最初の子供は渡そうとしなかった。興味深げに見入り、あちこちいじり回している。外見はそっくりでも、ふたりの性格にはだいぶ違いがあるようだ。どっちが葵でどっちが薊なのかは、永遠に見分けがつきそうにないが。

「ほしいんならあげるよ。弾は入ってないけどね」

「ほんと。ありがとう」

葵(あるいは薊)は目を輝かせた。

太陽の位置はさっきより高くなっていたものの、まだ暖かさは感じられなかった。霜の降りた地面から冷気が這い上ってくる。

子供のひとりが先に立って進んでいき、もうひとりは鶫の傍らに並んでいた。ただ、メイルには警戒心を抱いているらしく、できるだけ距離をとろうとしている。

「下流の方から来たの」

子供相手とはいえ、どこまで事情を打ち明けるべきなのか鶫は迷った。追っ手をかけられているのなら、保護を求めなければならないだろうが、村の大人たちがどこ

まで信頼できるのかは判断のしようがなかった。

「どうして下流とわかるんだい」

「山の方には人は住んでないから。外の人はみんな下流の方から来るの」

「そうなんだ。わたしの街はダムよりもずっと向こうだよ。市の中ではあまり大きい方じゃない」

「ずいぶん遠いんだね。先生なら知ってるかな」

子供は粗末なズボンの後ろに鵺の銃を挿している。目の粗い布地は手織りのようだった。市の工場で作られた製品ではない。

とりあえず、こちらを葵と呼ぶことに決めた。もっとも、途中で入れ替わられても気がつかないだろうが。

雑木林の中を一時間ほども歩き続けた頃、行く手から薪の燃える臭いが漂ってきた。木立の向こうにひとすじの煙が立ちのぼっている。ゆるやかな斜面を降りていくと、開けた場所に二十軒あまりの家が寄り集まっているのが見えた。古い轍の残る小道がそこまで延び、背の高い人影が一行を待ち受けるように佇んでいた。五十は過ぎているらしい年配のスュードだった。髪は半ば白くなり、日焼けした顔には鑿で彫りつけたような深い皺が刻まれている。


「こらあ、葵に薊。こんな時間まで、どこをほっつき歩いてたんだ」

「わあ、ごめんなさい、先生」

先に立っていた薊が首をすくめた。すばしこく脇をすり抜けようとしたものの、先生と呼ばれたスュードにがっしりと腕を掴まれてしまった。どうやら、これが日常の光景のようだ。

「ごめんなさい。でも、お客さんを連れてきたの」

鵺のそばにいた葵が言った。腰に銃を挿しているおかげで、ふたり並んでもかろうじて見分けがついた。

スュードは今初めて気づいたかのように、鵺とメイルに視線を向けた。怪訝そうな表情を浮かべているが、敵意は感じられない。

「おや、客人とは珍しいね」

「お腹が空いてるんだって」

葵の言葉に、先生は頷いた。

「とにかく、こっちへ来なさい。パンと野菜スープくらいしか出せないが、それでもよければ」

「ありがとうございます。わたしは鵺・Wです」

厚意に甘えさせてもらう以上、名前くらいは名乗るのが最低限の礼儀だろう。後のことはその時になってから

考えればいい。

「鶫はロウドウできるってさ」

「そうかい。それは何よりだ。さあ、葵に薊。先に行って、スープを温めておいておくれ」

「はあい、先生」

子供たちは勢いよく駆け出した。その後ろ姿を見送ってから、スュードは鶫の方に向き直った。

「わたしは木賊《トクサ》・T。あの子たちのお守りをするのが仕事だよ」

スュードで〝T〟は珍しい。それは教師か技師か、何らかの専門技術を持った職業を意味する。たいていのスュードは戦士の〝W〟か雇い人の〝E〟だ。おそらくは事情があるのだろうが、会ったばかりなのにあれこれ詮索するわけにもいかない。

「それは大変そうなお仕事ですね」

「実際、気の休まる暇もないよ。しょっちゅう、とんでもない問題を持ち込んでくれるしね」

木賊が微笑むと、目尻に無数の小皺が寄った。思わず気を許してしまいそうな柔和な表情だったが、メイルを正面から見すえた顔は一転して厳しくなった。

「まさか、ここで生きたメイルを見るとは思わなかったよ」

「事情を話さなければいけませんか」

「いや。面倒は起こさないと約束してくれるなら詮索はしないよ。ただ、村長に挨拶くらいはしてもらわないとね」

「もちろんです。できるかぎりの礼は尽くします」

自分のことが話題にされているのをどこまで理解しているのか、メイルはおとなしく鶫の後をついてくる。

村の家々は粗末な丸太小屋だったが、造りはしっかりしていた。すべて住人たちが自分の手で建てたのだろう。木賊の小屋の中は暖かく、思わず眠気を催しそうになった。一階は居間兼台所で階段を上ったところに寝床がしつらえられている。竈にかけられた鍋から食欲をそそる匂いが漂ってくる。双子のひとりが鍋をかき混ぜ、もうひとりは戸棚から食器を出して並べている。銃はどこかに置いてきたらしく、どちらがどちらなのかはまたわからなくなってしまった。

居間の中央に置かれたテーブルは一度に七、八人が食事できそうなほどの大きさだった。白木にニスを塗って丁寧に仕上げられてはいるものの、いかにも素人くさく釘の頭が浮いている。

全員が席に着くと、鵯はスープの入った器を両手で包み込んだ。冷え切った指先が徐々に温まってくる。この器も手作りなのか、妙にいびつな形をしていて、陶器の表面にはあちこち凹凸があった。

「こんな所に村があるとは知りませんでした」

「そうだろうね。スュードだけの村なんて街の連中は気に留めもしないから」

「全員がスュードなのですか。でも、それでは……」

鵯は言葉を続けるのをためらったが、木賊はこともなげに言った。

「ここで赤ん坊が生まれることはない。それでも、人口は維持できるんだよ。時々、子供を捨てに来る母親がいるんでね」

スュードには生まれたときから見分けがつく者と、思春期になってから初めて判明する者がいる。母親にとっても本人にとっても、生殖能力の有無は早めにわかった方が望ましい。とはいっても、神のような眼力を医者に期待するわけにもいかない。鵯自身も出生時に見落とされたスュードのひとりだった。

「鵯はおしっこの出るところの形がヘンだよね」

いちばん上の姉が何気なくそう呟いたのは、確か七つの時だった。母親は血相を変えて叱りつけた。馬鹿なことを言わないで。わたしの娘はみんな正常よ。鵯だって、大人になれば、ちゃんと赤ちゃんを産めるようになるわ。

だが、結果的には姉が正しかった。鵯は十歳になった子供が受けるスクリーニングに引っかかったのだ。母親はうちひしがれ、できそこないの娘を産んでしまった我が身の不運を嘆き悲しんだ。当の娘を慰めたり気遣ったりすることも忘れてしまったようだった。

「あの子たちもそうなんですか」

鵯はテーブルの向かい側に腰を下ろしている双子に目をやった。ふたりはお互いの脚を蹴り合ったり肘でつつき合ったりして、どうにも落ち着きがない。

木賊は頷いた。

「林の中にいるところを見つけたんだよ。ふたりで手をつないで、途方に暮れたような顔をしていた。まだ三歳かそこらだったんじゃないかな。身元がわかるものは何も持っていなかったんで、わたしが名前をつけて、この村に来た日を誕生日ということにしたんだ」

無知で迷信深い者たちはスュードは自然に反する呪われた存在だと思い込んでいる。そこまで行かなくても、生殖能力のないスュードはフェムよりも劣った人間と見

なされる。スュードの誕生はどこの市でも歓迎されなかった。出生前に判明した場合は、中絶手術を選ぶ者も多いし、生まれた後で医師に金を渡して闇に葬ることもある。貧しい母親であれば、こっそり赤ん坊を捨ててしまう。もちろん見つかれば厳しく罰せられ、二度と子種を授かることはできなくなるのだが、それでもスュードの捨て子は後を絶たなかった。施設で育てられた鶫は、この子供たちに比べれば、まだしも運がよかったのだろう。

「ところで、どっちが葵でどっちが薊なんですか」

鶫が訊くと、木賊は破顔した。

「実は、わたしにもよくわからないんだ。ふたりはよく名前を取り替えて遊んでるしね。たぶん本人たちしか知らないんじゃないかな」

メイルは鶫の隣の席で、黙々と食べ物を口に運んでいた。鶫と木賊の会話にも、まったく関心を示さない。生身の人間と接した経験がほとんどなく、口のきき方も知らないのだ。やはり最低限の礼儀くらいは教えるべきなのか。だが、鶫の役目はメイルを太母市まで送り届けることだ。あとは向こうの人間に任せればいい。

「疲れた。眠い」

ようやく食事を終えると、メイルは横柄な口調でぼそりと言った。まるでしつけの悪い幼児だ。

「申し訳ありません。昨夜あまり寝ていないようなんです」

鶫はばつの悪い思いで弁解した。

「気にすることはないよ。上のベッドでゆっくり休むといい」

木賊の指図で双子がおっかなびっくりメイルを二階に案内していく。

「宿代は労働で払えばいいんですよね」

「まあ、そういうことだが、何も慌てることはあるまい。村長はおいしいお茶をいれてくれるんだ。それとも、急ぎの旅なのかい」

わずかに間を置いてから、鶫は答えた。

「いいえ、特に急いでいるわけではありません」

旅の終わりは人生の終わりを意味することになるだろう。それなら、せめて最後の日々くらいはゆっくり味わいたかった。別に、メイルとて急いで故郷に帰りたがっているわけでもないのだ。

あとかたづけを双子に任せて、木賊は鶫を連れて小屋を出た。

村長の家は村の中心に建っていた。特に大きくもないし、権力を表すような特徴があるわけでもない。

ノックに応える者はなかったが、木賊はかまわずに入口のドアを開けた。

「邪魔するよ、村長」

戸口を入ったとたん、真新しい木の香りに柔らかく包み込まれた。小屋の主はテーブルの前に座り、小さなナイフで一心不乱に木片を削っているところだった。鶫と木賊が近づいていっても顔を上げようともしない。床の上には、ナイフの刃先から落ちた木屑が小山を作っていた。

「こんにちは、村長。客人を連れてきたよ」

ナイフを握る手が止まり、主はようやく顔を上げた。美貌といってよい目鼻立ちをしているが、年齢は見当がつかなかった。スエードには許されないほど長く伸ばした黒髪には、ところどころ白いものが混じっている。若者のように張りのある肌をしていながら、鶫を見つめた眼差しには老人のような洞察と落ち着きが湛えられていた。

「村へようこそ、お客人。孔雀《クジャク》・Aです」

「初めまして、鶫・Wです。しばらくご厄介になります」

「移住希望者ではないのですね」

「旅人です。できれば、連れのために靴と着るものを手に入れたいのですが。もちろん対価は払いますから」

「鶫の連れはメイルなんだよ」

木賊が口を挟んだ。孔雀の表情は変わらなかった。

「街で売っているような立派なものはありませんが、それでもよければ」

「はい。贅沢はいいません」

鶫はテーブルの上に目をやった。孔雀が削っていた木片は見事な枝角を持つ鹿の形をしていた。大きく宙に跳ね上げた前脚が今にも動き出しそうに見える。ただし、身体の後ろ半分はまだ未完成だった。

「村長は芸術家なんだ。これがこの村の唯一の収入源でね」

木賊が壁際に設えられた棚を指さしてみせた。

「見せていただいてもかまいませんか」

「ええ、どうぞ」

棚の上には木彫りの動物や鳥や植物がぎっしりと並べられていた。どれも精緻なできばえだった。まるで、生命のない木切れの内側から生気が輝きだしてくるかのようだ。

孔雀は竈にやかんをかけ、テーブルの木屑をざっと払

い落とした。竈の横に金属製のトレイを置いてから、ポットと三人分のカップを並べる。

「時々、行商人が現金と引き替えに作品を持っていくのです。本当は気が進まないのですが、村のためには必要なことですから」

「なぜ、気が進まないんですか」

立ち入った質問をしてしまったと気づいたが、孔雀は気を悪くした風もなかった。

「わが子のようなものですから。わたしが作品に対して感じる愛情はフェムが自分の子に対して感じる気持ちと似ているのだと思います。生殖だけが人生の価値ではないでしょう。だからこそ、人間は文化を育み、学問や芸術を生み出したのではありませんか。スュードであっても、この世に残せるものはあるのです」

鵺は新鮮な驚きに打たれていた。こんな考え方をする人間には今まで出会ったことがなかった。

母親に見捨てられてからずっと、自分の人生には価値がないのだと思い込んできた。他人の手足のように使役され、汚い仕事をさせられるのもやむを得ないことと諦めていた。スュードに生まれてしまった以上、意義のあることなど何ひとつできないのだから。

だが、その考えが間違っていたとしたら。できることなら、もっと早くこの人に会いたかった。すべてが手遅れになる前に。

「何も初対面の相手に向かっていきなり演説をぶつことはないだろうに。お客人が困ってるよ」

鵺の沈黙を誤解したらしく、木賊が苦笑混じりに言った。

「いいえ、わたしは……」

鵺は言葉に詰まった。自分の感じていることをうまく言い表せなかったのだ。戦士は言葉を操らない。それは柘榴《ザクロ》のような権力者のすることだ。

無意識のうちに、鵺は指先で目の前の作品に触れていた。四本の足と細長い鼻面を持つ動物のように見えるが、背中には無数の長い棘が生えている。その一本一本がナイフで丹念に削り上げられたものだった。尖った先端が指を刺す。あとほんの少し力を入れたら、皮膚を突き破って血が噴き出しそうだ。

「それはヤマアラシです」

孔雀が傍らから覗き込んだ。

「こんな生き物が本当にいるのですか」

「わたしも実物を見たことはありません。街にいた頃、

図書館にあった図鑑に写真が載っていたのです。これはもう何年も前に、手すさびのつもりで作りました。どこまで細く削れるのか、試してみたかったのです」

「敵を攻撃するにはいいでしょうけれど、これでは交尾もできないのではありませんか」

「普段は棘を立てていませんから。きっと棘を立てたヤマアラシは怒っていると同時に怯えてもいるのでしょうね。恐怖に駆り立てられて、敵を攻撃するのです」

恐怖。そう、あの時の鶫も怯えていたのだ。怯えていたからこそ……忌まわしい記憶を鶫は慌てて意識下に押しやった。

「わたしの作品を気に入ってくださったなら、好きなものを差し上げますよ」

「いえ、そういうわけにはいきません。村の収入源なのでしょう」

「ここではそれほど現金は必要ないのです。食料はほとんど自給できますし、着るものや食器も自分たちで作れます。外から買うのは穀物と金属の道具類くらいです」

「駄目ですよ。わたしにそんな資格はありません」

これは芸術家の技なのだから。市で美術品を所有できるのは、特権階級のフェムだけだった。一介の戦士にそんな贅沢が許されるはずもない。それでも、孔雀の作品は心を惹かれずにいられないほど美しかった。

やかんが勢いよく湯気を噴き出し始め、孔雀は竈の方に向き直った。ハーブティーと樹木の混じり合った匂いに、鶫は安らぎを覚えた。警戒心はどこかへ消え失せていた。この村が好きになりそうな気がした。


日が高くなると、季節外れの暖かさになった。鶫は両手の泥を払い落とし、額の汗を拭った。畑の畦には泥がついたままの蕪が一列に並べられている。

「少し休むかね」

鍬を振るっていた木賊が鶫の方を振り返った。

「まだ働けますよ」

「あんたはいいだろうが、わたしが疲れたんだ。もう年だからね」

木賊は鍬を投げ出し、背中をまっすぐに伸ばした。ふたりは畑と雑木林の境界に置かれている倒木に腰を下ろした。木賊は水筒のお茶を一口飲んでから鶫に差し出した。

蕪の畑の向こうは人参とキャベツの畑だった。青々とした葉が日差しの中で風に揺れている。ムクドリの群れ

が青空を渡っていき、ここからは見えない所で羊がのんびりと鳴き声を上げた。静かだった。市から逃げ出したときには、こんな寛いだ時間を過ごすことがあるとは想像もしていなかった。

「昔、わたしは青娘《セイジョウ》市の大学で歴史の教師をしていたんだ」

　木賊がさりげない調子で口を開いた。

「だから、子供たちは先生と呼ぶんですね」

　青娘市は紅娘《コウジョウ》市よりもずっと大きく豊かな街で、略奪はせず、太母《タイボ》市から期限付きでメイルを借りている。もっとも、それは建前でしかなく、借りたメイルが返された試しはなかった。欺瞞だということは誰もが承知している。それでも、人間を金で売買するというおぞましい行為は正面きって認めたくないものなのだ。自前の風力発電所を持ち、市内の大学には他の街からも学生が集まってくる。紅娘市ではスュードが知的職業に就くことなど考えられなかった。

「ある時、同僚のフェムに熱烈な恋をしてね。相手もわたしの気持ちに応えてくれた。どうしても一緒に暮らしたくて、ふたりで駆け落ちすることにした。若気の至りというやつさ。捕まって連れ戻されて、わたしは強制労働キャンプに入れられた。二年間刑期を勤め上げたが、それでも恋人が忘れられなかった。せめて物陰からでも一目姿を見られればと思って、こっそり会いに行ったんだよ」

　なぜ木賊が身の上話を始めたのかは理解できなかったが、鶫は黙って聞くことにした。

「その人は赤ん坊を抱いていた。そりゃもう幸せそうな顔をしてね。同じように赤ん坊を抱いたフェムの伴侶が一緒だった。わたしは身も世もないほど嫉妬したよ。結局、フェムにとっては恋人への愛よりも子供を産むことの方が大事なのかと」

　この人も自分と同じだったのか。鶫は改めて深い皺の刻まれた顔を見つめた。だが、恋人を連れて逃げようなどという考えは一度も頭に浮かんだことはなかった。木賊に比べれば、鶫の思いは真剣さを欠いていたのだろう。所詮、スュードとフェムが添い遂げられるはずはないという諦めの気持ちが、いつも心のどこかにあった。

「わたしは自棄になった。何もかもがどうでもよくなって、市から市へと渡り歩いた。よからぬこともずいぶんやったよ。自殺しようとまでは思わなかったが、いつ死んでもかまわない気分だった。そんな時に村長に会った

んだ。この村で暮らすようになって、初めて安らかな気持ちになれた」

「不思議な方ですね。村長は」

「ベッドを共にしたいなら、直接本人に頼んでみるんだね」

木賊の直截な言葉に鶫はうろたえた。

「まさか、そんな」

「村長はあんたを気に入ったんだよ。ああ見えてプライドの高い人だからね、気に食わないやつには作品を譲ろうなんて絶対に言わないのさ。頼んでみればいい、抱いてくれとでも恋人になってくれとでも。相手があんたなら拒まないだろう」

今までの恋人はフェムばかりだった。スュードに惹かれたことはなかったはずなのに、孔雀の滑らかな肌に触れ、長い髪を愛撫したいと思っている自分に気づいて、鶫は愕然とした。木賊はその気持ちを見抜いていたのだ。

「なぜ、会ったばかりのわたしにそんな話を」

「わたしはもう五十五だ。先は長くない。おそらく、あの子たちが大人になるまでは生きられない」

鶫が口を開きかけるのを制して、木賊は言葉を続けた。

「スュードはフェムほど長く生きられない。六十を超えるものはまれだ。そして、メイルの寿命はさらに短い。ほとんどは三十になる前に死ぬ。あんたのお連れさんはよくてあと五、六年というところか。だったら、ここで看取ってやっても大した違いはないさ。この村に住んでくれないか。わたしの代わりにあの子たちの面倒を見てやってほしいんだ」

もし、太母市へ行かずにすむなら、憎しみに燃える人々の前に我が身を晒すこともないのだ。鶫の心は揺れた。取るに足りないスュードとしての人生であっても、やはり命は惜しい。死にたくはない。だが、あの時犯した罪を償うこともせず、おめおめと生き延びることなど許されるのか。

「わたしがそこまで信用できる人間だとどうしてわかるんですか。もしかしたら、凶悪な犯罪者かもしれないでしょう」

「あんたは戦士だ。その気になれば、あの子たちに危害を加えることだってできたのに、そうはしなかった。わたしはあんたの善意を信じるよ。過去がどうだろうとね。それに、この村は街の法律に従ってるわけじゃない」

ここで暮らせるのなら。畑仕事をし、薪を集め、家畜の世話をし、捨てられた子供たちを育てて。それは強烈

な誘惑だった。もう少しで身を委ねそうになったとき、またしてもかすかな血の臭いを嗅いだような気がした。

やはり駄目だ。小さな幸せや救いを求めることなど、自分には許されないのだ。

「わたしは……」

突然、かん高い子供の声が鶫の耳に届いた。

「大変、タイヘンだよ」

「先生、鶫、早くきて」

葵と薊が転がるような勢いでこっちへ走ってくる。

「どうした、何かあったのか」

木賊が子供たちの方へ駆け寄っていく。鶫も後に続いた。

「うん。蓑虫がね……」

一方が言いかけると、もうひとりが思いきり拳骨で頭を殴りつけた。

「馬鹿。蓑虫じゃないだろ。あいつはメイルだよ」

「おまえが先に言い出したくせに」

「いいから、用件を話しなさい」

木賊が厳しい表情で無駄口を遮った。

「うん、あいつ、病気みたいなんだ。火傷しそうに熱いの」

最後まで聞かずに、鶫は駆け出した。


メイルは仰向けにベッドに横たわり、苦しげに浅い呼吸を繰り返していた。顔色は熟しすぎたトマトのようだった。目は閉じられ、声をかけても反応はない。子供たちの言うとおり、額は火のように熱く、大粒の汗の玉が浮かんでいる。

鶫は唇を噛んだ。やはり、あの強行軍は過酷だったのだろう。鶫でさえも楽ではなかったのだから。だが、市から逃げ出すためには他に方法がなかったのだ。

「この村に医者はいますか」

思わず尋ねてしまってから、愚問だったと気づいた。どこの市であれ、スュードの医者などというものがいるわけはあるまい。知的な専門職に就けるのはフェムだけだ。

「看護師ならいるよ。軽い病気や怪我なら、たいていは手当てしてくれる。手に負えない場合は、行商人に街まで連れて行ってもらうんだ」

「街へは行けません。その人を呼んでいただけますか」

木賊はわずかにためらう素振りを見せた。

「前もって断っておくが、芙蓉《フヨウ》はちょっと変わり者なんだ。あんたの気に触るようなことを言ったとしても聞き流してほしい。まあ、会えばわかるがね」

双子のひとりが心得た風で、小屋を飛び出していった。もうひとりは水で濡らして絞った布を鶫に差し出した。

「これ使って。あいつのこと好きじゃないけど、病気なのはかわいそうだから」

「ありがとう」

鶫は双子の片割れに微笑みかけてから、汗ばんだ額を拭ってやった。メイルは目を閉じたまま、弱々しく首を左右に振った。片手がベッドの端から滑り落ちて、力なく垂れ下がる。毛布の下に戻してやろうとすると、鶫の手を握り返してきた。高熱にも関わらず、その指先だけは氷でできているように冷たい。

「マリリン……行かないでよ、マリリン」

かすれた呟きが漏れた。譫言でまで名前を呼ぶとは、よほど執着しているのだろう。無理もない。市に連れてこられてからずっと、あれに世話をされ、快楽を教え込まれてきたのだ。

仮に略奪されなかったとすれば、少しは人間らしい生活を送ることができたのだろうか。太母市でメイルがどんな扱いを受けているのか鶫は知らない。少なくとも、フェムやスュードと同じような行動の自由が許されていると聞いたことはなかった。

どのみち閉じ込められたままで終わるなら、短い間でも外の世界を見せてやれただけましだったのでは――いや、それは違う。本人は外へ出ることなど望んではいなかったのだから。鶫はただ柘榴の冷酷さと傲慢さに腹を立て、衝動的に反抗しただけなのだ。

殺すべきだった。このメイルを殺し、命令通り略奪に出かけて――また血にまみれ、罪を重ねるのか。年老いてもう戦えなくなるまで、他人の恨みと憎しみと怒りと悲しみとを背負い続けるのか。

決断したという自覚さえないままに、鶫は戦士になっていた。なぜ、こんな生き方を選んでしまったのだろう。およそ、この世に略奪者ほど卑しく汚い仕事はないのに。あるいは、それだからこそだったのか。スュードは何も生み出さない。無意味で不毛な人生を送って虚しく死んでいくだけだ。やりたいこともなりたいものも特に見つからなかった。それとも、考えようともしなかったのか。母親にさえ見捨てられる無価値な存在が人生について真剣に思い悩んだところで何になる。自分には人に蔑まれる仕事こそがふさわしいのだ。

「メイルの病人がいるんですって」

鶫は驚いて振り返った。声もフェムのようだったが、

もし街中ですれ違っていたとしたら、何の疑問もなくフェムだと思っていたはずだ。長い黒髪を三つ編みにして両肩に垂らし、膝丈のスカートを穿いている。どちらもスュードにふさわしいとされるものではなかった。禁止されてはいないものの、公共の場でそんな身なりをすれば、非難か嘲笑を受けることになる。肌は滑らかで唇には紅まで差している。鵺よりはいくらか年下に見えた。二十歳をいくつも超えてはいないだろう。

「あなたが芙蓉ですね」

「ええ、そんなにびっくりしなくてもいいでしょ。メイルを街から連れ出す方がよっぽど非常識よ」

鵺を押しのけるようにしてベッドに近づくと、芙蓉はメイルの額に手をやり、口の中を覗き込んだ。

「感染症ね。ウイルス性か細菌感染かまではわからないけど。普通なら命に関わるほどのものじゃないはずよ。ただ、メイルの患者を診たことはないから保証はできないわ。熱冷ましの薬草を持ってきたから、お湯で煎じて飲ませてあげて。あとはできるだけ水分を取らせることね」

木賊が芙蓉の手から薬草を受け取り、階段を下りていった。

「無茶をやったものね。メイルは感染症やストレスに極端に弱いの。わたしたちと接触しただけで命取りになりかねないわ。この人は隔離されてたんじゃないの」

「隔離……なのですか。監禁されているのだと思っていました」

芙蓉は耳障りな笑い声を上げた。

「そこは見解の相違ってやつね。ひょっとして、あなたは犯罪者なのかしら。囚われの王子様に思わず同情しちゃったとか」

「いくら何でも失礼だろう、芙蓉」

薬草の煎じ汁を鵺に手渡しながら、木賊がたしなめた。

「別に、この人が犯罪者でも気にしないけど。街の連中は嫌いだもの」

何かが鵺を苛立たせていた。相手の辛辣な口調のせいではない。まるで、無意識の表面に爪を立てられて、思い出したくもないものを引きずり出されるかのようだ。

芙蓉に上半身を支えられたメイルの口に、鵺は薬湯を流し込んだ。顔をしかめはしたものの、メイルはおとなしく与えられたものを飲み干した。相変わらず意識はなく、呼吸は苦しげだった。それでも、しばらく見守るうちに、心なしか顔の赤みが薄らいで息遣いが穏やかに

なってきたように見えた。

「ありがとうございました」

鵜は率直に頭を下げた。芙蓉のものの言い方にはとうてい好意が持てなかったが、とにかくやるべきことをやってくれたのは間違いない。

「あとは本人の快復力次第ね。もっともこの人が助かった方がいいのかどうか、わたしにはわからないけど」

軽く肩をすくめてみせてから、芙蓉は小屋を出ていった。

「いつもあの調子なんだよ。気を悪くしないでほしい」

木賊が困惑顔で言った。

「いいえ、助かりました」

芙蓉の最後の言葉が心に取り憑いていた。自分は本当に回復を望んでいるのだろうか。もし、メイルがここで死ねば、鵜はこの村に留まることができる。最後まで看取ってやれば最低限の申し訳は立つだろう。

そもそも、太母市まで連れていったところで、帰還を喜ぶ者などいるのかどうか。もはや子種を提供することもできないし、かといって、他の形で社会に貢献できるわけでもない。礼儀も感謝も知らず、自分の面倒さえ見られず、ただ他人の奉仕を期待するだけの足手まといな存在なのだ。

いっそ、ここで死んでくれれば、何もかもがうまく行く。鵜は木賊の代わりに重労働を引き受け、双子が大人になるまで後見人になってやれる。そして、時には孔雀と夜を共にして、穏やかに愛を交わし――。

それはあまりにも身勝手な空想だった。熱に浮かされ、苦しげにゆがんだ顔を見下ろして、鵜は罪悪感と憐れみを覚えた。たとえ残り少ない命であっても、メイルは死と戦い、精いっぱい生きようとしている。その戦いに価値がないなどとは誰にも言えないのだ。


夢を見ていた。か細い子供の声が必死に訴えかけている。

「お願い、お願いだから、髪を切らないで」

誰もその声に耳を傾けようとはしなかった。子供は裸のまま椅子に座らされ、後ろから肩を押さえつけられていた。冷たい鋏が嘲るような音を立てて開閉するたびに、長い髪の束が床の上に落ち、蛇のようにうねる。悲しみと喪失感が身を焼いた。失ってしまったもの、二度と取り戻せないものは髪だけではなかったからだ。

目が覚めると、天窓から青ざめた月の光が差し込んで

いた。天井の梁から吊り下げられたランプの光は消えてしまっていた。涙が頬を濡らしているのに気づいて、鶫はうろたえた。もう長い間、あの時のことは忘れていたのに。

「少し休んだ方がいいんじゃないの」

芙蓉の声だった。さっきのようにとげとげしい口調ではなく、いくらかの思いやりさえもこめられていた。もしかしたら、見られてしまったのだろうか。だが、この暗がりでは、相手の顔さえはっきりとは見分けられないはずだ。

「すみません。うたた寝するつもりはなかったんですが」

芙蓉はメイルの額に乗せた布を取り替えているところだった。三つ編みにした長い髪が薄明かりの中でほの暗い影を作っている。この髪のせいだったのだ、と鶫は思い当たった。

毎朝、母は鶫を膝の上に乗せて、長い髪を丁寧にブラシで梳いてくれた。それから、時間をかけて三つ編みのお下げにするのだった。鶫は母のお気に入りで、あからさまに特別扱いをされていた。他の姉妹たちは焼き餅を焼き、口々に不満を述べたが、当の鶫は膝の上でじっとしているのが苦手だった。髪の毛などどうでもいいから、早く遊びに行きたかったのだ。

「あなたは生まれついてのスゥードじゃないわね。何となくわかるわ」

「ええ。十歳児のスクリーニングで引っかかったんです」

それは子供にとって大いなる恐怖だった。陰部に指を突っ込まれて、恐ろしい痛みを我慢しなければならないのだと噂されていた。実際には、直径数ミリのプローブを挿入されるだけだし、痛みもさほどではない。本当の恐怖は検査そのものにあるのではなかった。検査の結果、自分の意思とは無関係に、運命を変えられてしまうことの方なのだ。

あの日以来、母は鶫と視線を合わせようともしなくなった。今まで可愛がってくれたことなど忘れたかのように。

「スゥードだとわかったとき、わたしはもう十六歳になっていたの。スクリーニングの結果が間違っていたのよ。たまにそういうことも起きるんだと説明されたけど、とても納得できなかった。十六歳なら、子種を授かってもおかしくない年よ。あなたはスゥードだといきなり言われたって、今さら自分を変えられないもの。わたしはフェムよ。ただ子供が産めないだけ」

それは矛盾している。子供を産む能力を持つ者がフェムであり、生殖能力のない者をスュードと呼ぶのだから。わざわざそんな自明のことを指摘するのは無意味だった。もちろん、芙蓉はそれを承知で言っているのだ。

「母はわたしの気持ちを理解してくれたわ。わたしはフェムとして学校に通い続けて、看護師の資格を取ったの。でも、周りの人たちは母のように寛大じゃなかった。おまえはスュードなんだからフェムのふりをするのはやめろと言われたわ。そんなの無理よ。これがありのままのわたしなんだから」

こんな所に入れられたのは、きっと何かの間違いだ。母はあれほど鶫の髪を褒めてくれたのだから。近いうちに必ず迎えに来てくれる。だから、もう一度家へ帰るまでは今のままの自分でいなければならない。髪を切られたら、鶫は母のお気に入りではなくなってしまう。

お願いだから、髪を切らないで。

鶫は涙ながらに哀願したが、施設の職員たちはまともに取り合おうとしなかった。今までに何人となく、同じような子供を扱ってきて、慣れっこになっていたのだ。

あなたはスュードなんだから、フェムみたいに長い髪は似合わないの。人はみんな自分にふさわしい振る舞いを身につけなきゃならない。それが大人になるってことなんだから。大丈夫、すぐに慣れるよ。最初はみんな戸惑うけれどね。

「昔は、わたしもあなたと同じような髪をしていたんです」

衝動的に口にしてしまったのは、夢の中の悲しみが心にまとわりついていたせいだった。

「そう。あなたは昔の自分を殺したのね」

「それは違いますよ。人は変わっていくものです」

「変わったんじゃなくて、薬で無理やり変えられたんでしょ。おぞましいと思わないの」

いきなり、芙蓉はブラウスのボタンを外して前を広げてみせた。ほの白い月の光に、形のいい乳房が浮かび上がった。

「ほらね。あなただって、こうなっていたはずなのよ。本当は、フェムとスュードに外見の違いなんてないの。あいつらは子供の産めない人間を差別して、身体まで変えてしまうの。こんなやり方は絶対に間違ってる」

鶫は目を逸らそうとしたが、芙蓉は強引に自分の方へ顔を向けさせた。

「きれいな顔をしてるのね。一度、鏡を見てみればいい

のに。平らな胸に毛深くて太い手足。それがあなたの望んだものなの？」

（鵺はお人形さんみたいね。大きくなったら、きっと美人になるわ）

不意に、母の声が耳元に甦った。怒りがこみ上げてきた。いったい何に対する怒りなのかは自分でもわからなかったが。

「やめてください」

鵺は芙蓉の手を振り払い、影の中へ後ずさりした。

「ねえ、知ってる。アンドロゲンを投与されなければ、スュードはフェムと同じくらいに長生きできるのよ。フェムはスュードに重労働や汚い仕事を全部押しつけた上に、早死にさせて厄介払いしてるってわけ」

「まさか、そんな……」

「嘘じゃないわ。前に勤めていた病院の医者から聞いたの。スュードは自然に反する存在だっていうけど、薬で身体を変える方がよっぽど自然に反することよ」

芙蓉の声は再び辛辣な響きを帯びていた。

長年、柘榴のお気に入りとして働いてきていながら、鵺は一度もそんな話を聞いたことはなかった。戦士は他のスュードよりも大量のアンドロゲンを与えられる。戦闘能力を高め、よりよく任務を果たせるように。だが、芙蓉の話が本当なら、鵺は今まで自分の命を縮めてきたことになる。当然、柘榴は知っていたのだろう。知っての上で、気にも留めていなかったに違いない。スュードは使い捨ての要員に過ぎないのだから。

取るにたりない人生だったはずなのに、この苦々しい思いは何なのか。

「メイルはどうなんです。メイルの寿命が短いのも、アンドロゲンのせいなんですか」

「さあね。メイルのことはわたしにもわからない。でも、不思議よね。太母市の外では決してメイルは生まれないんだから。たぶん、あそこの連中には秘密があるのよ」

そう言えば、柘榴もよく言っていた。メイルを生み出す方法さえ突き止められれば、略奪などしなくてもすむのに、と。そして、太母市の強欲さを口を極めて罵ったものだ。

「なぜ隠すんでしょうね。わたしの上司は子種の利益を独占するためだろうと言っていましたが」

今までに、いくつもの市がその秘密を突き止めるためにスパイを送り込んだが、誰ひとりとして戻っては来なかったという噂だった。殺されたのか、あるいは囚われ

の身になっているのかも確かめようはない。

「それは疑問ね。お金が目的なら、略奪者をもっと厳しく取り締まるはずだもの」

鵜がひそかに動揺したことに、芙蓉は気づかなかったようだ。

「おそらくメイルは普通の方法では生まれないのよ。何か大っぴらにできないようなやり方をしてるんじゃないかしら」

「体外受精ですか」

「その程度なら、別に隠す必要はないでしょ。もっと不道徳なことよ。例えば……そう、動物の遺伝子を使っているとか」

「それじゃ、わたしたち自身にも動物の遺伝子が混じっていることになりますよ」

「そうなのかもしれないわ。知らないだけなのかもね」

いくら何でも、芙蓉の話は荒唐無稽に思えた。

鵜はベッドに近づき、そっとメイルの額に触れた。まだ熱は下がりきっていなかったが、呼吸も表情もさっきよりは安らかになっている。おそらくは生き延びられるだろう。子種を搾りつくされた末のささやかな余生でしかないとしても。

「わたしがついているから、あなたは休みなさい」

鵜は芙蓉の言葉に従うことにした。


落ち葉の降り積もった雑木林の地面には霜が降りていた。木陰にしゃがみ込んでいると、爪先が凍えて感覚がなくなってくる。鵜は双子の方を振り返り、人差し指を唇に当ててみせた。葵と薊は真剣な表情で頷く。

右手で手製の槍を構え、鵜は林の中の気配に耳を澄ました。やがて、落ち葉を踏む足音がこちらへ近づいてきた。まっすぐに走ってきた茶色の毛の生き物は、人間たちが身を潜めている場所の手前で、何か不穏なものを感じ取ったかのように不意に足を止めた。長い耳が神経質そうに震えている。

鵜は素早く立ち上がった。緩やかな放物線を描いて飛んだ槍が正確に獲物の首を貫き、そのまま地面に突き刺さった。つかの間、断末魔の痙攣をしてから、兎は動きを止めた。粘り気のある鮮血が落ち葉を赤く染めた。

「すごい」

双子がユニゾンで感嘆の声を上げ、獲物を拾いに飛び出していった。

兎は大きな雄だった。これなら肉の量もかなりのもの

だろう。

動物には雄と雌がいて、つがいを作って子を産む。当たり前のことだ。人間だけがその当たり前の自然の摂理から外れているのだ。

「なぜ、メイルはこんなにも数が減ってしまったのですか」

いつだったか、柘榴の機嫌がよかったときに尋ねてみたことがある。

正確なところは誰も知らない、という返事だった。

一部の歴史学者は戦争のせいだという説を唱えている。メイルどうしの戦いはフェムとは比べものにならないほど激しく残酷で、どちらかの息の根を止めるまではやまなかったという。その戦いに投入された生物兵器が不完全なものだったため、敵を皆殺しにする代わりにメイルだけを殺してしまったのだ。

そうではない、疫病が原因なのだという者もいる。メイルだけに致死性の症状を引き起こす疫病の流行で世界は混乱に陥り、それまでの記録も技術もほとんど失われてしまったのだ。

長年、論争が続いているが、どちらの説も決定的な証拠を欠いている。

「別に、どうでもいいと思うんだけれどね。どっちが正しかろうと、今のわたしたちには何の関係もないんだから。学者というのはつまらないことにこだわるものなのよ」

さほど興味もなさそうな口ぶりで柘榴は言ったものだ。

真相がどうであれ、つがいの相手を見つけられなくなったフェムは新しいシステムを作り出した。ふたりのフェムが生活を共にすれば、一方が子供の世話をしている間に、もう一方が生活費を稼ぐことができる。あるいは、母親を中心にして娘たちと孫たちが大きな家族を形成してもいい。

前者は〝核家族〟、後者は〝母系家族〟と呼ばれていた。どちらの生活様式においても、スュードが無用の存在であることに変わりはなかった。家族とは子供を育てるための社会単位なのだから。

一般的には、〝母系家族〟の方が保守的だとされ、鶫の母もそのひとりだった。四人いた姉妹は今頃みんな母親になっているだろうが、今では家族との縁は完全に切れていた。できるだけ多くの子や孫がほしかった母にとって、スュードを産んでしまったことは恥であり、人

生の汚点だったからだ。母は失敗作の娘を施設に預けると、そのまま記憶から抹消してしまった。

今まで愛し、慈しんできた我が子に対して、どうしてある日突然、あんなに冷淡になることができたのだろう。母親の愛情とはいったい何なのか。最初のうちは毎日家族を思って泣き、母を恨みもしたが、やがて鶫は施設での生活に適応した。そうする以外に生きていく方法はなかったのだ。

スュードの出生比率は十人の新生児のうち二人程度とされていた。流産するか死産になる胎児の多くはスュードだという。生きてこの世に生まれてきたことが、はたして幸運だったのかどうか鶫にはわからない。

記録によれば、メイルが生まれなくなったのと入れ替わるようにして、スュードという存在が現れたことになる。だとしたら、そこには何らかの因果関係がありそうに思える。ただ、それは単なる思いつきでしかなく、科学の専門教育を受けていない者にとっては、考えを深める手立てもなかった。

双子はどちらが兎を持っていくかで喧嘩を始めた。しばらくの間、賑やかな罵り合いと取っ組み合いが繰り広げられ、鶫は苦笑してふたりを見守っていた。

鶫がフェムに生まれていて、若いうちに子種を授かっていたら、今頃はこんな子供がいたかもしれないのだ。もはや諦めているとはいえ、ほんの少し胸が痛かった。孔雀と違って、鶫にはこの世に残せるものなどありそうもなかった。

やがて、争いに勝った方が誇らしげに兎を掲げ、負けた方はふくれっ面で槍を拾い上げた。

「わたしらにも兎の捕り方を教えて」

槍を手にした方が鶫の方へ戻ってきながら言った。

「そう簡単にはいかないよ。コツがいるんだ」

「鶫がずっと村にいてくれればいいのに」

とっさに返事に窮した。ここに長くいればいるほど出ていくのはつらくなる。

「馬鹿。鶫を困らせちゃ駄目だって、先生に言われただろ。人にはそれぞれやらなきゃならないことがあるんだからって」

兎をぶら下げた方が思いきり拳骨を食らわせた。

「わかってるよ」

もうひとりは不満そうに口を尖らせた。

三人は連れ立って村の方へ歩き出した。

「村の大人は兎を捕るのに銃を使うんだよ。貸してもら

えばよかったのに」

「それは……難しいんじゃないかな」

「鵺がウマノホネだから信用してないの」

「信用してくれてはいると思うよ。ある程度はね。だけど、銃は大事なものだろ。兎を捕るためだけに使うわけじゃない」

「うん、わかる。もし悪いやつが来たら、村を守らなきゃならないんだって、先生が言ってた」

一歩間違えば、自分がその悪いやつになっていたかもしれないことは口にしないでおいた。

子供たちはなぜか鵺になついてくれていたし、鵺自身も子供たちに単なる好意以上のものを覚え始めていた。はたして、スュードが子供を愛することなどあるのだろうか。あるとしたら、それはどういう種類の愛情なのだろう。母親や祖母としてのものでも姉妹やおばとしてのものでもないとしたら。

父親、という言葉が唐突に頭に浮かび、鵺は困惑した。その言葉は死語だ。「男」や「女」と同様に。子種を提供したものが父親と呼ばれるなら、あのメイルは紅娘市で生まれた多くの子供たちの父親ということになる。だが、本人はそのことを知らないし、知ったところで何らかの感慨を覚えるとも思えない。

かつての失われた時代、父親は家族を守ると同時に支配する存在だったという。どう考えても、あのメイルが父親になれるはずはあるまい。他人を守るどころか、自分の面倒を見ることさえおぼつかないのだから。

木賊はいつものように朝食の支度をしていた。意外なことに、メイルがぎこちない手つきでテーブルに食器を並べていた。孔雀が用意してくれた毛織りのシャツとズボンを身につけ、蔓草を編んだサンダルを履いている。動作は相変わらず鈍いものの、もはや病人くさいところは感じられなかった。すっかり血色がよくなり、むさ苦しい髭も剃り落とされて、心なしか若返ったようにさえ見える。おそらくは市で与えられていた薬物の影響から脱け出したせいもあるのだろう。

「さっき、芙蓉が来てくれたんだよ。いつまでも寝てばかりいたんじゃ、かえって回復が遅れると言うんで、ちょっと手伝ってもらったんだ」

木賊がスープを椀によそいながら言った。

看護師をしていただけあって、芙蓉は根っから人の世話をするのが好きなようだった。着替えも髭の手入れも木賊や鵺の手には余っただろうから、芙蓉が気をきかせ

てくれたのは大いに助かった。その一方で、鶫は漠然とした不安を覚えた。メイルは芙蓉をフェム——いや「女」だと思い込んでいるのではないか。「女」に対してどんな観念を抱いているのかは考えたくもなかった。

「見て、先生。こんなでっかいのが捕れたんだよ」

双子の一方がまるで自分の手柄のように兎を掲げてみせた。

「ほう、これは大したもんだ。昼にはうまいシチューが食べられそうだね」

笑顔で兎を受け取ってから、木賊は鶫に向き直った。

「あとで、こいつを捌いてくれるかね。わたしは野菜と香草を取りに行くから」

「ええ、喜んで」

「葵と薊も一緒に来なさい」

「えー、鶫を手伝う方が面白そう」

ひとりが異議を唱えると、もうひとりも頷いた。鶫には未だにふたりの区別がつかないのだが、本人たちは逆にその状況を楽しんでいる様子だった。

「じゃあ、ひとりずつだ。どっちにするかは話し合いで決めるんだよ。喧嘩は駄目だ」

「はあい、先生」

「はあい」

木賊と双子と鶫とメイル——五人で食卓を囲む光景は、家族のように見えなくもなかった。核家族でも母系家族でもないどころか、血のつながりさえなくても、複数の人間が集まって共同生活をしていれば、そう呼ばれる資格はあるのかもしれない。

成人したスュードは他人とあまり親密な関係を築かず、孤立して暮らすことが多い。だが、スュードであっても家族を作れる可能性はあるのだ。それとも、鶫は家族という言葉に幻想を抱いているだけなのか。

食事が終わる頃、芙蓉がメイルを迎えに来た。

「そろそろ、この人を運動させた方がいいわ。また旅をするつもりなんでしょう」

ふと、芙蓉に警告しておいた方がいいのではないかという気がした。しかし、いったい何を。

メイルは〝女〟を欲望の対象として見ているし、芙蓉は〝女〟と間違えられているから危険だと言うのか。本人の目の前で。それはメイルを侮辱し、動物か幼児同然に扱うことになる。

「村の外へ出るつもりですか」

「いいえ、まわりを散歩するくらいよ。遠くへは行かな

いわ。少しずつ慣らしていかないとね」

「はい、お願いします」

結局、鶫は不安を口にできなかった。

芙蓉に連れられて出ていくメイルは明らかに嬉しそうな顔をしていた。インターフェイスを失ってから初めて、好意を抱ける対象に出会ったのだ。その感情が好ましくないものだなどと誰に言えよう。

林の奥まで行くのでなければ、たぶん大丈夫だろう。もう大人と呼ばれる年齢なのだし、ここのやり方にもなじんできているはずだ。

木賊と双子の片割れが畑へ出て行ったあと、鶫は葵(薊かもしれないが)を助手にして、兎を捌きにかかった。野宿をすることも多い戦士にとっては、訓練の一部のようなものだった。

まずは包丁で腹を裂いて、内臓を取り出す。殺したばかりの兎の体内にはまだ温もりが残っていた。臭みのある腸は捨て、肝臓や腎臓は取り分けておく。次に手で皮を剥ぐのだが、これはあまり難しい作業ではない。

「やってみるかい」

鶫が声をかけると、葵は目を輝かせて頷いた。

「片手で頭の方を押さえておいて、お尻の方へ引っぱるんだ」

子供の力でもさほど苦労することなく、兎は後ろ半分の皮が剥け、赤い肉が露出した。残った皮を今度は頭の方へ向かって剥いでいくと、首のまわりに広がって、まるで毛皮のケープのように見えた。

「あとはわたしがやるよ」

「全部取らなくてもいいの」

「耳が邪魔になるだろ」

木賊は普段から道具の手入れを怠らないたちのようだ。包丁の切れ味は申し分なかった。兎の首は一撃で断ち落とされ、勢いあまって床の上に落ちた。

「何だかかわいそうだ」

葵は顔を曇らせて目を逸らした。

「そうだね。生き物の命を奪うのはむごいことだ。でも、そうしなければ、人間は生きていけないんだ」

「うん……肉はおいしいよね。それに、人間に殺されなくても、狐や鷲の餌にされるんだし。生存競争っていうんでしょ。先生が教えてくれた」

そう言いながらも、葵は兎の首から目を逸らしている。

バケツの水で兎の血を洗い流して、肉を切り分けているところへ、木賊と薊が帰ってきた。木賊は泥がついた

ままの大蒜と玉ねぎと人参が山盛りになった籠を両手で抱えている。薊の方はタイムとセージと月桂樹の葉の入った小振りな籠を手にしていた。

「その腸はすぐに土に埋めてしまった方がいいね。この陽気じゃ、腐るのも早いだろうから」

鶫は料理を木賊にまかせ、兎の腸と頭を入れたバケツを下げて小屋の外へ出た。遠くで悲鳴が聞こえたのはちょうどその時だった。かん高い、フェムのような声は芙蓉に違いなかった。

全身から血の気が引く思いがした。悪い予感が的中してしまったと直感した。

バケツを放り出し、その場に駆けつけたときには、すべては終わったあとだった。村の外れの、藪を切り開いた小道が雑木林に続いているあたりで、メイルは数人の村人に取り押さえられていた。芙蓉の服は引き裂かれ、手足は泥だらけになっていた。唇の端から血が細く糸を引いて流れ落ちている。

「このけだものがわたしを強姦しようとしたのよ」

強姦、という言葉が何を意味しているのか、理解するのにしばらく時間がかかった。相手の意思を無視して、暴力で性行為に及ぶこと――それもまた死語だ。およそ暴力ほど愛の行為からほど遠いものはあるまい。

「怪我はありませんか」

「見ればわかるでしょ。こんなに親切にしてやったのに、恩を仇で返すなんて」

芙蓉は怯えるというより、驚き怒っていた。無理もない。本来なら、メイルは社会から隔離され、行動の自由を奪われている。こんな事態が起きるはずはないのだ。

「こいつは女だろ。女は男に従うものじゃないのか」

メイルの方も怒り、混乱していた。かなり暴れたらしく、顔には痣ができ、鼻血を出している。取り押さえた村人たちの方にも軽い怪我を負った者がいる。

これは鶫の落ち度だ。芙蓉とふたりきりになったら、どんな行動を取るかは予想できたのに。判断を誤った。村で暮らすうちに、分別を身につけてくれただろうと都合のいい期待を抱いていた。

「この人はフェムじゃないよ。わたしや他のみんなと同じだ。ここにフェムはいないんだ」

「嘘をつけ。こいつの身体はマリリンと同じだった」

「あんたはけだものよ。今すぐにここから出ていって」

芙蓉はメイルに背中を向け、ぼろぼろになった服の残骸で身体を隠そうとした。若い村人が自分の上着を脱い

で、肩にかけてやった。

「フェムじゃなくてよかったと初めて思ったわ。もし、けだものに強姦されて妊娠なんかしたら死にたくなるもの」

芙蓉は地面に膝をついて嘔吐した。上着を貸してやった村人が後ろから抱きかかえるようにして寄り添った。一瞬だけ、鶫を振り返った眼差しには非難の色がこめられていた。芙蓉の伴侶なのだろう。

「申し訳ありませんでした。わたしたちはここへ来るべきではなかったようです」

鶫は村人たちに頭を下げてから、メイルの腕を取った。

「行こう。あんたはみんなに迷惑をかけたんだ。これ以上、ここにはいられない」

抵抗されるかと思ったが、意外におとなしかった。何かが間違っていることを、おぼろげながらも察したようだ。あるいは、多勢に無勢と見て取ったのか。

「待ちなさい。それはあなたが決めることではありませんよ」

涼やかな声がした。

孔雀が村の方からゆっくりと近づいてくるところだった。

「芙蓉を家で休ませてあげて」

若い村人は頷き、芙蓉を促してそっと立ち上がらせた。足元はまだふらついていたものの、伴侶に支えられれば、どうにか歩くことはできるようだった。

「他に怪我をした人はいますか」

孔雀は穏やかな表情で村人たちを見回した。

「かすり傷程度です。手当は必要ありません」

顔に小さな痣を作ったひとりが答えた。

「それではみんな仕事に戻りなさい。この人にはしばらく薪小屋に入っていてもらいます。入口に鍵をかけて、誰か見張りにつくように」

村人たちは無言のまま孔雀の指示に従った。長身で屈強そうなふたりが両側からメイルの腕を掴んで引っ立てた。

「こいつは人殺しなんだぞ。ぼくのマリリンを殺したんだ。ぼくじゃなくてこいつを閉じ込めろよ」

メイルは鶫を睨みつけてわめいたが、村人たちは取り合わなかった。ふたりのスュードに引きずられて、小屋の列の向こうにその姿が消えると、孔雀は鶫に向き直って微笑みかけた。

「少し話をしませんか。お茶をいれますから」

鶇は黙って頷いた。

孔雀の小屋の中は最初に訪ねた日と変わっていないように見えた。ただ注意深く観察すれば、棚の上の作品がいくつか増えているのに気づく。あの枝角のある鹿が棚の一番手前で挑みかかるように前脚を蹴り上げている。テーブルに置かれているのは作りかけの小鳥の胴体だった。

真新しい木の香とハーブティーの匂いが鶇を優しく包み込んだ。

「本当に、お詫びのしようもありません。すべてわたしの落ち度です。メイルを外へ連れ出したこと自体が間違いでした」

「そうですね。メイルが社会の一員として暮らすのは難しいでしょう。そんなふうには育てられなかったのですから。でも、あなたは違います。このままずっと、あの人の保護者兼監視役でいるつもりですか」

「ずっとではありません。目的地に着くまでです」

「太母市へ行くつもりなのですね」

鶇は仰天して孔雀の顔を見つめた。深い洞察を湛えた瞳がこちらを見つめ返している。いったい、どこまで事情を察しているのだろう。

「あの人はもうメイルとしての役目を果たすことができない。だから、せめて最後の日々を生まれ故郷で過ごさせてあげたい。あなたはそう思ったのですね」

この人に隠し事をしても無駄だと悟った。

「その通りです。でも、それだけではないのです。わたしの懺悔を聞いていただけますか」

湯気の立つ白磁のカップが目の前に置かれた。孔雀はテーブルの反対側に腰を下ろし、無言でこちらを見つめている。鶇は語りはじめた。この十数年間、苦しみ続けてきた己の罪を。


指揮官はこれが三度目の略奪になるベテランだった。長身にたくましい体つき、根っからの自信家で権力者たちの信頼も厚かった。少々のトラブルなど意に介さず、結果的にはそれが裏目に出た。その日は最初から雲行きが怪しかった。前日の夜、指揮官に次いで経験豊かだった戦士が急な病で倒れたのだ。普通なら作戦を中止するところなのに、指揮官は軽く舌打ちしただけで、代わりの要員を補充した。

なぜ実戦経験もない自分が選ばれたのか、当時の鶇には理由がわからなかったし、今となっては知る術もない。

正直なところ、怖くてたまらなかった。だが、戦士である以上、戦いを避けて通ることはできない。

出発前に、二度目のトラブルが起きた。トラックのエンジンが原因不明の不調に見舞われ、あわてて別の車を手配するはめになったのだ。出発は三十分近くも遅れた。予定通りに太母市に到着できなかったことが、その後の行動計画を大きく狂わせた。

普通、市内への侵入は守備隊が交替するわずかな隙を狙って行われる。ところが、その日、交替時間はとっくに過ぎていて、敵の戦士たちは準備を整えて待ち受けていた。この時点で数名の負傷者が出た。当初は市の外で待機するはずだった鶫は、汗ばんだ手に銃を握りしめ、先輩たちのあとをついていくことになった。

指揮官は太母市の内部を知りつくしていた。一般市民には見向きもせず、時おり空に向けて威嚇射撃をしながら、略奪部隊は街路を走り抜けた。成熟前のメイルは窓のない大きな建物の中で暮らしている。入口の警備員を排除して内部へ突入すると、白々とした人工照明の灯るホールが広がっていた。鶫の悪夢はいつも、その妙に明るく冷ややかな光に満たされたホールから始まるのだ。

抵抗はそれほど激しくはないはずだった。長年の攻防が続くうちに、略奪は半ば馴れ合いの儀式に近いものになっていたからだ。子種を買う余裕のない者たちが直接メイルを奪いに来ることは太母市の側も承知の上で、略奪者を撃退するよりもできる限り犠牲者を出さないことを最優先にしている。襲撃する方も非戦闘員のフェムには手出しをしないのが暗黙のルールだった。

ホールの奥に保育室に通じる扉が並んでいる。略奪部隊がそちらへ向かおうとしたところへ敵が追いすがってきた。小競り合いが起き、敵味方双方で何人かが戦闘不能に陥った。ここまでは想定内だった。

保育室の扉が押し開かれ、養育係のフェムたちが悲鳴を上げた。幼いメイルたちのほとんどは状況を理解できず、きょとんとしているだけだったが、中には怯えて泣き出す者もいた。鶫よりさほど年上には見えない若いフェムが、その子をかばって抱き締めようとした。

仲間のひとりが子供の身体に手をかけ、フェムから引きはがしにかかった。通常なら、フェムは子供を奪われるに任せる。少なくとも、略奪された子供は子種の提供者として大事に扱われるのだし、子供を守れなかったことで自分が責任を問われるわけでもない。

だが、そのフェムは抵抗した。おそらくは戦士の殺気

立った表情や必要以上に荒っぽい態度に怯え、正常な判断力を失ってしまったのだ。戦士の方も予定外の事態の連続に動揺していた。とにかく一刻も早く仕事を終わらせて帰りたい、という焦りが悲劇を生む結果になった。

泣き叫ぶ子供が略奪者の手に渡ると、フェムは片足にしがみついてきた。

「わたしの坊やを返して」

鶫は今もその声をはっきりと覚えている。時には、悪夢の中にその悲痛な声が響き渡り、冷や汗にまみれて目覚めることもある。

やむなく、その戦士はもう片方の足でフェムの身体を蹴りつけた。さほど力を入れたつもりはなかったのだろう。すべては運が悪かったというほかはない。フェムは後ろ様に吹っ飛ばされて、後頭部をしたたかに壁に打ちつけた。鈍い音がした。フェムはそのまま動かなくなり、頭から流れ出した血が壁を伝って床にしたたり落ちた。

怒号のあとに銃声が続いた。それが殺戮の開始を告げる合図になった。どちらが先に撃ったのかは問題ではなかった。復讐心に取り憑かれた敵の前では、投降という選択肢は失われ、退路も閉ざされていた。もはや、どちらかが死に絶えるまで戦い続ける以外にない。スュードもフェムも幼いメイルも無差別に銃弾を撃ち込まれて倒れていった。保育室は血の海と化した。いくつもの死体が転がり、子供の泣き叫ぶ声と瀕死の者たちのうめき声が谺した。

鶫はひとり呆然と部屋の隅に立ちすくんでいた。自分が標的にされていないのは奇蹟に近かったが、その幸運も長くは続かないのはわかりきっていた。ただ恐ろしかった。死にたくはなかった。身体を低くし、這うようにして戸口へ向かおうとしたとき、目の前の死体が動いた。危うく悲鳴を上げかけてから、動いたのは死体ではないことに気づいた。幼いメイルが自分をかばって倒れたフェムの下から顔を出したのだ。子供は血にまみれていたが、出血しているわけではなかった。

「お姉ちゃん、誰」

怯えた素振りもなく、無垢の眼差しで鶫を見つめて、子供は訊いた。若かった鶫がフェムに見えたのだろう。

鶫はとっさに子供を抱き上げた。

「おいで。いい所へ行こう」

ちょうどその時、憎悪に燃えた敵がこちらに銃口を向けるのが目に入った。鶫は訓練でしか撃ったことのなかった銃を乱射した。敵はその場に崩れ落ちた。自分が

初めて人を殺したことを意識する間もなく、鶫は立ち上がって走り出した。ただ生きて逃げのびたい一心で。片手で子供を抱き、もう片方の手に握りしめた銃で追いすがる敵に銃弾を浴びせながら。

　何度か撃たれはしたものの、幸い致命傷にはならず、痛みを感じている余裕さえなかった。味方の何人かが鶫を援護しつつ、自分たちも退却を始めた。

　市の外で待機していたトラックにたどり着けた者は十人にも満たなかった。指揮官も副官も死んだ。大きな犠牲と引き替えに略奪部隊はたったひとりのメイルを手に入れたのだ。

　取るに足りない人生だと思っていたはずなのに、あの時の、生きたい、逃げたいという強い意志はどこから湧いてきたのだろう。

　紅娘市に帰り着いた鶫は権力者たちに英雄として迎えられた。嬉しくはなかったが、柘榴の側近として仕え、スュードとしては破格の特権を与えられることを拒否はしなかった。

「それはあなたの責任ではないでしょう。いくつもの不幸な行き違いが重なって悲劇が起きてしまった。事故のようなものなのではありませんか」

「誰かが責めを負わなければならないんです。あの時の指揮官は死にました。それなら、生き残った者が責任を取るほかないのです」

　孔雀はナイフを動かす手を止め、テーブル越しに鶫を見つめた。

「でも、どうやって。奪った命の代わりに自分の命を差し出したところで、それは相手の復讐心を満足させるだけです。本当の償いにはなりませんよ」

「あの人たちはわたしを許さないでしょう。それは当然のことです」

「ところで、太母市までは歩いていくつもりですか。あなたはともかく、病み上がりのあの人には酷ですよ」

「しかし、他に方法はありません。乗り物を雇う金はありませんし、わたしには追っ手がかかっているかもしれないんです」

　テーブルの上には愛らしい木彫りの小鳥が載っていた。尾羽は短く、胸は丸みを帯び、嘴は細く小さかった。軽く小首を傾げ、つぶらな瞳を鶫の方へ向けて、今にも囀り出しそうに見える。

「行商人に来てもらいましょう。わたしから頼め

ば、太母市までトラックに乗せてくれるはずです」

「そんなことはできません。そこまでの厚意を受ける資格はありません」

鵜は固辞しようとしたが、孔雀は首を横に振った。

「あなたではなくお連れの方のためです。どのみち、メイルをこの村に置いておくわけにはいかないのですから。何なら、厄介払いだと思ってください」

棚を埋めつくした作品の間から、小さな電話機が覗いていることに、その時初めて気がついた。

「わたしたちが世捨て人のように孤立して暮らしているとでも思っていたのですか。必要ならば、物でも情報でも手に入れていますよ。あなたが紅娘市で何をしたのかも行商人が教えてくれました。上司だった人はあなたに懸賞金をかけているようですね」

事もなげな孔雀の言葉に、鵜は仰天した。

「それでは最初から知っていたと」

「メイルを連れて旅をしている人など滅多にいませんよ」

孔雀は木彫りの小鳥を手に取って、鵜に差し出した。

「餞別代わりにこれを差しあげましょう。あなたと同じ名前の鳥です。わたしの名前は孔雀ですが、あの鳥の飾り羽が何のためにあるかご存じですか」

「雄が大きく広げるあの羽ですか。さあ……威嚇のためでしょうか」

「あれはあの鳥たちが生きていくためには何の役にも立たないのです。むしろ、羽の重さで身軽に動けない分、危険から逃れる際には不利になってしまいます。あれの役目はただひとつ、雌に選ばれるためだけにあるのです。孔雀の雌は飾り羽の大きい雄を好みますから。つまり、孔雀という鳥は、種としての繁栄よりも両性間の駆け引きを優先させてしまったのです。進化の脇道に入り込んでしまったようなものですね。でも、鵜は違います。派手ではないけれど、己自身をわきまえて、堅実に生きています。きっと、この鳥があなたを導いてくれるでしょう。どうか……死なないで。あなたの人生は決して取るに足りないものではありません」

小鳥にはほのかに孔雀の手の温もりが移っていた。両手でそっと包み込んでから、鵜はそれを上着のポケットに入れた。

「ありがとうございます。大事にします。この先、わたしがどうなっても」

できることなら、この人のそばにいたかった。鵜は

テーブルを回り込んで、遠慮がちに孔雀の肩を抱き締めた。孔雀は顔を上げ、ほんの一時、ふたりの唇が触れあった。

生命の塔

午後も半ばを過ぎる頃、騒々しいエンジンの喘ぎとともに、年代物の木炭トラックが村に到着した。まるで日焼けした肌のように塗装があちこちはげ、むき出しになった金属部分には乾いた血の色をした錆が浮いている。運転席から降り立った大柄なフェムは、メイルの全身を無遠慮に眺め回してから鶫に目を移した。

「長年、この商売をやってきたけど、生きたメイルを見たのは初めてだよ。で、あんたが例の人だね。おとなしそうな顔をしてるくせに、大それたことをやったもんだ」

　村じゅうに響き渡りそうな大声だった。鶫《ツグミ》は返答に窮したが、当人に悪意はないらしく、日に焼けた顔には人なつこい笑いが浮かんでいる。

「あたしは雲雀《ヒバリ》・H。で、こっちが妹の善知鳥《ウトウ》。太母《タイボ》市まで行けばいいんだね」

　トラックにはもうひとり、よく似た顔立ちのスュードが乗っていた。鶫に向かって軽く頷いてみせたものの、外へ出ようとはしなかった。

「はい。よろしくお願いします」

「妹のことは気にしなくていいよ。力仕事は得意だけど、おしゃべりは苦手でね。その分、あたしがふたり分しゃべるから、釣り合いが取れてるのさ」

　雑木林から吹く風が冷たくなり始めていた。メイルは木賊《トクサ》が持たせてくれた毛布を身体に巻きつけ、背中を丸めている。その不格好な姿はまさしく蓑虫を連想させた。子供というのは残酷にも的確な表現をするものだ。

　双子はいつになく神妙な顔つきで木賊の後ろに立っていた。ひとりが何か言いかけるたびに、もうひとりが小突いて黙らせる、ということを何度か繰り返したあげく、ようやく口を開いたときには涙声になっていた。

「行っちゃうんだね、鶫」

「馬鹿、泣くなよ」

たしなめた方もやはり涙声だった。

鶫はふたりを順番に抱き締めてやった。

「きみたちに会えて楽しかったよ。時間があったら、もっといろんな話をして、いろんなことを教えてあげたかった」

「また来てくれる？」

「わからない。守れない約束はできないよ。きみたちが子供だからこそ、いい加減なことは言いたくないんだ」

一時、夢を見たのだ。スュードであっても家族を作れるのかもしれないという夢を。現実にできたらどれほどよかったか。

鶫は最後に木賊と孔雀《クジャク》に向かって頭を下げた。

「本当にお世話になりました。それと、わたしからの謝罪を芙蓉《フヨウ》によろしくお伝えください。たぶん許してはもらえないでしょうけれど」

「村のことは心配しなくていいよ。あんたの方こそ無茶をしないようにな」

「はい。努力はします」

孔雀とは言葉を交わす必要はなかった。すべてを見通しているような瞳を無言で見つめてから、鶫は目を逸らした。

メイルはトラックの荷台によじ登ろうとして苦労している。やはり運動させるべきだったと思いながら、鶫は手を貸してやり、自分も後から乗り込んだ。幌に覆われた荷台は外よりはいくらか暖かく感じられた。運転席の後ろにある小窓が開いて、雲雀が顔を覗かせた。

「出発するよ。忘れ物はないね」

もともと、ここへ来たときには何も持っていなかった。唯一、持ち物といえるのは孔雀のくれた小さな木彫りだけだ。服の上からそっと触れてみると、そこには今もかすかな温もりが残っている気がした。

トラックは林の中の小道を強引に走り出した。エンジンは苦しげなうめき声を上げ、時には怪しげな振動が床に伝わってきたが、それでも止まることはなかった。やがて、雑木林を抜けて街道に出ると、走りはだいぶ滑らかになった。

雲雀は車の運転を善知鳥に任せて、しきりに話しかけてくる。

「ここだけの話、あたしはあの人の彫刻でぼろ儲けをさせてもらってるのさ。街へ持っていけば、いくらでも金を払ってくれる連中がいるからね。たぶん、あの人は気

づいてるんだろうけど、何も言わないんだ。あたしに恩を売っておけば、いざって時に役に立つと踏んでるんだよ。例えば、今回みたいにね」

「わたしを紅娘《コウジョウ》市に引き渡そうとは思わなかったんですか」

鶇が単刀直入に訊くと、雲雀は屈託のない笑い声を上げた。

「あたしは商人だ。そりゃ、お金は好きだけど人間の売り買いはしないよ。あたしにいわせれば、お金のやりとりってのは言葉のやりとりに似てるのさ。だって、ほら、商品の価値は人間が決めるわけだろ。神様が決めたとか自然法則で決まってるとかいうんじゃなくて。お金も言葉も人間だけが使うものだ。だから、自分の扱ってないものを売って大金を手に入れてもちっとも嬉しくないいんだ。そこにあたしの言葉はないからね」

わかったようなわからないような話だ。とりあえず、信用してもいい相手ではあるのだろう、と鶇は判断した。

晩秋の日差しが埃まみれのガラス窓を琥珀色に染めている。街道は急な山の斜面を蛇行しながら下っていく。両側には背の高い照葉樹が生い茂り、森の奥は黒々とした闇に沈んでいた。トラックが右に左にカーブを切るたび、身体も大きく傾いて、斜めになった荷台を転がり落ちそうになる。鶇は片手で荷台の縁にしがみつき、もう片方の手でメイルを捕まえてやらなければならなかった。

長い坂道が終わると、唐突に視界が開け、街道は石畳で舗装された広々とした道路に合流した。トラックは車や馬車の切れ目のない流れに溶け込んだ。地上はすでに黄昏の底に沈んでいたが、行く手ではいくつもの尖塔が沈みかけた太陽の光を反射して、巨大な燭台のように輝いていた。

太母《タイボ》市は失われた時代から続く古い街だった。今では誰もあれほど大きくて高い建物を造ることはできない。メイルたちが世界から消えると同時に、その技術も失われたのだ。街の住人たちは建物を修繕しながら、可能なかぎり長持ちさせようと最大限の努力をしてはいたものの、老朽化は年々進む一方だった。中には、いつ崩れ落ちても不思議はないほど危なっかしい状態のものもある。そういう建物の周辺は立ち入り禁止にされ、いかがわしい連中の溜まり場になっているという。その多くは若いスュードだった。

「だからって、スュードを厄介者扱いするのは間違いだ

と思うよ」

雲雀の強い口調に鵺は驚いた。

「妹がスュードだとわかったとき、母は施設に入れようとしたんだ。あたしは大反対してやめさせたよ。善知鳥を追い出すなら、あたしも家を出て行ってやるってね。スュードだろうがフェムだろうが、この子はあたしの大事な妹だし、商人として働くには何の問題もないんだ。だけど、それ以来、妹は無口になっちまってね。ふたりきりのときでも、あんまり話をしてくれないのさ」

「姉さん……」

善知鳥が初めて口を開いた。同意でもなければ抗議するわけでもない。ほとんど感情のこもらない低い声だった。

鵺には善知鳥の気持ちが理解できた。スュードであることの意味を知ったときの無力感、世界から拒絶されたような感覚が甦ってくる。

だから、鵺はわざと人のいやがる汚い仕事を選んだのだ。善知鳥は同じ気持ちで心を閉ざしてしまったのだろう。その共感を言葉に表すつもりはなかった。互いの不幸に同情し合ったところで、いっそうみじめになるばかりだ。

太母市に近づくにつれて、車や馬車の数はますます増えていき、ついには門の手前で列を作り始めた。

「あれがあんたの生まれた場所だ。覚えてるかい」

鵺は窓越しに太母市の街並みを指さしてみせた。

「生まれた場所って何のことだ。ぼくは最初からマリリンと一緒にいたんじゃないのか」

メイルは困惑した顔つきになった。

たぶん、あの時のことは思い出さない方が幸せなのだ。血と殺戮の記憶は自分ひとりで負っていけばいいのだから。

トラックがついに渋滞に巻き込まれ、完全に止まってしまったのを見計らって、鵺は雲雀に声をかけた。

「ここで下ろしてください。あとは歩いていきますから」

「大丈夫なのかい……」

雲雀は懸念と思いやりのこもった眼差しを向けてきた。

「ええ。お世話になりました。ご恩は忘れません」

深く頭を下げてから、鵺はトラックの荷台から飛び降り、もたもたしているメイルに手を貸した。

太母市の周囲にめぐらされた外壁は後の時代になってから付け加えられた。間に合わせの石ころやコンクリー

トの破片を漆喰で塗り固めた構造物は、いかにも醜く不格好で、壮麗さや豪華さとはほど遠かった。門扉も同じように廃材をつぎはぎして作られ、あちこちに略奪者の破壊の爪跡が残っている。あの時の傷もどこかにあるはずだった。

車や一般の歩行者を通す大きな門の傍らに、小さな通用口がついている。鶫はメイルを連れて、そちらへ歩き出した。忌まわしい記憶が否応なしに呼び起こされる。本来なら、鶫は街の中へ足を踏み入れるはずではなかったのだ。いくつもの不幸な偶然が重なって、あの惨劇を引き起こした。

だが、あれは意図せざることだったと主張したところで、向こうは納得しないし、許しもしないだろう。守備隊の戦士が近づいてくる鶫とメイルを無言で見つめている。

自分の命を差し出しても、本当の償いにはならないと孔雀は言った。だからといって、他にどうすればいいというのか。血の臭いが生々しく甦ってくる。先に進むのがつらくなり、鶫はその場に立ち止まってしまった。

「何の用です」

鶫の行動に不審を覚えたらしく、門番が険しい表情で呼びかけてきた。

「わたしは略奪者です。掠《さら》ったメイルを返しに来ました」

何の考えもなく、そう口にしてしまっていた。相手の顔色が変わるのが見て取れた。

「そこを動かないで」

門番が銃を構えて詰め所から出てきた。もうひとりが、こちらからは見えない位置にいる誰かに向かって言っている。

「隊長に報告を」

もはや引き返せないし、逆らうつもりもなかった。鶫はおとなしく両手を挙げ、相手のなすがままに任せた。身体検査をされたが、もとより取り上げられるようなものは持っていなかった。門番は木彫りの小鳥をしばらく眺めてから、興味のなさそうな顔つきで元に戻した。

もうひとりの仲間がやってきて、メイルの顔を覗き込んだ。

「驚いた。本当にメイルなんだな。てっきり気が触れてるのかと思った」

自分がこの戦士の立場だったとしても、同じことを考えただろうと鶫は思っていた。泥棒が盗んだものをわざわざ返しにくるなどという話は聞いたことがない。

日没の最後の光が空から消え、あたりは影に覆われ始めていた。銃口を突きつけられたまま、鵜はのろのろと進んでいく車と馬車の列に目をやった。門が閉まる前に、このすべてを捌ききるのはとうてい無理に見える。もし、門の外に取り残されたらどうするつもりなのかと他人事ながら気になった。

やがて、慌ただしい足音とともに一団の戦士たちがこちらへ向かってきた。先頭に立っているスュードは四十代の半ばというところか。戦士としてはそろそろ引退を考える年齢にさしかかっている。左の耳が半分ちぎれてなくなり、頬にも無惨な傷跡があった。

「ご苦労だった。持ち場に戻れ」

門番が一礼して去っていくと、隊長は長いこと鵜の顔を見つめていた。

「おまえには見覚えがあるような気がする」

鵜の方では覚えはなかった。あの時は、敵の顔を見ている余裕などなかったのだ。

「とりあえず牢に入れておけ。略奪者だと名乗ってきた者を野放しにもできまい」

「こっちのメイルはどうしますか」

かすかな嫌悪と憐れみの表情を浮かべて、若い戦士が訊いた。この街でもメイルが異質な存在であることに変わりはないし、残された命が長くはないことは誰の目にも明らかだった。

ほんの一瞬ためらってから隊長は口を開いた。

「保護区へ連れて行け。あそこの連中が何とかしてくれるだろう」

若い戦士がふたり、メイルのそばに付き添った。ひとりが先に立ち、もうひとりが背中を押すようにして、門の内側へと誘導していく。

「こいつは人殺しだ。ぼくのマリリンを殺したんだ」

メイルはここぞとばかりに訴えている。

「わかった、わかった。向こうへ行ってから、ゆっくり話を聞いてもらいなさい。わたしたちは忙しいんだ」

その口調はとうてい対等の人間に対するものではなかった。まるで幼い子供か知能に障害のある者を相手にしているかのようだ。だが、本人はそのことに気づいてはいない様子だった。

「ずっと一緒に暮らしてたんだ。マリリンはぼくのために何でもしてくれたのに」

メイルの声が遠ざかっていく。おそらくもう二度と会うことはないだろうと思いつつ、鵜はその後ろ姿を見

送っていた。達成感もなければ寂しさもない。少しばかりの解放感めいたものを覚えただけだった。

太母市の地下牢は寒くて湿っぽく、排泄物の悪臭が立ちこめていた。固い寝台の上で、黴くさい毛布を身体にきつく巻きつけても、手足の先が凍えて感覚がなくなってくる。鶫の入れられた独房は縦横が二メートルほどしかなく、まっすぐ立つと頭がつかえそうなくらい天井が低かった。床も壁もむき出しのコンクリートで、明かりといえば、小さな覗き窓からわずかに差し込む廊下の照明だけだ。どこからか調子外れの歌声とすすり泣きに似た声が聞こえてくる。仲間の囚人なのだろうが、ここから姿を見ることはできない。

夕食には水っぽい粥と茹でた野菜の切れ端が出されたが、とうてい喉を通らなかった。略奪者がどんな罰を受けることになるかについては、真偽不明の噂が入り乱れていた。問答無用で死刑にされ、死骸をさらし者にされるのだという者もいれば、太母市の者たちは流血を嫌うから死刑はないという者もいる。両目を抉られて追放されるのだ。いや、利き手を切り落とされ、武器が持てないようにされるのだ。二度とまともに働くこともできず、残りの生涯は物乞いして暮らすしかない――。

真相がどうあれ、略奪者が忌み嫌われ、憎まれ、蔑まれる存在であることだけは紛れもない事実だった。貧しい市は太母市からメイルを奪う。そうしなければ人口を維持することができないからだ。それほど貧しくなくても、安上がりで手っ取り早いという理由でメイルを奪いに行く市もある。凶作の年には、食料をめぐって大規模な略奪が起きる。略奪者は例外なくスュードだ。フェムは略奪しないが、だからといってスュードより善良だとか温厚だというわけではない。略奪者に命令を下すのは常にフェムなのだから。

とても眠れないだろうと思っていたのに、旅の疲れと緊張が緩んだせいか、いつしかまどろんでいたようだ。独房の扉が軋みながら開く音で目が覚めた。廊下の濁った黄色い光を背景にして、背の高い人影が浮かび上がっている。

「出ろ」

そっけない口調だった。さっきの傷跡のある戦士だ、と鶫は気づいた。

「わたしを殺すのですか」

鶫の声はいくらか震えていた。覚悟はしていたつもり

でも、やはり死は怖いのか。

「まさか。おまえを殺して何になる？」

「あの時、わたしは……」

「子供がいたな。ろくに事情もわかっていない、場違いな子供がひとり。そいつは怯えていて、闇雲に銃を撃ってきた。これがその時の傷だ」

影になった戦士は半分ちぎれた耳を指さしてみせた。鶫は息を呑んだ。

「わたしは罪を償わなくてはなりません。そのために戻ってきました」

「子供に罪を負わせるほど我らは愚かではない。……ついてこい、おまえに会いたがっている方がいる」

今の自分は子供ではない、と言いたかったが、反論するのは賢明ではなさそうだった。鶫は戦士のあとについて、独房の扉を抜けた。

薄暗い廊下を通り、階段を上ると、明るい照明の灯るホールに出た。太母市では他の市よりも電力の供給に余裕があった。ダムから来る電気の他に、自前の風力や太陽光発電所も持っているからだ。

ホールの出口に立っていた守衛は、事情を飲み込んでいるのか、軽く頷いただけでふたりを通してくれた。薄緑色の街灯の光が人気のない夜の通りを寒々と照らし出している。この灯りは電気ではなく、ある種の微生物や昆虫から取り出される発光物質を集めたものだった。街路樹が化け物じみた影を投げかけていた。建物と建物の隙間は身を隠すにはうってつけに見えたし、鶫は手錠をかけられてさえいなかった。連れの戦士は警戒するそぶりもない。だが、ここから逃げ出したところで、いったいどこへ行けるというのか。故郷へは帰れない以上、物乞いでもして歩くか、野盗にでもなるよりほかあるまい。

ずいぶんと長い距離を歩いた末、夜空に聳える高い塔の前に来ていた。鶫は思わず立ちすくんだ。この場所には見覚えがある。忘れるはずもない。悪夢の中で、何度もここに戻ってきたのだから。

「どうした、行くぞ」

鶫の胸のうちを知ってか知らずか、戦士が相変わらずそっけない声で促した。

そこに血の跡や死体が残っていなくても、忌まわしい記憶の場所に足を踏み入れるには、ありったけの勇気が必要だった。幸い、というべきか、戦士はホールの奥へは行かず、入口のすぐそばにあるエレベーターに向かった。この街ではスュードがエレベーターを使ってもとが

められることはないらしい。それとも、今回だけは特別なのだろうか。

目的の部屋の前に立った戦士は敬意のこもった態度で呼びかけた。

「博士、例の者を連れて参りました」

「ご苦労様、青鷺《アオサギ》」

部屋の中から応える声がして、向こうからドアが開いた。そこは何かの研究室のようだった。机の上や壁際に失われた時代の機器類が並び、白衣を着たフェムたちが忙しげに立ち働いている。戸口に立って、無遠慮な視線を向けてきたフェムは、鵺よりも五、六歳年上に見えた。長い黒髪を無造作に束ね、黒縁の大きな眼鏡をかけている。鵺は落ち着かない気分になった。まるで、人間ではなく珍しい動物か自然現象でも観察しているような目つきだ。

「では、わたしはここで失礼します」

青鷺と呼ばれた戦士は一礼してから去って行った。

「あなたが鵺ね。わたしは躑躅《ツツジ》・D。とにかく入りなさい」

その声に温かみは感じられなかったものの、少なくとも敵意はこもっていない。

「TT‐67を返してくれてありがとう。あなたのような人は初めてよ」

その記号と番号らしきものがあのメイルを指していることは推測できた。鵺を招き入れてから、躑躅は大股で部屋の奥へと歩き出した。行く手には頑丈そうな金属製の扉が立ちふさがっている。わけがわからないまま、後を追っていくと、躑躅は扉の前で振り返った。

「メイルがどうやって生まれるか見せてあげる。あなたも知りたいんでしょう」

「いいんですか。わたしはどこかの市のスパイかもしれませんよ」

「だったら、失望することになるわね。隠すようなことなんて、何もないんだから」

躑躅は壁のキーパッドを操作して扉を開けた。その向こうにはさらにもう一つの扉があった。二枚の扉に挟まれた空間は、幅と奥行きが一メートル、高さが二メートルほどの広さで、横手の壁には小さなロッカーが作りつけになっている。先に外側の扉を閉めてから、躑躅はロッカーから灰色の防護服を取り出した。

「あなたもこれを着て」

柘榴の側近だった鵺にとっては、おなじみの装備だった。服の上から防護服を着込み、キャップとマスクをつ

けると、お互いの目しか見えなくなる。

内側の扉が開くと同時に、消毒薬と獣臭さの混じった異臭が鼻をついた。空気は生温かく湿っていて、防護服の下に汗が噴き出した。狭い通路が部屋の反対側にあるドアまでまっすぐに伸びていた。窓はなく、床と壁は打ち放しのコンクリートだった。天井には細長い照明が等間隔ではめ込まれ、ところどころに通風口が開けられていた。通路の両側に鉄製のケージが並んでいる。ふたりの姿を見て、ケージの中の生き物がけたたましい声で叫び立てた。全身を真っ黒な毛に覆われているが、顔の部分だけは皺だらけの皮膚がむき出しになっている。体つきが妙に人間に似ているのが不気味だった。茶色の瞳は獣の狡猾さだけではなく、知性に似たものさえ感じさせる。

「この動物は?」

マスクの奥で鵺の声はくぐもっていた。

「チンパンジーを見たことがないのね。無理もないわ。もともと、この土地にはいない生き物だから」

躑躅の声もくぐもって聞こえる。

「いったい、この動物がメイルとどんな関係があるんですか」

「それもあとで説明するわ。そろそろ始まる頃よ」

躑躅は足早に通路を進んでいく。鵺はおとなしく従うしかなかった。

チンパンジーの部屋を抜けると、目の前には薄暗い空間が開けた。奥行きは五十メートルはありそうに見えたが、息苦しいほど天井が低い。金属製の柵が格子状にその空間を区切り、太さも色合いも様々なチューブが枝分かれしながら天井を這っている。

どこかで聞き覚えのある動物の鳴き声がした。牛だ。耐えがたい苦痛に襲われているかのように、哀れっぽい声が何度も空気を震わせる。

「急いで」

躑躅は簡潔にそれだけ言って、鳴き声のする方へと走り出した。

ふたりはかろうじて間に合ったようだった。囲いの中で、防護服を着た人影が茶色の毛の雌牛を取り巻いて立っている。鵺と躑躅は柵のそばで足を止めた。雌牛は四肢を踏んばり、頭を上げてひときわ大きな声を上げた。後ろ脚の間から、血の混じった液体が勢いよくほとばしり、それに続いて異様なものがゆっくりと姿を現しはじめた。鵺は思わず息をのんだ。目の前で生まれ出よ

うとしているものは、どう見ても牛の胎児ではなかったからだ。頭頂部はうっすらと産毛に覆われているものの、顔面は赤い皮膚がむき出しで、まだらに血がこびりついている。妙に細長く引き伸ばされた頭のあとから、不釣り合いに細くて貧弱な肩と腕の上部が出てきたところで、胎児は動きを止めてしまった。苦悶の呻きが上がり、雌牛の後肢が力なく崩れ落ちそうになる。防護服のひとりが宥めるように腹をさすってやると、牛は気を取り直したのか再び立ち上がった。肉の薄い上半身とみっともなく膨らんだ腹と頼りない足が徐々に産道から押し出されてくる。床に落ちようとする直前、不格好な生き物は防護服を着たフェムの手で手際よく受け止められていた。耳障りな泣き声が響き渡った。紛れもなく人間の産声だった。赤ん坊の臍から伸びた細い紐状のものが、雌牛の産道の奥へとつながっている。もうひとりのフェムが鋏でその紐を切り、切り口を手早く縛った。三人目のフェムが天井からぶら下がったチューブの一本を掴むと、先端から流れ出した清潔な水が身体の汚れを洗い落とした。泣きわめきながら手足をばたつかせる赤ん坊の股間には、はっきりとメイルの象徴が見て取れた。

血の臭いが濃厚に立ちこめている。鶫の喉元に不快な感覚がせり上がってきた。

「吐くのは我慢してちょうだい。ここを汚染されたくないの」

躑躅が冷ややかな口調で言った。

ふたりは通路を元来た方へ引き返し、チンパンジーの部屋を通り抜けて研究室へ戻った。その頃には吐き気も治まったものの、鶫の脳は今見たばかりのものを理解することを拒んでいた。

「あれは……何なんです」

自分でも情けないほど、その声はかすれて弱々しかった。

「そこに座って」

躑躅が指さした椅子には、古びた書物と手書きの文字がびっしりと書き込まれた紙束が山積みになっていた。鶫が当惑していると、躑躅は書物と紙束を両手で抱え上げて、手近な机の上にぞんざいに乗せた。そこもすでに物があふれていて、紙束は雪崩のように床に滑り落ちた。躑躅は気にとめたふうもなく、別の椅子を引っぱってきて、鶫の向かいに腰を下ろした。

「実際のところ、これは秘密でも何でもないの。この市の住民なら誰だってここの施設を見学できるし、もし外

の人たちが同じような施設を作りたいなら、わたしたちは喜んで技術も資材も提供するでしょうね」

「だったら、なぜ知られていないんですか。あなたたちが隠しているのでなければ」

「知りたくないからよ。人間というのはね、自分の見たくない事実からは、いとも簡単に目をそらしてしまえるものなの。貴重な子種が牛の子宮からもたらされるなんてことは誰にとっても不快だから、ないことにされてるってわけ」

「メイルはすべて……動物から生まれてくるというんですか」

不道徳――いや、もっと悪い。決して侵してはならない何かが踏みにじられ、手ひどく嘲笑されているのだ。失われた時代の人間たちなら、それを冒涜と呼んだかもしれない。

「代理母としては牛が最適なのよ。妊娠期間や健康状態を考慮するとね。卵子の細胞質はチンパンジーのものを使ってるわ。人間に一番近いし、わたしたちの卵細胞は汚染されているから」

「でも、なぜなんです。なぜ、そんなことが」

「メイルとフェムはどこが違うかわかるかしら」

質問に質問で返されて、鶫は苛立ちを覚えた。だが、ここで主導権を握っているのは躑躅の方なのだ。

「身体つきからしてまったく違いますよ。メイルの胸は平らで乳房の膨らみはありません。身体の外に突き出した生殖器や髭は、フェムにはないものです。何よりも子種を作れるのはメイルだけです」

「じゃあ、その差を作り出しているのは何だと思う」

「わたしは医者でも科学者でもありませんよ」

「これをご覧なさい」

躑躅は机の上で大判の書物を開いてみせた。太い紐の切れ端をいくつも並べたような奇妙な図がそこに描かれ、一から二十二までの番号が振ってある。長さは長短さまざまで、ちょうど真ん中あたりにくびれた部分がある。

「人間の染色体の模式図よ。生物の身体は小さな細胞がたくさん集まってできているの。そのひとつひとつの核に、こういう形で遺伝情報が収められているんだけど、メイルとフェムの違いはたった一箇所だけ。ほら、ここを見て」

躑躅はページの右端を指さした。二本ずつ組になった紐には番号の代わりにXYとXXという文字が添えられ

ていた。Xの染色体の大きさに比べると、Yの方は短く小さかった。

「XXがフェム、XYがメイルの性染色体。失われた時代に起こった災厄のせいで、人類はY染色体を持つ個体を生み出すことができなくなってしまったの。今いるメイルたちはすべてクローンなのよ」

「クローン？」

初めて聞く言葉だった。

「あなたの皮膚でも髪の毛でもいいけど、そこから細胞をひとつ取り出して特殊な方法で培養すると、瓜ふたつの人間がもうひとりできあがるの。ごく大ざっぱに言うと、一卵性双生児を人工的に作るようなものね」

躑躅の説明を完全には理解できなかったものの、鵺は頭に浮かんできた疑問を衝動的に口に出していた。

「スュードはどうなんです。スュードにはどちらの染色体があるんですか」

「いい質問ね。そう、そこが大事なところなの。今までスュードの性染色体はフェムと同じだと考えられてきた。ちょうど蜂や蟻のワーカーのように、何らかの原因で不妊化したフェムだとされてきたの」

「できそこない、ですね」

苦々しい思いで呟くと、躑躅の表情が険しくなった。

「それは違う。ワーカーは子供を産まなくても、巣の中で重要な役割を果たして種の存続に貢献しているの。スュードも同じよ。わたしたちの社会はスュードなしでは成り立たないんだから」

そういえば、竜胆《リンドウ》も同じようなことを言っていた。たとえ汚く卑しい仕事でも、スュードはフェムにはできないことをしているのだから誇りにしてもいいのではないかと。だが、本当はフェムにはできない仕事などないのだ。フェムのやりたくない仕事があるだけだ。

「人間は昆虫ではありませんよ」

「そう。あなたも強迫観念に取り憑かれているのね。生殖こそは人生の究極の目的ってわけ」

躑躅の口元に、からかうような笑みが浮かんだ。

「子供を産めないスュードを見下しているのはフェムでしょう」

思わず頭に血が昇り、鵺は反射的に言い返していた。

「本題に戻った方がよさそうね。つい最近、今までの定説を覆すような実験結果が出たの。スュードの研究員たちの努力が実ったのよ」

「スュードの研究員ですって。太母市ではスュードが科

学者になれるんですか」

「それがどうかしたの。知的能力と性別は関係ないでしょう」

事もなげに応じてから、躑躅は書物の上に厚手の大きな紙を広げた。粒子の粗い白黒の画像は写真を印刷したものらしく、不鮮明ながらも模式図とよく似た紐状の染色体が見て取れた。余白の部分には筆跡もインクの色も様々な書き込みがされている。

「この部分が性染色体よ。XとYのどちらなのかわかるかしら」

鵺は黒と灰色の連なりに目を凝らした。大きい方がX染色体だということは、素人目にも見て取れた。だが、もう一方はXともYとも違う形をしていた。Yよりはいくぶん長いものの、Xの半分程度の大きさしかなく、くびれの位置も端に偏っている。

「わかりません。どちらでもないように見えますが」

躑躅は満足げに頷いた。

「ええ。これはもともと人間にはなかったはずのものなの。わたしたちは仮にV染色体と呼んでいるわ」

「つまり、スュードに生殖能力がないのは、この染色体……のせいなんですか」

鵺は耳慣れない言葉をぎこちなく口にした。躑躅の言っていることがすべて理解できたわけではなかったが、こんな取るに足りないほどちっぽけな物質のせいで、人生をねじ曲げられてしまったのかと思うと、恐ろしく理不尽な気がした。

「V染色体はY染色体がX染色体の一部と融合したものなの。これは染色体異常の一種であると同時に、興味深い遺伝子の適応戦略とも……」

「待ってください。Y染色体というのは、メイルにしかないものなのでしょう。まさか、スュードはメイルになるはずだったというんですか」

相手は自分より年上で地位も高いフェムだ。礼を失しているのも忘れて、鵺は躑躅の言葉をさえぎってしまった。

「その通りよ。あなたは頭がいいのね」

躑躅は気分を害したふうもなく、かえって上機嫌にすら見えた。

にわかには信じられなかった。自分がフェムではなくメイルになっていたかもしれないなどとは。鵺の知っているたったひとりのメイルはいかにも異様に見えたし、自分と似ているとは思えなかった。口のまわりや頬に生

えたあの硬い毛は滑稽にすら思える。いったい、あれは何の役に立っているのだろう。そして、股間に突き出した生殖器の無様で醜いことときたら。インターフェイスならともかく、生身のフェムがあんなものを受け入れたら、身体が裂けてしまいそうに思える。

躑躅は再び値踏みするような眼差しを向けてきた。

「青鷺の話だと、あなたは罪を償いたいんですってね。ひとつ提案があるの。たぶん、あなたにとっても悪い話じゃないはずよ」

「わたしに何をしろと」

「人体実験に志願してほしいの」

ふたりの視線が正面から出会った。予想もしなかった言葉に戸惑っていると、横合いから奇妙な訛りのある声が割って入った。

「それでは、このひとが」

若いフェムだった。背が高く浅黒い肌をしている。

「シャオユイよ。坤土《コンド》から来たの」

異邦人の噂は鶫も聞いたことがある。権力者たちが珍重する香水や宝石は、西方の港に来る船が海の向こうから運んでくる。船乗りたちは全員がフェムで、しかもみな同じ顔をした姉妹だという。彼の地にスュードはいないし、メイルもとうの昔に滅んで、何世代もの間、フェムだけで子供を作っているのだそうだ。

目の前にいるフェムの顔を鶫は思わずまじまじと見つめてしまった。施設の子供たちの間では、異邦人は人さらいだということになっていたのだ。

時々、交易品の支払いに使う貨幣が足りないと、身寄りのないスュードの子供が代わりに差し出されることがある。言葉も通じない異邦へ連れて行かれた子供は珍しいおもちゃとして慰み者にされ、あるいは一生奴隷としてこき使われる。もちろん、二度と故郷へ帰ってくることはできない。

灯りを消した共同寝室で聞かされた噂話は、子供たちにとっては最大の恐怖だった。紅娘市や太母市のある東の地では異邦人を見かける機会もなく、ましてや掠われることなどありそうもなかったのだが、未知の存在だったからこそ余計に恐ろしかったのだろう。空想の中で、異邦人はおぞましくも怪物じみた姿を取るようになっていった。

だが、シャオユイという異邦人は自分たちと何の違いもないように見えた。不躾な真似をしている、と気づいて鶫はあわてて目をそらした。

「とても興味深い」

シャオユイはうっすらと笑った。

「有性生殖にこだわるのは愚かだと言いたいのでしょう、あなたは」

躑躅の言葉に、異邦人は頷いた。

「性の違いがなければ争いもない。わたしの国では同じ仕事をする者はみな姉妹。船乗りも商人も農民も工員もみな姉妹どうしだから、お互いのことがよくわかる。ずっと平和。人殺しも泥棒もほとんどいない」

「あなたも……クローン、なのですか」

好奇心に負けて、鶫は耳慣れない言葉をおずおずと口にした。紅娘市でなら無礼として咎められていたところだが、躑躅もシャオユイも気にする風もなかった。

「クローンとは違う。わたしたちは〈共生者〉で子供を作る」

シャオユイは壁際に並んだ戸棚の一画を指さした。そこに置かれた円筒形のガラス容器の中に、何か異様な物体が封じ込められていることに、鶫は初めて気がついた。暗赤色をした不定形の塊は、動物の体内から取り出されたばかりの臓物のようにも見える。しかも、その表面は小刻みに震えながら、ゆっくりと波打っているのだ。鶫は胸が悪くなった。

「スードでも〈母〉になれるかどうか試してみたい」

鶫は思わず後ずさりしそうになった。シャオユイの口調はあながち冗談とも思えなかったからだ。

「やめて。鶫を怖がらせないでちょうだい」

躑躅が笑い出し、鶫はようやく緊張を解いた。

「これは何なのですか」

「〈共生者〉がどこから来たのかは誰も知らないの。もともと人造生物だったという説もあれば、別の世界からの訪問者だったとも言われている。坤土《コンド》では〈共生者〉を体に取り入れて、細胞から新しい個体を生み出すのよ」

「新しい個体……まさか赤ん坊ということですか」

「やっぱりあなたは頭がいいわ。被験者に選んだのは間違いじゃなかったようね」

褒められているのだろうが、少しも嬉しくなかった。不気味でおぞましい物体から目をそらしたいのに、どうしてもそちらに視線が引きつけられてしまうのだ。

「人間の細胞核にはすべての組織を造れる遺伝情報が含まれているの。ただし、発生の初期段階でどの部分の細胞になるかは決まってしまって、それは生涯変わることはない。〈共生者〉は細胞の全能性を回復させて、胚の

段階にまで戻すことができるのよ。〈母〉になった者は命が続く限り、娘を産み続けるの」

「それは……通常の出産とはだいぶ違うものなんでしょうね」

「ええ、見たいなら写真もあるけど」

「いいえ、遠慮しておきます」

必要以上に強い口調になってしまい、躑躅とシャオユイが同時に笑い声を上げげた。悪意はこもっていなかったが、鵜はばつの悪い気分を味わった。

根の島では、たいていの子供は妹や従妹や姪の出産に立ち会った経験を持っている。胎児が血や汚物にまみれて生まれてくることくらいは、五歳の幼児でも知っているが、躑躅やシャオユイが話しているのは、それとはまったく異なるものなのだ。

「シャオユイとわたしは敵どうしなの」

だが、そういう躑躅の顔には敵意などかけらほども感じられなかったし、シャオユイの方も穏やかにうなずいているだけだ。

「今、太母市の評議会では意見が対立しているの。有性生殖を続けるか単為生殖に移行するかでね。根の島にとっては、この上なく重大な決断になるはずよ。メイルなしで生殖が可能になるなら結構なことだという人もいれば、〈共生者〉を受け入れることに嫌悪や不安を感じている人もいる。もし、わたしの実験が失敗すれば、評議会は囚人を被験者にして〈共生者〉の移植実験をすることになる。シャオユイはそのために呼ばれたの」

「わたしも囚人のようなものですね」

何気なくつぶやくと、躑躅の表情が厳しくなった。

「いいえ、全然違うわ。囚人というのはね、社会に適応できない人たちなのよ。知性にも行動や認知にも問題を抱えていることが多いの。でも、あなたはそうじゃない。能力はあるのに、ただ環境に恵まれなかっただけ。わたしの被験者はそういう人でなければ駄目なの」

「ずいぶんと買いかぶっているんですね」

「青鷺の目は確かよ」

躑躅は事もなげに言ってのけた。

鵜は無残な傷跡のある戦士の顔を思い出していた。人体実験というからには命の危険も覚悟しなければならないのだろう。それどころか、もっと恐ろしいことが起こるかもしれないのだ。例えば、死にも勝る苦痛を味わわされたり、生まれもつかないおぞましい姿に変えられたり——。

仮に、これが手の込んだ復讐なのだとしても、鶫にできることは何もない。

「もし、提案を断ったらどうなるんですか」

「そうね。たぶん、あなたの処遇は評議会に委ねられることになる。あの人たちは決して冷酷ではないけれど、略奪者を好意的に扱うとは思えない。よくて期限つきの強制労働、悪ければ奴隷として売られることになるでしょうね」

躑躅はシャオユイにちらりと目をやった。それでは、異邦人についての噂話にもいくらかの事実は含まれていたわけだ。

「姉妹だけではできない仕事もある。奴隷は必要。よその土地から買うか、罪人の娘を奴隷にするか。わたしたちにとって、〈母〉に選ばれるのは名誉なこと。でも、罰として〈母〉にされる者もいる」

「〈母〉になることには苦痛があるのですか」

それは移植する部位によるし、目的が多くの娘を産ませることなのか、懲罰なのかによっても違うという。通常は表皮の細胞を選ぶ。命が長く保ち、たくさんの娘が生めるからだ。罪人の場合は、内臓や骨や眼球に〈共生者〉を注入する。もちろん激しい苦痛が伴うし、時によってはその苦痛で死に至ることもある。

娘たちは〈母〉の身体を養分にして成長する。ちょうど、寄生虫が宿主の身体を食い荒らすように。だが、それは通常の妊娠でも同じようなものだ。ただ、妊娠が命に関わることはそれほど多くないのに対して、〈共生者〉を受け入れた者は確実に個体としての死を迎えなければならないというだけだ。

「樹木が枝分かれするようなものね。〈母〉と娘たちはまったく同一の遺伝情報を持っている。クローンと似ているけど、無性生殖と呼んだ方が正確でしょうね。有性生殖にも無性生殖にも、それぞれ利点と欠点があるわ。だから、わたしたちが有性生殖を手放すとしたら、慎重に判断しなければならないの」

「答えはもう出ているはず。メイルはいらない。わたしたちの社会には何の問題もない。むしろ、あなたたちより優れているのは明らか」

「残念ながら、その意見には同意できないわ。わたしはこれからの実験でそれを証明してみせるつもりよ」

声を荒らげたり、感情を露わにしたりはしなかったものの、どちらも一歩も引くまいとする強い意志をみなぎらせている。確かに、この二人は敵どうしなのだと、よ

うやく得心がいった。

二人の視線が鶫の方へ向けられている。どうしても、この場で返事をしなければならないようだ。

「あなたはね、〝男性〟になるの。本来のあなたがそうなっていたはずの身体にね。有性生殖には二つの性が必要なのよ」

躑躅は厳かにさえ聞こえる口調で告げた。


鶫にあてがわれた部屋は大通りに面した塔の上階にあった。紅娘市の住まいよりはずっと広く、設備も整っている。最初の頃はベッドのマットレスが柔らかすぎて、なかなか寝つけなかったほどだ。好きな時に風呂にも入れるし、決まった時間に届けられる食事の質も悪くない。クルミ材の机の上にはコンピュータの端末が置かれ、映像や音楽の再生装置も備えつけられている。いくら太母市が豊かでも、電力消費を考えれば、途方もない贅沢だった。本来なら、スュードの戦士には望みようもないほど優遇されているといっていいだろう。

壁のほぼ一面を占めた窓からは、まるでミニチュアのように広がる太母市の街並みを一望できた。街路樹のある大通りを車や馬車が行き交い、煉瓦色や藤色や金茶色の建物が整然と並んでいる。親しげに肩を寄せ合ったふたり連れが通りかかるたびに目を凝らし、フェムどうしなのか、それともフェムとスュードなのか見極めようとしたが、距離が遠すぎて判断がつかなかった。躑躅の話によると、太母市ではフェムとスュードが恋人になっても、それだけで白い目で見られることはないという。

街には古くから「蓮華《レンゲ》と榛《ハシバミ》」という恋歌が伝わっている。名門の娘に生まれた美しい蓮華が、フェムたちの求愛を退けてスュードの戦士の榛と結ばれるまでの顛末を歌ったものだ。聞かせてくれと頼んでみたのだが、躑躅は苦笑いして首を横に振った。

「わたしは音痴なのよ。勘弁してちょうだい」

鶫は菘《スズナ》のことを考えずにはいられなかった。ふたりで手に手を取ってここまで逃げてくれればよかったのだろうか。決して遊び半分だったわけではない。誰よりも愛おしかった。ただ最初からすべてを諦めてしまっていた。かなうはずのない恋だと思っていた。

もちろん、今となっては何を言っても手遅れだ。鶫はもう二度と菘に会うことはないのだから。

天気のよい日には、青空を背景にして彼方の山脈がくっきりと浮かび上がる。鶫は窓枠の上に木彫りの小鳥

を置いた。たとえ作り物でも、鳥には空が似合う気がしたからだ。ただし、その窓ははめ殺しになっていて、中からも外からも開けられない構造だった。出入り口のドアも研究室と同じように二重にされたうえ、外から鍵がかけられている。換気口は天井に一箇所あるだけだ。

結局のところ、鶫が囚人で実験動物だという事実は変えようがないし、そこから目を背けるつもりもなかった。

躑躅によると、その建物は〈生命の塔〉と呼ばれていて、下の方の階では成熟したメイルたちが暮らしているというが、鶫がその姿を見ることはなかった。

一日のほとんどの時間は延々と続く検査のために費やされた。ベッドの周囲はありとあらゆる医療機器で埋めつくされている。鶫は血液や尿や細胞のサンプルを採取され、身体中に針を突き刺され、口からも肛門からもチューブを挿入され、内臓という内臓をスキャンされた。特に、生殖器とその周辺は念入りに調べられた。

スクリーニングを受けるまで、自分に子宮がないことを鶫は知らなかった。戦士になることを選んで、アンドロゲンを投与される前は、思春期のフェムらしく胸の小さな膨らみさえあった。子供の頃は母や姉妹たちと同じフェムなのだと心から信じていたのだ。一度姉に指摘されたように、「おしっこの出るところ」が並外れて大きいのが気になりはしたが。

十代の頃、鶫はその器官が恐ろしく醜いと思い込んでいた。自分ができそこないであることを象徴しているような気がして、憎しみさえ覚えていた。ある日、ついに意を決して医者の元を訪れ、このみっともないものを切り落としてほしいと懇願した。

それが棗《ナツメ》・Mとの出会いだったのだ。棗はことさら丁寧に時間をかけて診察したあと、おもむろに口を開いた。

「あなたの考えには賛成できないわ。病気でもないのに身体にメスを入れるのはよくないことよ」

「でも、わたしは……」

「少し時間はあるかしら。それをどうしたらいいか教えてあげたいの」

鶫の言葉を遮った医者の瞳には、職業的なものとは思えない熱っぽい光がたたえられていた。待合室にいた患者を手際よく追い出し、表に「休診」の札をかけてから、棗は鶫を奥の部屋へ連れて行った。

年上のフェムに逆らってはいけないと教え込まれていた鶫は、言われるままに服を脱ぎ、ベッドに横たわった。

棗は自分も裸になって鶫に寄り添うと、醜い器官の先端を巧みに愛撫し始めた。今まで知らなかった感覚がそこに生じた。それは不快ではないどころか、陶然とするほどの心地よさだった。鶫は思わず声を上げてしまい、恥ずかしさに頬を染めた。逃げ出したい気持ちと、このまま身をゆだねたい気持ちが、身体の中でせめぎ合っていた。

「いやなら無理強いはしないわ。でも、わかるでしょ。これは楽しむためにあるの。切り落としたいなんてとんでもないことよ」

その日から、棗は鶫の最初の恋人になった。休日ごとに、ふたりは密かに逢瀬を重ねた。鶫はフェムとスュードがどうやって快楽を分かち合うのかを教えられ、楽しむことは罪悪ではないのだと学んだ。棗のおかげで、自分の器官を以前ほど醜いとは思わなくなり、身体の一部として受け入れられるようになった。それでも、子供の産めないスュードは劣った人間だという思いは消えなかった。

「スュードの外性器は変化に富んでいて本当に興味深いの。外見からはフェムと区別がつかない例もあれば、ほぼ男性器と見なせる場合もある。それだけで何本も論文が書けるし、時々、フェムがつまらない生物に思えるくらいよ。あなたは男性に近いほうね。いい兆候だわ」

躑躅はいかにも満足そうだったが、裸で仰向けに寝かされた鶫はひどく落ち着かない気分だった。

「もともとメイルに近かったということですか」

正直なところ、あまり嬉しくはなかった。

「メイルじゃなくて〝男性〟よ。メイルと〝男性〟は全然違う概念なの」

鶫の局部を仔細に観察する躑躅の眼差しは、かつての恋人とはまったく違っていた。欲望や下心などかけらほども感じられず、純粋に科学者としての興味に基づくものだ。そこには悪意もない代わり、研究対象に対する思いやりもない。

「どう違うんですか」

鶫は覚悟を決めるしかなかった。躑躅の好奇心が満たされるまで、フェムの前で無様な姿を晒し続けるという苦行は続くのだ。会話でもした方が多少は気が紛れる。

「男性・女性という分類は、生物学的というよりは社会的なものだったの。でも、メイルとフェムは生殖能力だけで区別されているから、性別よりもずっと狭い概念になってしまう。そこからこぼれ落ちたものは全部スュー

ドと呼ばれる。つまり、スュードというのは単一の性ではなくて、失われた時代だったら、男性や女性と呼ばれたケースまでも含んでしまっているの。恐ろしく雑で乱暴なくくりなのよ」

鶫は芙蓉のことを思い出していた。〝男性〟と〝女性〟のいたかつての時代なら、芙蓉は紛れもなく〝女性〟だったのだろう。

「ただ、現実にはこの世界で〝男性〟は生まれてこないんですよね」

「そう、そこが問題。……ところで、フェムと寝たことはある？」

いきなり不躾な質問をされて、鶫は思わずむっとした。

「そんなプライベートなことまで話さなければいけないんですか」

「ええ。大事なことだから。もし実験が成功したら、人工授精以外の方法も試してみるつもりなの」

例によって躑躅はこちらの感情などまったく頓着しない。

「何度かはあります」

鶫は言葉少なに答えた。恋人たちとの思い出をいちいち語る気にはなれなかったし、躑躅がそれを望んでいるとも思えない。

「フェムに欲望を感じるということね。大いに結構。肉体の性が変わっても性的指向までは変化しないものなのよ。そこに手を加えようとすると、とても面倒なことになるわ」

「そういう博士はどうなんです。恋人はいるんですか」

少しばかり反抗的な気分になって、鶫はわざと無遠慮に訊いた。

「研究室で寝泊まりするような変人と付き合いたがる物好きがいると思う？」

「でも、子供はいるんでしょう」

「いいえ」

これには仰天した。躑躅は三十を過ぎているはずだ。その年齢のフェムに子供がいないことは普通なら考えられない。ほとんどのフェムは十代の終わりか、遅くとも二十二、三歳までには最初の子を産み、たいていは三十歳になる前に出産を終える。

「そんなに驚かなくてもいいでしょう。フェムがみんな大喜びで子供を産みたがるものだと思ってるの」

「子供を産むことはフェムとしての特権ではないのですか」

「特権ね。わたしなら自分の意思で選べないものを特権とは呼ばないわ」

「それは傲慢な言い分ですよ。フェムとスュードでは立場が違うんですから」

恨みがましい口調になっていることは自覚していた。フェムたちの向けてくる蔑みとかすかな嫌悪と優越感の混じった目つきは、スュードと判定されたときからなじみ深いものになっていた。恋人と睦言を交わしている最中でさえ、見下されているという感覚からは逃れられなかった。

「スュードがフェムより劣っていると思うのはなぜ？」

躑躅はいつも持ち歩いているメモ用紙に何やら熱心に書きつけながら訊いた。

「わざわざ聞くまでもないでしょう」

「そう？　あなたはわたしより若くて体力も運動能力もあるし、顔立ちだってきれいよ。教育の機会がなかっただけで、知的に劣ってるわけでもない」

「からかってるんですか」

鵺は苛立っていた。この状況はどう考えても真面目な議論にはそぐわなかった。無防備に裸で横たわる鵺と白衣を着た躑躅の取り合わせは、傍から見ればさぞかし滑稽に映るだろう。

「あなたはね、不幸な強迫観念に取り憑かれているの。それはこの社会の成員の誰もが多かれ少なかれ共有しているものなのよ。大体、生殖能力の有無だけで人間の価値を決めるなんておかしいでしょ。フェムが出産や育児に従事する期間はせいぜい人生の半分程度なのよ。だったら、残りの半分はどうなるの。何の価値もないおまけだとでも。若い子たちはお互いどうしの関係に夢中になるし、おばあさんたちは政治に情熱を傾ける。それだって、人生の重要な一部なのに」

「強迫観念……ですか」

孔雀が、そして竜胆が言おうとしていたことが少しだけ理解できた気がした。納得するところまでは行かなかったが。

「自分の頭で考えたんじゃなくて、いつの間にか誰かに吹き込まれたことをそのまま信じてしまっているの。きっと身に覚えがあるはずよ」

母に捨てられたあの時だったのかもしれない。いや、それ以前に母自身がその強迫観念の虜だったのだろうか。

「生殖能力さえ問題にしなければスュードにはスュード

の利点があるの」

「フェムより優れたところがあるというんですか」

「ええ。フェムの感情に波があることは知ってるでしょう。そして、メイルは暴力的になりがちだし、自分の欲望をコントロールするのが難しい。でも、性ホルモンの影響を受けにくいスュードは感情的に安定しているの。わたしは重大な決断はむしろスュードに任せるべきじゃないかと思ってる」

鶫は衝撃を受けた。こんな考え方をする人間に出会ったのは初めてだった。

「かつて人類は滅亡の淵まで追い詰められた。とにかく生き延びること、次の世代に命をつなぐことが至上命令だった時代も確かにあったわ。だけど、その時代はもう終わったの。メイルの問題さえ解決できれば、わたしたちはもっと自由に生きられるようになる。わたしはこの実験で世界を変えたいの」

躑躅の口調が珍しく熱を帯びた。その時になって、鶫は気づいた。躑躅はほとんど感情を表に出さず、冷淡にさえ見えるが、相手がフェムだろうとスュードだろうとまったく態度を変えないのだ。どんなに躑躅を嫌っている相手でも、恐ろしいほど公平無私だということだけは認めないわけにはいかないだろう。

「もう服を着ていいわ。お疲れ様」

躑躅は鶫の腰から測定機器を外した。

「わたしはそのための実験動物ですか」

「いいえ、あなたは協力者よ。こればかりは自分で試すわけにはいかないんだから。あなたも青鷺もわたしの計画にとってはかけがえのない人なの」

「あの人もこの計画に関わってるんですね」

「最初に被験者になることを申し出てくれたのは青鷺だったの。残念ながら、条件が合わなくてね。スュードなら誰でもいいわけではないのよ」

その条件に合致したことを名誉に思うべきなのかどうかはわからなかった。この実験が成功するとも思えなかったし、メイルになった自分を想像してみることなど不可能だった。他のメイルと同じように閉じ込められて、インターフェイスをあてがわれるとでもいうのか。そもそもメイルには人生と呼べるほどのものはない。生まれた時からずっと、限られた養育者とインターフェイスだけに世話をされて、ただひたすら子種を提供するためだけに生かされているのだ。その役目を果たせなくなれば処分されるか、お情けで余生を送るかだ。メイルの作り

出す子種はこの上もなく貴重だが、メイル自身に人間としての価値は認められていない。

被験者になることに同意したときから覚悟していたとはいえ、検査に明け暮れる日々は予想以上に心身を消耗させた。夕方になる頃には疲れ果てて、食欲さえ湧かないこともある。

躑躅ひとりならまだ耐えられた。他の研究員やシャオユイが検査に立ち会う日は、拷問に等しい苦痛を味わうはめになる。特にシャオユイにとって、スュードは未知の珍しい生き物だった。何の悪意もなく、子供のように純粋な好奇心に満ちあふれて、鵺の身体をじっくりと観察し、納得がいくまで撫で回そうとする。

羞恥心と屈辱感が神経を苛み、やめてくれ、と叫びたくなるのを鵺は必死で堪えなければならなかった。

それでも、少しでも余裕のあるときには、コンピュータの端末を使ってできるだけ知識を得ようとした。これから自分が何をされるのか、少しでも理解しておきたかったのだが、ろくな教育を受けていない悲しさで、たびたび暗礁に乗り上げてしまう。そういう場合は躑躅の説明だけが頼りだった。とはいっても、〈生命の塔〉の責任者でもある躑躅は多忙で、鵺の実験だけにかかりきりというわけにも行かない。

残念ながら、失われた時代の記録は完全な形では残されていなかった。特に、人口が激減し、世界中が混乱していた時期は、信頼できる資料がほとんど欠けていた。多くの知識や技術や芸術作品も同じ時期に失われてしまった。

メイルがこの世界から姿を消したのは、数百年前の戦争に端を発するという。その戦いが起こるまでの経緯はもはや知りようもなかった。

「戦争というのは大規模な略奪のようなものですか」

鵺が尋ねると、躑躅はめずらしく答えをためらう素振りを見せた。たまたまそばにいたシャオユイが異邦の言葉で何か口を挟んだ。

「いいえ。わたしはそうは思わない」

躑躅は首を横に振ってから、鵺に向き直った。

「何の話ですか」

「戦争こそはメイルの野蛮さの証しだとシャオユイは言うの。メイルは血に飢えた獣だと思っているのよ」

「チンパンジーで実験した。あなたも見ていたはず。雄は同族を殺す」

「あれは実験のデザインに問題があったんだと思う。そ

れに、人間と動物は違うでしょう。あなたは文化や教育の影響を過小評価しているわ」

シャオユイの表情が険しくなった。こちらの言葉で複雑な内容を表現するのは難しいからか、またしても坤土の言葉に戻って激しくまくし立て始めた。

「あとにして。鶫にはあなたが何を言ってるのかわからないんだから」

シャオユイは躑躅を睨みつけてから、足取りも荒々しく部屋を出て行った。

「すみません。わたしのせいで」

「あなたは悪くないんだから気にしないで。わたしたちはいい友人なんだけど、どうしても意見の合わないこともあるの……戦争と略奪の話だったわね」

躑躅は何事もなかったように話を再開した。

「略奪には常に明確で具体的な目的があるし、起こりそうな時期も場所もたいていは予測がつく。戦士にとっては当たり前のことよね」

鶫は頷いてみせた。

天候不順だったり病虫害が発生したりして不作になった年には、紅娘市にも略奪者の群れが押し寄せてくる。ぼろをまとった敵の戦士たちは、みな骸骨のように痩せこけ、虚ろな眼差しをしている。ひとたび飢饉に見舞われると、食糧の配給は未成年のフェムと赤ん坊のいる母親が最優先され、年寄りやスュードは一番後回しにされる。それは市全体が生き延びるためにはやむを得ない判断なのだ。

射撃はもっぱら威嚇のために行われる。それでも怯まずに立ち向かってくる者には、布を巻きつけて衝撃を和らげた棍棒で攻撃が加えられる。頭ではなく手足を狙えと先輩の戦士からはくどいほどに教え込まれたものだ。血を流すことが忌避されるのは慈悲心からではなかった。流血沙汰は憎悪や怨恨を生む。仲間や親族を殺された者は復讐をもくろむだろう。復讐に復讐で応じれば、悲劇はさらに拡大し、収拾がつかなくなる。飢えた者たちは戦いを求めてやってきたわけではないのだ。頃合いを見計らって、外壁の上から穀物や干し肉の入った袋が投げ込まれる。こちらもそれほど食糧事情に余裕があるわけではないが、市の安全には代えられない。

略奪者たちは喚声を上げてそちらに殺到する。市の守備隊と戦っていたことなど忘れ、目をぎらつかせて、乏しい食糧を奪い合う。つかみ合い、殴り合い、噛みつき、引っかき、罵り合うその姿は、すでに人とも思えないほ

ど浅ましい。

嫌悪を覚えつつも、戦士たちは市を守れたことに安堵する。略奪は凶作のたびに起こるだろうし、いつかは立場が逆転して、自分たち自身が襲撃する側に回るかもしれないが、とりあえず目の前の危機は乗り越えたのだ。

略奪者たちが手に入れた食料をどうするのかまでは知らない。市へ持ち帰って分け合うのか、その場で自分たちの飢えを満たすのか、あるいは取り分をめぐって仲間どうしでさらに争うのか。

「戦争には略奪が伴うこともあったけど、どのみち本質はそこにはないの。当事者たちの掲げる大義名分は、わたしたちから見れば漠然としていたり、理解しがたかったり、こじつけとしか思えなかったりする。例えば、叙事詩に語られるトロイア戦争は、ひとりの女をめぐって起きたとされているわ。よその国の男と駆け落ちした国王の妻を奪い返そうとして全面戦争になったあげく、攻め込まれた方の国は滅亡してしまったの」

「それは……馬鹿げた話ですね」

国というのがどういうものなのかは鵜もおぼろげながら知っていた。失われた時代の権力者たちは市よりもずっと広大な領土を支配していたという。たとえ通信手段が発達していたとしても、そんなに広い土地の隅々まで指示を行き渡らせるのは容易なことではなかったはずだ。やはり、今よりずっと人口の多い時代だったからこそできたことなのか。

「そうね。今のわたしたちはそう思うけど、失われた時代の人々にとっては世にも美しい悲劇だったのよ」

「その妻というのは自分の意思で駆け落ちしたのでしょう。気持ちが変わってしまった相手を無理やり連れ戻したところで、元通りの関係にはならないでしょうに」

「ええ、そこが問題。かつて夫と妻は決して対等の人間どうしではなかった。妻は家や家畜と同じように、夫の財産のひとつと見なされたり、夫に従い、保護されるべき存在とされていたわ。妻を他の男に奪われるということは、男としての権利を侵害されたことを意味したの。そうなったら、どんな手段を使ってでも傷つけられた名誉を回復しなければならなかった。国王ともなればなおさらね」

「しかし、夫婦というのは少なくとも愛情や信頼で結ばれていたのではありませんか。夫は妻が意に沿わないことをしないように、四六時中見張っていなければならないとでもいうのですか」

「だから、それは口実みたいなものね。いったん戦争が始まってしまえば、女のことなんてどうでもよくなる。戦争というのはまず第一に、男らしさを競うためのものだったのよ。より勇敢に戦い、多くの敵を殺した者が賞賛されて、臆病さは何よりも恥ずべきものとされたの」

「殺すことが賞賛されたのですか」

鶫は困惑せずにいられなかった。およそ人として、あれほど汚い仕事はあるまい。

「戦場という特別な場所ではね。もちろん戦うことに恐怖や嫌悪を感じる男性もいたでしょうけど、仲間の手前、自分の本心を口に出すわけにはいかなかった。誰だって他人に嘲られたり蔑まれたりするよりは、価値を認められたい、尊敬されたいと思う。時として、自分の力を見せつけるために、必要以上に暴力的な振る舞いをすることもあったわ。非戦闘員まで虐殺したり、ことさらに残酷なやり方で敵を処刑したり。失われた時代の芸術家たちは勇敢な戦士を讃える作品を数え切れないほど残しているの。戦いに熱狂したのは、当の戦士たちだけではなかったわけね。一方で、女性が子供を産んだり、日々の生活を支える仕事に勤しんだりすることが、芸術作品に取り上げられる機会はあまり多くなかった。たぶん、魅力的な主題とは思われてなかったんでしょうね」

またからかわれているのかと鶫は訝った。この世に子供の誕生よりも重要なことなどあるだろうか。だが、躑躅の表情はいたって真面目に見えた。失われた時代の人々は揃いも揃って気が狂っていたのかとさえ思う。赤ん坊を育てるより戦いを好むとは。あの卑しい汚い血なまぐさい行為が、幼い命を愛おしむことに勝るという考えは、鶫の理解を絶していた。

妹が生まれた時、どれほど興奮したかは今でも覚えている。あの頃はまだ自分がフェムだと信じていた。小さく頼りない赤ん坊を取り合ってよく姉たちと喧嘩になり、母や祖母に叱られたものだ。

鋭い胸の痛みとともに、鶫は思い出す。大人になって、自分の子を胸に抱く日を夢にまで見ていたのに。

もし子供の産める身体になれるなら、鶫はどんな代償でも支払うだろう。出産には恐ろしい苦痛が伴い、時として命を失うこともあるという。そんなことが何だというのか。命を次の世代につなぐことこそが、人間として生物として最も価値ある営為なのだ。

「ところで、チンパンジーの実験というのは何のことですか」

悲哀と自己憐憫を振り払おうとして、鶫はあわてて話題を変えた。

「ああ、あれね」

躑躅の表情が曇った。

「メイルはこの世界にほんの少ししか残っていないし、過去の記録の多くは失われてしまっている。そこで、かつてのメイルたちの思考や行動を少しでも理解するために、チンパンジーを使ってシミュレーションしたの。人間に一番近い動物だから。雌や子供と隔離して、雄だけの集団をひとつのケージに入れてみたのよ。かれらは……いくつかの小集団に分かれて、お互いを攻撃した。やめさせるのに大変な苦労をしたわ。引き離すのが間に合わなくて、何頭かは殺されてしまった。ケージが狭すぎてお互いに十分な距離を取れなかったせいだとわたしは思うんだけど、シャオユイは血に飢えた雄の本能のせいだと主張するのよ。その話になると、いつも喧嘩になるの」

「メイルはフェムやスュードより攻撃的なんですか」

鶫の知っているたったひとりのメイルは、自分の欲望を満たすために、暴力で他人を従わせようとした。あれがメイルの本性なのだとしたら、野放しにするなど論外だ。

「そうね……確かにそれは否定できないわね」

普段に似合わず、躑躅の口調はどうにも歯切れが悪い。

「シャオユイによく言われるの。わたしはメイルに肩入れしすぎているって。その通りなのかもしれない。でも、これは人類にとって必要なことなのよ」

シャオユイと躑躅とどちらの見解が正しいのかは判断しようがない。自分がメイルになればわかるのだろうか。本当にそんな日が来るのか、来てほしいのか、それもまた今の鶫には答えようがない。

自分でも説明のつかない奇妙な情熱に取り憑かれて、鶫は戦争について調べ続けた。より多くの敵を殺した者が賞賛される——過去の人々の考え方に嫌悪を覚えながらも、なぜか心を惹きつけられずにいられなかった。

世界に破滅をもたらしたのが禁断の兵器だったというところまでは、過去の記録も歴史家たちの見解も一致している。だが、その兵器がどんなものだったのかとなると、残された資料は互いに矛盾していた。一説によれば、すさまじい熱と閃光と爆風ですべてを破壊したというが、人間だけを殺して道路や建物は無傷のままだったという記述もある。あるいは禁断の兵器は一種類ではな

かったのかもしれない。

「たぶん、同時代に起こった別々の戦争が混同されているんじゃないかしら。地域も規模もそれぞれ違っていたものを、わたしたちは区別できなくなってしまっているのよ」

「同時代に別々の……戦争というのはそんなに頻繁に起こっていたのですか」

聞けば聞くほど、失われた時代の人々の行動には困惑させられる。とても同じ人類とは思えないほどだ。

「小規模な紛争や内乱までを含めれば、人類の歴史に争いのなかった時期はほとんどなかったと言っていいでしょうね。少なくとも世界大戦と呼ばれる大きな戦いが三度あったことだけは確実なの。その三度目の戦争が人類社会を破滅させてしまった」

過去の人々は空飛ぶ機械を使って、死をもたらす恐ろしい兵器を高所から投げ落としたという。記録に残るその機械は子供の頃に絵本で見た鯨のような形をしていた。機械というからには金属でできていたはずだが、そんなに重くて大きいものがどうやって空に浮かぶことができたのか、鵺には見当もつかなかった。

「飛行船に興味があるの？」

躑躅が肩越しに声をかけてきた。いつの間にか、鵺はコンピューターの画面に見入っていたようだ。

「いえ、これがどうやって飛ぶことができたのか気になってしまって」

「博物館へ行けば本物が見られるわ」

躑躅は事もなげに言った。

「しかし、わたしは……」

「あなたは囚人じゃないのよ。そりゃ完全に自由の身ってわけにはいかないけど、もし行きたい場所や見たいものがあるなら、遠慮なく言って。できるだけ希望を叶えるようにするから」

「別に希望はありませんよ。わたしはここではよそ者ですから」

「いつもそうなのね。自分には他人に何かを要求する資格はないとでも思ってるのかしら。スュードだから？　それとも、略奪者だったから？　あなたはね、市のためだけじゃなくて人類のために、他の人にはできないことをしようとしてるの。もっと図々しくなったっていいくらいよ」

「この実験が失敗すれば、わたしは死ぬかもしれないのでしょう。そんな人間が知識を得ることに意味がありま

すか」

我ながら子供っぽいとはわかっていながら、鵯はつい反抗的な態度を取ってしまう。

「少なくとも、あなたの好奇心は満たされるでしょう。それはあなたにとっての喜びになる。意味なんて必要ないの。知識はそれ自体が喜びをもたらしてくれるものなんだから」

躑躅は真面目な口調で諭した。

「わたしの市ではスュードが教育を受けても無駄だと言われていました。子供や孫に受け継がせることのできない知識は死んだ知識だからと」

「馬鹿げた考えね。死んだ知識というのは、図書館や古文書の中で忘れられたまま、誰からも顧みられない知識のことよ。どんな形であれ、誰かに必要とされている限り、その知識は生きているの。博物館へ行きなさい。時間のあるときにあなたを連れ出してくれるように、青鷺に話しておくから」

「はい」

鵯は神妙に頷いた。

躑躅のものの考え方にはいつも驚かされる。時として受け入れがたいことはあっても、鵯はそのたびに新しい世界に目を開かせられた。それが躑躅ひとりのものなのか、あるいは太母市では一般的なものなのかまではわからなかったが。

もし、紅娘市ではなくこの市で生まれ育っていたら、別の人生があったのだろうか。ふと、そんなことを思うこともある。だが、実際には起こらなかったことについて考えてみても意味はあるまい。

時々、躑躅はひどく疲れた顔で鵯の部屋に現れることがあった。仕事が忙しすぎて、あまり寝ていないのではないかと気になったが、こちらから尋ねるのも不躾な気がして、鵯は何も訊けなかった。

「前立腺癌の患者が出たの」

ある時、躑躅はぽつりとそう漏らした。

「まだ若いのですか」

「七歳よ。成熟前だったわ。この系統はもともと癌の発生率が高いの。繁殖自体を諦めた方がいいのかもしれない。できれば、もう系統数は減らしたくないんだけど」

ひとつしかない椅子を占領されてしまったので、鵯は仕方なくベッドの端に腰を下ろした。窓の外では季節はずれの激しい雨が降っていた。滝のように水滴の流れ落ちるガラスの向こうに、濃灰色の雲の垂れ込める空が広

がっている。

「メイルは病気にかかりやすいのですか」

「病気だけじゃないわ。事故や怪我も多いし、争いも絶えない。シャオユイの前ではああ言ったけど、メイルの攻撃性は抑制できないんじゃないかと思うことがあるの」

年上のフェムの愚痴を聞くのには慣れていた。柘榴に仕えていた頃は、それも仕事の一部だったからだ。夜の相手を務めたことも何度かあった。もっとも、柘榴は欲望の強い方ではなく、おざなりに鶫の身体を愛撫しただけだった。権力者は孤独だ。家族でさえも心から信頼することはない。柘榴には伴侶はおらず、成人した娘たちとも疎遠だという噂だった。

躑躅も他人との関わりが薄いように見えるが、孤独というよりは孤高と呼ぶ方がふさわしく思えた。他人を遠ざけているわけでも信頼できないわけでもない。単に、自分の研究に打ち込みすぎていて、人間に関心が向かないだけなのだ。敵も多いが味方も多い。部下の研究員の中には崇拝に近い感情を抱いている者さえいた。

「病気で子種を作れなくなったメイルはどうなるのですか」

不意に、あの拳銃の重みと冷たい感触が手の中に甦ってきた。太母市でも役に立たないメイルは処分されるのだろうか。

「どうって、生命の塔から出されて、他の施設へ移されるだけよ。ここでは病人の治療はできないの」

躑躅の声にはかすかな困惑の響きがあった。鶫がわざわざそんな質問をした理由がわからなかったのだろう。

「それならいいんです……ところで、有性生殖の利点というのは何なんですか。坤土には争いも意見の対立もないし、〈母〉はフェムよりもたくさんの子どもを作れるのでしょう」

鶫はあわてて話題を変えた。今さら自分のしたことを口に出したくはなかったのだ。

「そうね。確かに有性生殖は無駄が多いし、複数の性があることで社会は不安定になる。でも、その不安定さこそが逆に強みになることもあるのよ。安定した社会というのは、硬直した社会でもあるから、外部の環境が急に変わったら適応できなくなるの。あるいは、間違った決断が下された時、止められる者がいない。多様性こそがわたしたちの優れた点なの。時には、劣っているものや役立たずだと思えるものが社会を救うこともある。失わ

れた時代の人たちは、女性は男性より体格も筋力も劣るし、妊娠や出産で働けない時期があるから、男性より価値の低い存在だと考えていたの。社会の担い手は男性であり、女性は男性の庇護がなくては生きていくことさえできないと考えられていた時代もあったのよ」

「まさかそんな」

「わたしたちが常識だと信じていることでも、時代や文化が違えばまったく事情が変わってくるの。〈灰色の手記〉を読むといいわ。失われた時代の男性が書き残した個人的な日記よ。その人は学者でもジャーナリストでもなかったし、卓越した知性に恵まれていたわけでもない。ごく平凡な人物で、自分たちの価値観を何の疑問もなく信じていたんだけど、だからこそ、わたしたちにとっては貴重な資料になっているの」

躑躅は椅子の向きを変えて、コンピュータの端末を操作した。画面に呼び出された文書はかなり長いものだった。冒頭には「2028／2／16」という数字が記されている。それが何を意味しているのか、鶫には理解できなかった。

「元は手帳にペンで書かれていたのよ。手帳の表紙が灰色だったところから、そう呼ばれるようになったの。ところどころ判読できなかったり、わたしたちには意味のわからない部分もあるけれど。オリジナルは厳重に管理されて古文書館に保存されているわ」

2028／2／16

待望の息子が誕生。女の子が二人続いたあとだけに喜びもひとしお。＊＊＊と名づける（記号に置き換えられている部分は、書き手自身が塗りつぶしたのだと躑躅は言った）。戦争が終わって以来、男の子の出生率が下がり続けているのだそうだ。この子が大人になる頃には、結婚相手には不自由しないことだろう。

2028／3／1

毒の雨。終日外へ出られず。今日は配給の日だったのに。食料はもうほとんど残っていない。

2028／3／3

二日遅れで配給。早朝から家族全員で列に並び、昼過ぎにようやく帰宅。しかし、ひどいものだ。これっぽち

の食料で家族五人どうやって食べていったらいいのかと途方に暮れる。固形燃料も煮炊きに足りるかどうか覚束ない。まだ寒い日もあるだろうが、暖房は極力我慢しなければならないだろう。

「その辺は読まなくていいわ。たぶん、あなたには興味のないところだから」

躑躅が横合いから手を伸ばして、画面をスクロールした。

2029／2／14

息子の一歳児検診。帰ってきた妻の顔色がさえない。停留睾丸と言われたのだそうだ。子供たちの世話を妻に任せきりにしていたのを申し訳なく思う。男親ならもっと早く気づいてやれたかもしれないのに。だが、残業続きでいつも帰宅は深夜近くになってしまう。電力の供給が安定しないせいで、余計な業務が増えてしまった。コンピュータが使えないので、計算もデータ整理も手作業でやらなければならない。

2029／2／15

会社の昼休みに、医師に電話して息子のことを聞いた。停留睾丸は多くの場合、一歳頃までには自然に下りてくるものだそうだ。もう少し様子を見て、変化がないようなら手術をすることになるという。手術は安全だし、後遺症もないと聞いて一安心。

2029／4／2

息子の手術は無事に終わったが、医師からは思ってもいなかった話を聞かされた。睾丸の形成が不完全なため、両方とも摘出するしかなかったという。つまり、息子は宦官になってしまったのかと訊くと、そんなことはないから心配しなくていいと諭された。人工睾丸を移植し、思春期に入ってからホルモン療法を受ければ、外見は正常な男性とほとんど変わらなくなるのだそうだ。戦争以来、似た症例が増えていると医師は言った。この子だけではないと知って、多少は心の慰めになったが、私の息子は父親になることはできないのだ。本人にいつど

うやってそのことを話せばいいのか。

2032/7/30

梅雨明けと同時に謎の熱病が大流行し、勤務先の同僚や上司が次々と倒れている。誰が命名したのか、〈爆弾熱〉と呼ばれるようになった。感染経路も病原体もまだ特定されていないが、戦時中に使われた生物兵器が関係しているのではないかと噂されている。我々は中立を守ったのにはた迷惑な話だ。

2032/8/7

昼から同じ課の同僚の葬式。昨日は社長の葬儀だった。あまりに葬式が多いので、香典も香典返しも贈らないのがしきたりになった。葬儀屋は笑いが止まらないかと思いきや、火葬が間に合わず、暑さで腐りかけた死体が炎天下に山積みになっているのだそうだ。同僚の妻はまだ若かった。目を泣き腫らした姿が痛ましい。

2032/8/10

昨夜、上の娘と息子が発熱。心配したが、朝には下がっていた。熱病だったのか、単なる夏風邪だったのかは不明。わざわざ診察を受けるまでもあるまい。こんな時期に病院へ行ったりしたら、かえって悪い病気をもらってしまいそうだ。

2032/9/23

〈爆弾熱〉もようやく収束した。前社長の妻が新しく社長に就任し、会社は何とか存続できるという。妻の勤め先でも職員の三分の一近くが犠牲になったそうだ。家族全員が無事に生き延びられたことには、ただ感謝するしかない。子供たちの学校では教師が足りなくなり、退職した元教師や大学院生までも駆り出されることになった。働き盛りの大人ばかりが命を奪われたように見えるのは偶然なのか、それとも何かの意味があるのか。

2034/5/8

また息子が泣きながら学校から帰ってきた。この子は気が優しすぎる。男なんだから少しは強いところを見せないと、と言い聞かせたのだが、別に強くなんかならなくていいし、友達を作りたいわけでもないという。ただ、そっとしておいてほしいだけなのだと。カウンセラーに相談した方がいいのだろうか。だが、下手に騒ぎ立てる

と、余計に息子を追い詰めるような気もする。

２０４２／６／２０

珍しく早上がりで帰宅すると、妻が夕食の支度もせずにダイニングの椅子に座り込んでいた。何やら深刻な顔つきだ。どうかしたのかと訊くと、テーブルの上に置いた薄いパンフレットを指差した。毒々しい赤と黒の表紙には、ホラー映画にでも出てきそうなおどろおどろしい書体で「浄化の炎」と大きく記されている。「あの子の部屋を掃除していて見つけたの」いつの頃からか、息子は泣かなくなり、同時に口数が極端に減った。中学校に入学してからは、家族と会話を交わすことも滅多になくなっていた。表紙を見ただけで予想はついたが、怪しげな小冊子はカルト宗教団体の宣伝らしい。

（……人類の思い上がりと身勝手な振る舞いによって、地球環境は破壊され、多くの動植物が絶滅に追いやられた。母なるガイアの怒りと嘆きは計り知れない。そこでガイアは地球を浄化するために、選ばれし穢れなき者たちを地上に遣わした。彼らはスュードと呼ばれる。これほどの悪逆非道にも関わらず、人類に更生の機会を与えたのはガイアの広大無辺なる慈愛ゆえである。母なる女神を讃えよ。我らは直ちに行いを改め、スュードに従わねばならない）

馬鹿げたたわ言としか思えない。冒頭の数行だけで読む気が失せてしまった。それにしても、スュードとは何だ。耳慣れない言葉だ。【躑躅によると、スュードという言葉が記録の上で確認できるのはこれが最初だという】だが、妻やわたしにとってはたわ言でも、息子にとってはそうではないかもしれない。思春期の子供というのはただでさえ不安定なものだし、ましてや息子は人並みではないのだ。十四歳になっても、あの子の身体は子供のままだ。声変わりもせず、体毛は薄く、手足は少女のようにほっそりしている。自分が他の子供たちとは違うことは息子自身が誰よりもよく知っているはずだ。「どうしたの？　二人とも暗い顔して」いきなり長女の声がして、私は飛び上がりそうになった。「ただいま、くらいは言いなさい」妻が軽く睨みつけたが、長女は平然としている。「というか、それって例のヤバいカルトじゃん」「おまえ、知ってるのか」「うん、学生課から注意が回ってきた」長女の話によると、そのカルトは生殖能力のない若者たちを神に遣わされた聖なる存在として崇拝しているのだとか。それが〝スュード〟だ。スュードは男で

も女でもない。性別を超越しているのだという。「馬鹿な。あの子は男だ」「本人はそう思ってないかもよ。あいつに訊いたことあった？」私は言葉に詰まった。確かに、面と向かって本人に尋ねたことはなかったが、それは自明のことだと思っていたからだ。いわゆる男らしい男とは言えないとしても、息子に女性的なものを感じたことはなかった。それとも、私の考えが古臭いだけなのだろうか。「この教団が危ないというのはどういうことなんだ。まさか、テロリストだとでもいうのか」「うーん。人を殺したり傷つけたりはしてないいんだけど、結構過激なことをやってるみたい。動物園の動物を逃がしちゃったりとか。すべての命は平等だから動物虐待は許されないんだってさ。人間はもう子供を産むなとも言ってる。

どのみち、ガイアの怒りで人類は滅びるらしいよ。大学にカルトがはびこってるのは昔からだけど、まさか中学生まで勧誘するとはね」「どうしたらいい？」情けないことに、私は大学生の娘に助言を求める格好になっていた。「問い詰めたり叱ったりしても逆効果だと思う。あいつが洗脳済みだと決まったわけでもないんだし。しばらく様子を見るしかないいんじゃないかなあ」娘の言うとおりだ。あの子がカルトの教義に共感しているとは限らないのだ。思春期の子供がおかしなものに興味を持つというのはよくあることにも思える。不安を覚えながらも、当分は息子の行動に注意するくらいしか打つ手はなさそうだった。

２０４２／６／３０

息子の手術をしてくれた医師に会った。病院の待合室に、診療科ごとの医師の名札がかけられているのだが、半分以上は女性の名前だった。いつの間に、こんなに女性医師が増えていたのだろう。たまたまこの病院がそうだというだけなのか。私が事情を説明すると、医師は顔を曇らせた。息子と同じようなケースが国中どころか世界中で急増していて、特に二十歳以下だと正常な男児を捜し出す方が難しいほどだという。もともと男子の出生率が下がっていることは私も知っていた。十年前の〈爆弾熱〉がそれに追い打ちをかけた。あの病気の死亡率には男女間で極端な差があったそうだ。男性の罹患者のほぼ六割が亡くなったのに対して、女性は罹患しても八割以上が回復しているのだ。今や全人口の三分の二は女性で、残り三分の一のうち、生殖能力のある男性は七割程度にすぎない。しかもその多くは四十歳以上の世代に集

中している。あなたやわたしはいずれ希少な存在になりますよ、と冗談めかして言ったものの、医師の表情は暗かった。医師は〝スュード〟についても知っていた。それは別にカルトの用語というわけではなかった。一種の方便として、医者と役人たちが使うようになったらしい。戦争が終わってから、赤ん坊の性別を鑑別できないケースが次第に増えてきたのだそうだ。外性器の形では判断できず、染色体検査をしてもはっきりしない。性分化疾患というものは昔からあったが、そのうちのどのパターンにも当てはまらないのだという。「X染色体は性染色体というだけではなく、個体としての生存に不可欠です。一方、Yには身体を男性化する以外の機能はほとんどありません。ですから、Yがあれば男性、なければ女性と判断がついたのですが……」二本の性染色体の片方がXなのかYなのかがどうしても見分けられない。戦争末期にどこかの国が男性を不妊化するウイルスをばら撒き、そのせいでY染色体が変異したのではないかとも囁かれている。ただし、これはあくまでも噂レベルで確認のしようはなかった。無理にどちらかの性別に決めて、あとから間違いだと判明した場合、親が医師を訴える事例が何度かあったのだという。そこで、赤ん坊の性別が不明の場合は仮に〝スュード〟と呼ぶことにした。出生届にも新しい選択肢が設けられた。子供が成長すれば、遅くとも第二次性徴を迎える頃には男女どちらかの特徴が表れるはずだ。最悪の場合でも本人に決めさせればよい。

「あなたの息子さんの場合は間違いなく男児です。Y染色体を確認していますから。後天的な原因で、男性としての機能が十全ではないだけです。本人の希望があれば、すぐにでもホルモン療法を始められますよ」ぜひともお願いしたい、と答えたものの、息子が男らしい身体を望むのかどうか私にはわからなかった。少なくとも、私の息子は〝スュード〟ではない。それだけでもいくらか救われた気持ちにはなった。

2042／7／11

思いもかけない場所で息子を見かけた。同僚の車に同乗して、取引先へ向かう途中のことだった。信号待ちで止まっているとき、交差点に面したカフェに何気なく目をやると、そこにあの子がいたのだ。もちろん、本来なら学校へ行っているはずの時間だ。連れが二人いた。ひとりはこれといった特徴のない中年男だったが、もうひとりは目の覚めるような美少女だった。中年男が何やら

熱弁を振るい、息子と少女は頷きながら聞き入っているようだ。衝動的に助手席のドアに手をかけたところで信号が変わり、同僚は何も気づかずに車を発進させた。冷静になって考えてみれば、大事な商談を放り出して私用を優先させるわけにもいかない。

2042／7／12

息子が無断外泊。こんなことは初めてだ。妻も私も心配でろくに眠れなかったが、早朝に戻ってきた本人は悪びれる様子もなかった。どこへ行っていたのかと訊いても頑として答えず、やけに明るい表情をしているのがかえって不安をかき立てた。思い当たるのはやはり昨日車の中から見た光景だ。あの中年男と美少女が息子の行動に深く関わっているのではないか。何事もなかったように学校へ行く支度を始めた息子に、今日は休みなさいときっぱり言い渡した。ここは正面から問いただすしかあるまい。思えば私は息子とも息子の障害ともまともに向き合ってこなかった気がする。「昨日はちゃんと学校へ行ったのか」「うん」そう言いながら、息子は目を逸らした。この子は嘘が下手だ。それは幸いというべきなのだろう。「時間割は？　昼飯には何を食べたんだ」「ねえ、何のつもり？」息子は苛立つと同時に罪悪感を覚えてもいるようだった。「N町のカフェで一緒にいたのは誰だ？」「ぼくをスパイしてたの？」「まさか。たまたま仕事中に通りかかっただけだ」

ようやく観念したのか、息子はしぶしぶ口を開いた。一か月ほど前、図書館で医学事典を広げていると、いきなり声をかけられた。「あなたもスュードだよね」それがあのカフェにいた美少女だった（いや、少女と呼ぶのは間違っているのだろうが）。「同族どうしはお互いにわかるものなんだよ」大真面目な顔つきなので、美人だったからじゃないのか、などと茶化す気にはなれなかった。息子はそういうたちではなかったし、私たち親子は軽口をたたき合えるような関係ではないのだ。考えるのも罪深いことだとわかっていながら、時々、当たり前の息子がほしかったと思ってしまうことがある。私自身がそうであったように、男どうしの、時にはきわどい話ができて、大人になったら酒を酌み交わすような息子が。だが、たとえ障害があっても、男の子として生まれてきてくれただけで感謝しなければなるまい。息子の世代では男子そのものが少数派なのだ。三十人クラスのうち、男子は十人前後しかいない。残りのほとんどは女子だが、一学

年に一人か二人、性別不明の生徒がいた（性別不明の場合は学校でどう扱われるのか、詳しいことは聞いていない）。数が少ないと肩身が狭いのか、男子は男子だけで固まって行動することが多いらしいが、息子はそれを嫌っていた。「あいつら、がさつでうるさいんだ。下ネタばっかり振ってくるし」次女にそうこぼしているのを聞いたことがある。すぐ上の姉とだけは多少なりとも会話しているようだ。

「染色体異常を調べてるんだね。でも、あんまり意味はないと思うよ。だって、これは異常なんかじゃなくて、神に選ばれたしるしなんだもの」少女の断定的な口調に反感を覚えつつ、息子はつい聞き返してしまった。「神って何？」「地球そのものが神なんだよ。母なるガイア。ガイアは人間の身勝手と強欲に怒ってるけど、もう一度だけやり直すチャンスをくれたの。よかったらこれを読んでみて。興味を持ったら、またここへ来れば会えるから」その時に渡されたのが例のパンフレットだったという。絵に描いたようなカルトの勧誘に見える。正直なところ、パンフレットの内容はピンと来なかったものの、一週間後にふらりと図書館へ行くと、少女は先に来て待っていた。「どうして、ぼくがここに来るってわかったの？」「テレパシーだよ。ガイアのお告げ」少女はすました顔で答えた。それから何度か図書館で顔を合わせては他愛もない話をした後で、自分たちの指導者に会ってみないかと誘われた。「そのために学校をサボったのか」「向こうは放課後でいいって言ってくれたんだけど、ぼくの方から時間を指定したんだ。だって、学校なんて退屈だから」息子は完全に開き直っている。だが、約束の時間が放課後だったら私が息子を見かけることもなかっただろう。かえって幸いだったのかもしれない。少女と一緒にカフェに現れた中年男はガイアのしもべと名乗った。教祖ではなく、ガイアの意思を信者たちに伝えるだけの存在なのだという。「この子はきみのソウルメイトだ。スュードどうしは家族よりも固い絆で結ばれてるけど、その中でも特別に強く惹かれ合う相手がいる。それがソウルメイトなんだ。だから、最初からきみのことがわかったんだよ」ガイアのしもべは少女についてそう言った。いかにも胡散臭い。「すごく物知りで面白い人だよ。宇宙の起源とか、地球の歴史とか、生物の進化とかいろんな話をしてくれた」それはそうだろう。詐欺師やカルトの教祖として成功するためには、話術に長けていることが必須条件のようなものだ。

「いくつもの天文学的な偶然が重なり合って、地球に生命が生まれた。ガイアはこの宇宙における奇跡なんだよ。私たちは今ここにいることを感謝しなければならないんだ」「ということは、宇宙人はいないんですね」「残念ながら、同じ奇跡が二度起こる可能性はとても低いだろうね。ゼロとまでは言えないとしても。おそらく、人類はこの宇宙で唯一無二の存在だと思うよ。ガイアに愛されて生まれてきたのに、人間は我が物顔で振る舞いすぎた。その結果が今の惨状なんだ。戦争が終わってから、どれほどひどいことが起きているかはきみも知っているはずだ。ガイアの怒りに触れる前に、人類は今までの所業を悔い改めなければならない。それ以外に救われる道はないんだ。できれば、きみもその手助けをしてくれないか。もちろん無理強いはしないよ」これ以上はここでは話せないので、興味があるなら我々の教会まで来てほしい、と言われて息子は軽い気持ちでついて行ったのだという。

「そしたら、そこはとんでもない山の中だったんだよ。バスもないし、電話も通じてないし、電気は太陽光の自家発電。びっくりしたよ」帰るに帰れなくなり、最初は後悔したものの、自分と同年代の信者たちと話すのが楽しくて、息子はすぐに打ち解けた。信者の多くはスユードで学校にもなじめず、家族ともどこか距離を感じていた。「みんなぼくと似たところがあるんだよ。まるで昔からの友達みたいだった。黙って家を空けたのは悪かったけど、別にカルトに勧誘されたわけじゃないんだ。気が向いたらまたおいでと言われただけで、何の約束もしてないしね」

心配しないでと息子は笑ってみせたが、私はよけいに不安になった。この手のカルトには家族を騙すためのマニュアルのようなものがあるのではないか。かといって、これ以上問い詰めたところで、息子の本心を聞き出せるとも思えない。

２０４２／９／５

恐れていたことが起きてしまった。昼休みに妻が会社に電話をかけてきて、いつもの時間に家を出たはずなのに、息子は学校へ行っていないという。無断外泊の一件のあとで、息子の担任教師に事情を話し、登校していないときは知らせてくれるように頼んでおいたのだ。気にはなったものの、中学生が学校をサボったくらいのことで警察に駆け込むわけにも行かない。息子は夜になって

も帰ってこなかった。夕食後、夜の報道番組を見ていると、最後に短いローカルニュースが流れた。K市の郊外にある化粧品会社の研究所が正体不明の集団に襲われ、実験用に飼育されていた兎とマウスが盗み出されたという。深刻なニュースではなく、ほんの少し尺が余ったので、穴埋め代わりに入れたとでもいうような軽い扱いだった。監視カメラのものらしい映像には、ボール紙で作った稚拙な動物の面を被って建物の内部に突入する一団が捉えられていた。画面の粒子が粗いため、細部の見分けはつかないが、身体つきや動作からすると大人ではなく十代の若者ではないかと思われた。嫌な予感がした。K市の警察署に問い合わせると、意外にもその事件の捜査はしていないと言われた。負傷者はいないし、建物や設備が破壊されたわけでもない。そもそも被害届が出されていないというのだ。手をこまねいているところへ、長女が例のパンフレットを持ってきた。「これ、奥付に連絡先が載ってるんだよね。ダメモトで訊いてみれば？」カルトがまともに答えるはずがないとは思ったものの、確かに何もしないよりはましだ。電話に出たのは、まだ若そうな感じの女性だった。息子の名前を出した途端、相手はあっさりと言った。「ええ、こちらにいますよ。お話しになりますか」思わず拍子抜けして、一瞬言葉を失ってしまった。電話の向こうで笑い声が聞こえた。息子の声だ。今まで聞いたこともないほど楽しそうに笑っている。なぜか私はぞっとした。何かがおそろしく間違っている気がした。「父さん？　心配かけてごめん。でも、今日のことは秘密にしておかなきゃいけなかったんだ」「おまえ、何をしたんだ」「ニュースで見たでしょ。ぼくもK市へ行ったんだ。動物たちを救うためにね」脳天をしたたかに殴りつけられたような衝撃を受けた。今までの息子なら間違っても犯罪行為に加担したりはしなかっただろう。内気で友達もほとんどおらず、外遊びよりは家の中で本を読んでいる方が好きな子だった。私にはいつもそれが不満の種になっていた。「怒ってるの？　だけど、動物を虐待するのは間違ったことだよ。人間も動物も命の価値は同じなんだから」息子はカルトに洗脳されてしまったのだ。大変なことになった。

２０４２／１０／７

家の中の空気が重苦しい。あれから一か月。息子が無断で家を空けることはなくなったが、カルトと縁が切れたわけではない。ただ狡猾に立ち回ることを覚えただけ

なのだ。我が家では例の事件の話はタブーになった。担任教師の話によると、学校へは行ったり行かなかったりのようだ。成績も落ちた。息子はますます口数が減り、感情を表に出すことがほとんどなくなった。妻や娘たちとも必要最低限しか言葉を交わさず、無表情の内側で何を考えているのかは見当もつかなかった。同僚の紹介で、カルトの専門家だという学者に会った。母なるガイアの名前を出すと、ああ、あれですか、と呟いてしばらく黙り込んだ。「あそこはどうも怪しいのです。他のカルトとは雰囲気が違います」「まさかテロを計画しているとか」「いいえ、そういう暴力的な感じではありません。そこがおかしいのですよね」「環境保護と動物愛護を訴えているようですが」「目くらましでしょう。本当の目的は他にあるのだと思います。それが何なのかわかればいいのですが」学者は眉根を寄せた。息子のような十代の若者の場合、自我が脆弱なうえに思い込みが強いので、一度カルトにはまると抜けさせるのが難しいという。「精神科の医師に相談なさってはどうでしょう。よろしければ、信頼できる方を紹介しますよ」主に依存症の治療を手がけているという医師の名前を教えられた。おそらく、一番大変なのは息子を病院へ連れて行くことだろう。

2043／1／1

今日から新しい法律が施行されることになった。男女の人口比の不均衡を考慮し、生殖能力のある男性は重婚を認められるものとするというのだ。女性たちが強硬に反対するかと思いきや、この法案は女性議員から提案され、ほぼ満場一致で可決されたという。ただし、夫は妻たちの産んだ子供全員に対して養育の責任を負わなければならない。仮に、十人の妻を持ち、五十人の子供を産ませることが可能だったとしても、それだけの子を養えるのは億万長者くらいのものだろう。

最新のデータによると、この国の人口はおよそ六千万人で、戦争前の半分ほどにまで減ってしまっているという。そのうち男性が約千八百万人、女性が約四千二百万人。すべての男性が結婚したとしても（もちろん子供や赤ん坊もいるのだからそんなことは不可能だが）、半数以上の女性があぶれてしまうことになる。確かにこれは大変な事態だ。今までもっと騒がれなかったのが不思議な気がする。あなたももう一人くらい奥さんをもらったら、と冗談半分で妻から言われたが、これ以上、家庭内の問題を複雑にするのはごめんだ。

２０４３／３／２４

息子が消えた。夜中に窓から脱け出したらしい。現金と衣類と身の回り品がなくなっていた。つまり、これは無断外泊などというものではなく、家出と見なさなければなるまい。二週間後には高校の入学式を控えていたのに。成績が落ちたので本来の志望校には入れず、息子があまり乗り気ではないのは知っていた。それが理由なのか。あるいは、例のカルトが関わっているのだろうか。

午前中だけ会社を休むことにして、妻とともに警察へ捜索願を出しにいった。担当の刑事は私たちと同世代くらいの女性だった。どこの役所でも会社でも、女性が第一線で指揮を執るのは今や当たり前になっている。例の教団が絡んでいるのなら、発見は難しいだろうと悲観していたのだが、刑事は思いがけない情報を教えてくれた。証拠が固まり次第、母なるガイア教団には警察の家宅捜索が入ることになっているというのだ。何の容疑なのかまではまだ言えないし、このことは決して他言しないでくれと何度も念を押された。これで多少は希望が見えてきた。息子が教団と行動をともにしているとすれば、そこで発見される可能性は高いはずだ。

２０４３／５／９

早朝、警察が踏み込んだ時には、母なるガイア教団の本部はすでにもぬけの殻だった。証拠になりそうなものも何ひとつ残っていなかった。警察の上層部に内通者がいたという噂だ。あの男が逮捕されると都合の悪い人間がいるのだろう。となると、この件は詐欺や単純な金銭絡みではなく、もっと重大な犯罪に関係しているのではないか。末端の信者たちは家に帰され、ガイアのしもべと行動をともにしているのは、幹部級の信者二十人ほどと見られていた。なぜ息子がそこに加わっているのかはどうしても合点がいかないのだが。幹部どころか、教団に入ってから一年にも満たないのに。「まあ、気に入られたということなんでしょうね」まるで、やましいところでもあるように刑事は私と目を合わせずにそう言った。どうにも引っかかる言い方だったが、それ以上追及する気にはなれなかった。私は怖かったのだ。

２０４３／６／８

息子が帰ってきた。およそ考えられるうちでも最悪の形で。今はこれ以上は書けない。何も考えられない。

２０４４／６／８

あれから、ちょうど一年がたつ。この一年、事件のことはできるだけ考えまいとしてきた。考えても苦しいだけで、起きてしまったことが変わるわけでもないと思っていたからだ。だが、それは逃げだったのだろう。考えるのをやめれば、私は苦痛だけでなく、息子のことまで忘れてしまう。忘れてはいけないのだ。あの子の身に起きたことをできるかぎり覚えておくことこそが、父親としてのせめてもの償いなのではないか。

母なるガイア教団は児童売春組織だった。刑事の口から初めて聞かされたとき、私はその言葉を理解できなかった。脳が理解することを拒否していた。「親御さんにとってつらい話なのはお察しします。私も母親ですから」刑事は気遣うようにそう言った。いつの頃からか、第二次性徴の来ないスュードは歓楽街の一部で珍重されるようになった。大人とも子供とも違う独特の魅力があるというのだ。だが、スュードたちの多くは性的な事柄に関心が薄く、よほど劣悪な家庭の育ちでもないかぎりは、歓楽街になど近づこうともしない。そこに目をつけたのがガイアのしもべを名乗る男だった（もちろんあの男の本名は知っているが、ここに書くのも穢らわしい）。歓楽街の後ろ盾になっている反社会的勢力の協力を得て、男はもっともらしい宗教団体をでっち上げた。環境保護や生命の尊重を謳う教義は陳腐なものでしかなかったが、スュードを母なるガイアに選ばれた者としているのが特異な点だった。むしろ、それこそが主要な部分であり、それ以外のすべては付け足しでしかなかった。息子と同じく、スュードたちは孤立しがちで友達も少ない。自分自身を場違いな存在だとも感じている。きみは特別なんだよと囁きかけられれば、つい飛びつきたくなってしまうのも無理はなかった。そうやって、相手の心を掴んだところで、男はガイアから与えられた重大な使命の話をするのだ。実のところ、地球を救うのはいたって簡単なんだよ。誰もやりたがらないってだけでね。しばらくの間、ほんの一世代か二世代の間、人間が子供を作るのをやめればいい。それだけで、地球環境は劇的に改善するはずだ。ガイアに遣わされたきみたちには特別な力が具わっている。スュードは肉体関係を持つことで、相手の生殖能力を奪うことができるんだ。

私は呆気にとられて刑事の顔を見つめてしまった。「荒唐無稽だと思われるでしょうね。しかし、人間というの

は状況次第でどんなに道理に合わないことでも信じてしまうものなんです。いくら科学が進歩しても、迷信が消えてなくなることはありません」確かにその通りだ。科学が万能なら、宗教などというものはとっくの昔にお役御免になっていただろう。

息子は、と言いかけて私は絶句した。「心からお悔やみ申し上げます。こんな結果になってしまったことはお詫びのしようもありません」刑事は目を伏せた。精一杯やってくれたことはわかっている。責めるわけにもいかない。

私の息子は変態の餌食にされた。穢された。その事実から逃げてはいけないのだ。教団本部から逃亡したガイアのしもべと信者たちは、あてのない放浪を続けたあげく、廃墟と化した海辺のリゾートホテルにたどり着いた。戦争前には、海水浴客やサーファーで賑わった観光名所も、今では完全に見捨てられ、近づく者さえ滅多にいなくなっている。不法投棄のゴミと廃車置き場にされていた駐車場に、まだ新しい車が何台も駐まっているという付近の住民からの通報で、警察が駆けつけたときにはすべては終わった後だった。死体は一箇所ではなく、ホテル内のあちらこちらに何体かずつあったという。おそらくは、気の合うどうしや仲のいい相手と一緒に最期を迎えようとしたのだろう。息子は〝ソウルメイト〟の少女と手をつないで事切れていたそうだ。そばに置いてあったペットボトルの中身からは青酸カリが検出された。全員が覚悟の自殺を遂げたように見えた。暴力の跡はなく、死に顔は比較的穏やかだった。ただし、遺書や書き置きの類いは見つからず、ガイアのしもべの姿はどこにもなかった。あの男は若い信者たちを死ぬに任せて自分だけ逃げたのか、あるいは何らかの手段で自殺するように仕向けておいて、冷酷に傍観していたことになる。どちらにしろ、正常な人間の振る舞いではあるまい。

このままではすべてが闇に葬られかねないところだったが、ホテル内をくまなく捜索した結果、地下室から唯一の生存者が発見された。最初のうちは、怯えて口もきけない有様だった。仲間たちが自ら死を選び、指導者だった男が逃亡した後、まる一日以上も暗闇に身を潜めていたのだ。ガイアのもとへ帰るのだと言い含められて、毒の入った飲み物を渡されたものの、どうしても飲む決心がつかず、隙を見て地下室に隠れたという。本人と家族を守るために本名は公表されなかった。この匿名の人物の証言によって、母なるガイア教団の実態が明らかに

なった。

ガイアのしもべは若い信者の忠誠心を慎重に見極めてから、秘密の使命の話を持ちかけて、客の待つホテルの一室に送りこむ。客からはすでに大金を受け取っているが、当然ながら、その金がわずかなりともスュードたちの手に渡ることはなかった。生殖器が未発達なスュードは成人男性を受け入れられる状態ではないことも多い。身体を硬くして、ただ苦痛に耐える様に、客たちは憐れみを覚えるどころか、ゆがんだ欲望をいっそうかき立てられたという。まともな神経ではない。こんな所業は許されてはならないはずだ。

駄目だ。これ以上は書けない。嫌悪と怒りで気が狂いそうだ。

ガイアのしもべの行方はいまだにわからない。この世には神などいないのだ。もしいるなら、これほどの非道を放っておくはずはないだろうから。叶うものなら、この手であの男を八つ裂きにしてやりたい。

2044/10/1
妻は次女を連れて出て行った。あえて引き留めるつもりもなかった。もはや夫婦関係の修復が不可能なのはお互いに承知していたからだ。長女は大学を卒業して就職し、会社の寮に入っている。電話番号は教えてくれたが、一度もかけたことはない。家族の絆は壊れてしまった。誰が悪いわけでもなかった。私たちにはこの不幸を乗り越えられるだけの強さが欠けていたのだ。

書き手が痛ましい悲劇に見舞われたことは理解できたものの、どうしてもわからないことがあった。

「売春とは何ですか」

その言葉は鵺の知識にはなかった。

「性的な行為を目的にして、身体を売ることよ」

「奴隷のようなものですか」

「奴隷とはちょっと違うわね。永続的に身体を売るのではなくて、ごく短い時間の契約なの。例外がまったくなかったわけじゃないけど、売るのはもっぱら女性で買うのは男性。その行為を生活の手段にしている女性もいたわ。女性と男性の経済格差や肉体的な差異が背景にあって、この習慣は歴史を通じて長い間続いたの。時には、権力者によって禁止されながらもね」

躑躅の説明は例によって明快だったが、鶇はますますわからなくなった。

「恋人ではいけなかったのですか。なぜ、わざわざ金を払う必要があったのでしょう」

「男性の性的欲望は女性よりもずっと強くて、抑制するのが難しいものだと見なされていたの。妻や恋人がいればいいけど、そういう相手がいない場合は、お金で欲望を処理することも容認されていた。道徳的には誉められる行為ではなかったけど」

抑制するのが難しいほどの欲望――今の鶇には想像もつかなかった。実験が成功してメイルになれば、自分もそうなるのだろうか。正直に言えば、なりたくもなかった。

「ただし、男性の性的欲望については、社会的な要因が大きかったんだと思うの。肉体的にも性的にも強くたくましいことが男らしさだとされていて、その期待に応えなければならなかったのよ。時には過剰なまでに男らしさを誇示する必要があったわ。そうしなければ、男性の集団内では落伍者として扱われた。それは当の男性にとっても不幸な状態だったでしょうね」

「しかし、売る方の女性にとっては苦痛の伴う行為に思えます」

手記に登場するスュードたちの身に起こったことは考えるだに恐ろしかった。たぶん女性であっても、事情はさほど変わらなかったはずだ。

「それでも、他に生活の手段を持たない女性たちがいたのよ。失われた時代の女性たちは今よりずっと不自由に見えるけど、それはわたしたちの主観でしかないのかもしれない。当の女性たちが本当はどう思っていたのかは知るよしもないわ」

鶇は先を読み続けることにした。家庭を壊した悲劇の一部ではあっても、手記全体から見れば、売春という行為自体はそれほど重要な位置を占めるものではなかった。

2048/9/9
驚くような出来事が起きた。二人の女性にプロポーズされたのだ。私はもう若くないし金持ちでもないと言ったのだが、女性たちはあっけらかんとしたものだ。「経済的なことは最初から当てにしてませんからご心配な

く」「わたしたち、子供の父親になってくれる男性がほしいだけなんです」ひとりは三十代半ば、もうひとりは二十代の後半だ。年上の女性は取引先の会社の取締役をしていて以前から面識があった。若い方の女性は大学の教員だという。「今はこういう結婚が流行ってるんですか」「ええ、普通ですよ」誰が正妻だ第二夫人だとくだらないことでもめるよりはと、最初から複数の女性が同時にプロポーズしたり、同じ相手にプロポーズする予定の女性には前もって話を通しておくのが一般的になっているのだそうだ。もちろん、すでに妻のいる男性の場合は、妻の方にも断りを入れるのが礼儀だ。「しかし、プロポーズというのは男性の方からするものじゃなかったのか」「そんな悠長なことをしてたら一生独身で終わっちゃいますよ。若い美女なら黙っていても誰かのハーレムに招かれるかもしれませんけど、わたしたちみたいなのは攻めの一手です」女性たちはまるっきり屈託がない。そういえば、どこかの大富豪が百人近い女性と結婚しているとか、芸能界の大御所が妻たちのために大邸宅を建てて宮殿と呼んでいるとかいう噂を誰かに聞いたような気がする。自分とは縁のない話なので、特に興味を持ったこともなかった。私はすっかり世の中に取り残されてしまったようだ。返事はしばらく待ってくれと言っておいた。

２０４８／９／２８

まさかこの年になって二人の妻を持つことになるとは夢にも思わなかった。式は挙げず、役所に届けを出したあと、三人で食事をした。妻たちの間に共通点はなさそうに見えたのだが、素人劇団で一緒に芝居をしているのだという。「男役が足りなくて。ほら、この人って背が高くて身体つきもごついでしょ。いつも男役ばっかりやってるの」年上の妻が笑いながら言うと、年下の方も笑顔で言い返した。「そう、わたし、学生時代からモテモテ。もちろん女の子ばっかりでしたけどね」「今、男はそんなに少なくなってるのか」妻たちは意味ありげに視線を交わした。「同世代の男性のほとんどは生殖能力に問題があるんです。その下の世代だと男性そのものが滅多にいないし。あなたみたいに結婚歴があって子供のいる男性は人気があるんですよ」私は美男子でもないし、金持ちでもないし、特別な才能に恵まれているわけでもない。身の程は弁えているつもりだ。本来なら、若い女性に結婚を望まれるような男ではないのは自覚して

いる。それでも、ここまであからさまに言われてしまうと、どうにももやもやする。私の価値とは精子を作れることだけなのか。いや、プロポーズを受けた時から承知してはいたはずだ。現代の結婚とは男女が愛し愛されてというようなロマンチックな関係ではない。それはまず第一に、繁殖のためのもの、人類の血筋を絶やさないためのものなのだ。私たちは同居はしない。必要に応じて、妻たちが私を訪ねてくるか、私の方から妻たちのところへ出かけていく。二人とも専任のベビーシッターを雇い、子供ができてもフルタイムの仕事を続けるそうだ。

2049/8/17

妻Eに最初の子が誕生。健康な女の子だ。妻Yは来月初めに出産予定。あなたの精子はとても優秀だと妻たちは言う。複雑な気分だ。【EとYはエルダーとヤンガー、つまり年上と年下ということではないかという注釈がついている】

2056/11/13

二人の妻と結婚して八年。その間に七人の子供の父親になった。いずれも健康な娘だった。スュードが生まれなくてよかったと心から思う。息子のことは滅多に思い出さなくなったが、あんな悲しみは二度と味わいたくない。私も今日で六十歳になった。そろそろ種馬としてはお役御免というところか。妻たちもこれ以上子供を作る気はなさそうだ。

2058/12/7

二人の妻が子供たち全員を連れてやってきた。しかも花束と上等のワインまで持参している。誕生日でも記念日でもないのに何事かと首をかしげた。「あなたに今までのお礼を言いたくて」妻Yが生真面目な口調で言った。もうひとりの妻もうなずいたが、どことなく表情が硬い。「どうしたんだ、改まって」「あのね、詳しいことはまだ話せないんだけど、近いうちに法律が変わることになっているの」極秘事項だから決して口外しないでくれと何度も念を押してから、妻は話し出した。生殖能力のある男性はますます数が減っているし高齢化してもいる。だから、手遅れにならないうちに、男性たちを全面的に保護する計画が進められているのだという。妻Yがしばらく前に大学から政府の研究機関に移ったことは私も知っていた。保護といえば聞こえはいいが、要は体の

いい監禁なのだそうだ。外出もままならず、家族にも会えず、四六時中行動を監視され、健康状態を調べられる。精液だけではなく体細胞も採取され、おそらくは若返りやクローニングの研究に使われることになるだろう。「冗談じゃない。実験動物扱いはごめんだ」頭に血が昇り、私は思わず叫んだ。「お願いだから無茶はしないで。あなたに話したのは、今までしてくれたことに感謝してるから。少しでも予備知識があれば、よけいな心配をしたり怖がったりしなくて済むでしょ」内心の苦しみが声にも顔にも表れている。このことを私に話しただけで、妻は職務規程に反したことになるのだ。「どこかへ逃げるわけにはいかないか。君達は知らなかったことにすればいい」「どこへ逃げるの？　どのみち人目を避けて暮らすなら、自由なんてないのよ」確かに、その通りだし、この年で逃げ隠れしたり食事も睡眠もまともにとれないような生活はきつい。怒りはすぐに退いていった。暖衣飽食の囚人の方が食うや食わずの逃亡者よりはいくらかましではないか。私はもう年寄りなのだ。体力も気力もない。「せめて今日だけは食事を楽しみましょうよ」妻Eが取りなすように口を挟んだ。最後の晩餐というわけだ。

２０５９／２／１

正午から首相のテレビ演説があった。テレビ局はもう一つだけしか残っていないし、それも数年以内に休止することが決まっていた。慢性的な電力不足が続いている上に、だましだまし使ってきた戦前の機器が限界に来ているらしい。買い換えは不可能だという。金の問題ではなく、もはや世界中のどこでも作られていないからだ。戦争が終われば以前のように豊かな生活が戻ってくるかと思っていたのに、実際は年ごとに不便や不自由が増すばかりだ。化石燃料は高騰し、とても一般市民の手の届くものではなくなった。電子レンジやパソコンは今や失われたテクノロジーも同然だ。最後には原始時代に戻ってしまうのではないかと不安になる。首相は醜い女だった。ぶよぶよに太った身体に野暮ったい紺のスーツを見苦しく着込んでいる。これが女か。弛みきった肉塊にしか見えない。こんな見苦しいものをわざわざテレビに映さなくてもいいだろうに。

「国民の皆さん、特に男性の皆さん、遺憾ながら状況は大変に深刻です。社会的影響を鑑みて、今まで事実を伏せてきましたが、過去五年間、我が国では男子の新生児

は一人も生まれていません。科学者たちの必死の努力にも関わらず、原因はまったく不明です。この状態がいつまで続くのかもわかりません。そこで政府としては、現時点で可能な限りの対策を取ることにしました。男性の皆さん、今やあなた方は貴重な資源です。その貴重な資源を一部の女性だけが独占することは許されません。本日をもって、生殖能力のあるすべての男性は政府の保護下に置かれることになりました。婚姻関係は無効とされます。男性と女性が同居することは許されません。保健衛生省の職員が必要な措置をとることになりますので、それまで自宅で待機してください」

　妻たちには改めて感謝する。こんな話を予備知識もなしに聞かされていたら、パニックを起こしていたにちがいない。何もできないのはわかっていても、少なくとも平静に事態を受け止めることだけはできる。それにしても資源とは。人間を物扱いするとは。おぞましい。心底おぞましい。

鵜は困惑した。書き手がいきなり権力者の容姿を貶《けな》し始めたのがなぜなのか理解できなかったのだ。手記は残りわずかだった。最後のページは文章の形さえなしていない殴り書きで終わっていた。

2059／2／14

収容所生活三日目。思ったほどひどい生活ではない。刑務所のようなところに押し込められるのかと思っていたら、狭いながらも冷暖房完備の部屋だった。元はビジネスホテルだったそうだ。監禁生活とはいえ、部屋に備えつけのラジオを聞くことは許されているし、看守（本当は厚生係と呼ばなければいけないのだが）に頼めば、本や新聞を届けてもらうこともできる。男性の一斉保護（ものは言い様だ）が行われてすぐ、議会は解散し、醜いでぶ女が独裁者になったのをラジオのニュースで知った。今さらどうでもいい。女性の好みを尋ねられて困惑する。何のために、と訊くとインターフェイスの最適化に必要なのだという。何のことだか理解できない。無表情な中年の係員に裸の女性の写真を次々と見せられた。こんな状況で性欲が起きるわけもないが、とにかくどう

しても選ばなければならないようだ。結局、二十代半ばくらいのややふくよかな身体つきの女性を適当に選んだ。あとから考えると、最初の妻の若い頃に似ているような気もする。

2059/2/18

ラジオで内乱のニュース。「保護」を逃れた男性たちが抵抗を続けているらしい。死者も数人出ているという。悪あがきはやめてほしいと思う一方で、女たちに一矢報いてほしいという気持ちもどこかにある。男性は長い間この世界の支配者だったのだ。すんなりとその地位を譲り渡してしまうのも癪というものではないか。

2059/5/20

あの人形が来てから、毎日の生活は地獄に変わった。元は歓楽街で使われていたというのだが、まるでポルノ映画に出てくる女のように私を誘惑しようとする。動物ほどの感情もなく、昆虫ほどの知性もない、色情だけの怪物だ。こっちはもう年寄りなのだ。若い男と違って、一日中応じられるはずもない。看守に苦情を申し立てても、とりつく島もない態度だった。それが男性の務めなのだから、もっと協力的になれ、私と同世代で、複数のインターフェイスの相手をしている者もいるのだと言われた。人形に欲望を感じる男も世の中にはいるのだろう。だが、私は違う。私には無理だ。

だれかたすけてくれ　ここからだしてくれ　もういやだなにもかも

このあと、書き手はどうなったのかと、次に躑躅が部屋に来た折りに尋ねてみると、それは誰にもわからないという返事だった。手記は古いベッドのマットレスの中に隠してあった。老朽化して取り壊しの決まった施設に、何年間も放置されていたベッドだ。そこで寝起きした男性は何人もいたし、いちいち記録が残っているわけでもない。

ようやく異変の原因が判明したのは、災厄が起きてから半世紀以上もたってからだった。禁断の兵器はミトコンドリアの遺伝情報にごくわずかな変異をもたらしていた。その変異は女性には何の悪影響も及ぼさない。むし

ろ、従来型のミトコンドリアを持つ女性よりも病気や飢餓に強く、健康状態も良好だった。多くの女性が大災厄後の世界を生き延びられたのは、この突然変異のおかげだったと考えられた。ところが、男性にとっては事情はまったく異なっていた。変異したミトコンドリアはY染色体を持つ受精卵の細胞分裂を阻害し、多くの場合は流産や死産になってしまう。運よく出産に至っても、正常な生殖能力はほとんど期待できなかった。

躑躅はミトコンドリアについても教えてくれた。それは細胞内の小器官で、活動に必要なエネルギーを作り出している。元々は、バクテリアの一種が細胞内に取り込まれて共生するようになったのだという。

コンピューターの画面には豆の莢に似た楕円形のものが映し出されていた。これがどうやってエネルギーを作り出すのか、鶫には見当もつかなかったし、説明されても理解できるとは思えなかった。

「ミトコンドリアは細胞核とは別個に独自の遺伝子を持っているの。それは細胞質の中にあって、母系、つまり卵子を通じて伝わっていく。だから、変異したミトコンドリアは母から娘へと受け継がれたわけね」

だが、原因がわかったところで、打つ手がないことには何の変わりもなかった。災厄以前に生まれた女性は従来型のミトコンドリアを持つ可能性が高かったが、すでに生殖可能な年齢ではなくなっていた。災厄後に生まれた女性の場合は、変異型が大多数を占めると推測された。仮に従来型のミトコンドリアがわずかに残っていたとしても、人類を存続させられるのに十分な数とは思えない。

人類の存続のため、残り少ない男性たちの精子を凍結保存するプロジェクトが始まったものの、電力供給に余裕のない世界では保存可能な設備の数も限られていた。高齢化した男性を若返らせる実験も行われたが、失敗に終わった。

生殖能力のある男性のクローンを作る方法が確立したのは、何十年にもわたる試行錯誤のあとだった。

ミトコンドリアが突然変異を起こしたのは人間の細胞だけだ。人間の近縁種であるチンパンジーの細胞は〝クリーン〟だった。科学者たちは核を取り除いたチンパンジーの卵子に男性の体細胞の核を注入した。

だが、その細胞を人間の代理母に移植すれば、胎内で母親のミトコンドリアの影響を受けることになる。人工子宮は論外だった。今の世界には、そんなものを開発できるだけの資源も技術もない。人間の胎児を成長させら

れるだけの子宮の大きさを持ち、妊娠期間も人間に近い動物――それは牛だった。

こうして、太母市では牛の子宮から生まれたメイルたちが人工的に成熟を早められ、子種を提供することになった。科学者たちは初期の段階からクローンのメイルの老化が早いことに気づいていた。

「テロメアが短いせいじゃないかという説が有力だったの。体細胞の提供者は老人が多かったから」

テロメアとは染色体の末端にあって、遺伝子としては意味をなさない塩基配列の繰り返しだ。鶫もその程度の知識は学んでいた。

「それでも、当初の平均寿命は四十歳を超えていたの。ひとりのメイルが三十年近くの間、子種を提供することができた。ところが、今ではほとんどのメイルが三十歳にもならずに死んでいく。おそらく、クローンの継代培養自体が老化を加速させているのね」

老化のメカニズムは完全に解明されたわけではない。ただ、染色体が減数分裂して生殖細胞が作られる際に、細胞の老化もリセットされるのではないかと考えられている。テロメアの長さが回復するだけでなく、DNAの転写ミスもある程度は修復される。クローンの場合はその〈若返り〉のプロセスが存在しないため、好ましくない突然変異が蓄積することになる。

つまり、この問題を解決するには、〝クローンではないメイル〟を作り出すしかないのだ。

実験の内容がどんなものなのか、鶫が何をされることになるのかも、躑躅は隠し立てせずに説明してくれた。

「前にも話したように、Y染色体を持った受精卵のほとんどは出産にはたどり着かない。ところが、中には自らの形を変えることで生き延びるケースがあるの。それがV染色体ってわけ。変異型のミトコンドリアはY染色体を持つ受精卵の成長を止めてしまうけれど、逆に言えばYでさえなければいいのよ。だから、これは性染色体の異常というよりは、ある種の適応戦略と呼べるんじゃないかしら。V染色体には胎児を男性化するSRY遺伝子が完全な形で乗っている。ただ、正常な機能を果たせなくなっているだけで。いってみれば、スイッチが切れてしまっているのね。わたしたちの開発したウイルスはV染色体の塩基配列を少しだけ改変して、そのスイッチを入れ直す効果を持っているの。うまく行けば、あなたの身体は〝男性〟に変化することになる。ただし、かなりの危険が伴うことは覚悟しておいて。毒性は極力弱めて

あるけど、場合によっては、深刻な症状が起きる可能性も考えられる。あなたは健康だし、生殖腺の状態も有望ね。理想を言えば、もう少し若い方が望ましかったんだけど」

ある種の伝染病と同じように、このウイルスは年齢が高くなるほど症状が重くなるという。十歳以下なら軽い風邪と同程度で、十代だとやや重症化し、二十歳を過ぎると死亡率を無視できなくなる。三十歳前後が上限だろうと躑躅は推測していた。鶫はすでに上限に近い年齢に達しているわけだ。

自分が死ぬ可能性があると聞かされても、さほどの恐怖は覚えなかった。一度は捨てたつもりの命だ。ひとつだけ気がかりなのは、苦しみに耐えかねて、見苦しい真似をしてしまうのではないかということだった。もっとも、躑躅を始めとする科学者たちは、鶫が痛みに泣き叫ぼうがあらぬ事を口走ろうが、自分のなすべき仕事を続けるだけだろう。

果てしなく続くかに思える検査が終わる日を、恐れているのか待ち焦がれているのか、自分でもわからなかった。

そんなある日、青鷺が部屋を訪ねてきた。

「元気そうだな」

そういった青鷺の顔色はどことなく冴えなかったが、こちらから理由を聞くのはためらわれた。

「おまえが博物館へ行きたがっていると聞いたのでな」

鶫の方ではあまり本気で受け取っていなかったのに、躑躅は律儀に約束を覚えていてくれたのだ。久しぶりに外へ出られるのは、やはり嬉しかった。

ふたりはエレベーターで地上に降りて、街路の端に止まっていた電気自動車に乗り込んだ。紅娘市に比べると、太母市のスュードははるかに寛大に扱われていた。能力さえあれば、医師や教師や専門技術者にもなれるし、街の中で住む場所を分けられることもなかった。車やエレベーターの使用にも制限はないらしい。

車は市の北の外れへと向かった。外壁の手前に聳える巨大なガラスのドームが青空を逆さまに映し出している。

両開きの大きな入口を抜けると、子供たちの声が耳に飛び込んできた。広々とした展示室は衝立やガラスケースでいくつかの区画に仕切られ、失われた時代の様々な遺物が並んでいる。家具や調度類の中には今の技術では再現できないものも多い。機械類に至っては、用途や使

い方さえ不明なものもあった。大小様々な金属製の箱に見えるものは、それぞれ機能がまったく違っているようだ。一番大きい箱の高さは鵺の身長を超えるほどで、前面が三つに分かれた扉で開け閉めできるようになっている。その隣にある箱は腰ぐらいの高さで、上面に蓋がついている。一番小さいものは両手を広げればどうにか抱えられる程度の大きさだった。前面にガラスのはまった扉がついていて、黒く塗られた内部が見えた。すべて失われた時代の台所用品だという。「冷蔵庫」は鵺にも理解できた。躑躅の研究室に、もっと大型のものが置いてあったからだ。生物や化学の実験をするための必需品で、大変に高価なものだと聞かされていた。「洗濯機」は蓋を開けると、円筒形の水槽のような形をしていて、ここに水と洗濯物を入れるのだろうということは察しがついた。ただ、調理器具だという一番小さい箱だけはわけがわからなかった。扉を開けて覗き込んでも、熱源らしいものがどこにも見当たらないのだ。

「はい、皆さん。こちらを見てください」

若いフェムの職員が子供たちの一団に向かって声を張り上げた。その背後にあるのは、横長の分厚い板のようなものだった。ガラスでも木でも金属でもない未知の材質でできていて、金属製の台座で垂直に支えられている。黒光りする表面には子供たちの顔と教師の後ろ姿が映っていた。

「これはテレビというものです。失われた時代の情報端末だったと考えられています」

「この機械はどうして動かないんですか。壊れてるの」

子供のひとりが訊いた。フェムかスュードかはわからないが、いたずらっぽい大きな瞳が印象的だった。鵺はふとあの双子のことを思い出した。

「いいえ。壊れてはいません。この博物館にある機械はみんな立派に手入れされています。ただ、動力が手に入らなかったり、今のわたしたちには役に立たなかったりするのです。テレビから絵や音が出るためには、アンテナで電気信号を受信する必要があります。残念ながら、この世界にはその信号がないのです」

ふたりは子供たちの背後を通り抜けて、建物の奥へと向かった。

「飛行船に興味があるのですか」

中年の職員が気さくな調子で声をかけてきた。

「鵺はこの市に来たばかりなのだ。いろいろ教えてやってくれないか」

青鷺が横合いから口を挟んだ。

「はい、喜んで」

「しかし、忙しいのではありませんか。わたしのために、わざわざお手間を取らせるのは申し訳ないのですが」

「いいえ、わたしは他の者より暇なのですよ。残念なことに」

屈託のない笑みを見せたその職員は小柄ながらもたくましい身体つきをしていた。髪を短く刈り上げ、ゆったりした上着を身につけているので、フェムなのかスュードなのか見分けがつかない。

「木犀《モクセイ》・Eです。ここの整備士をしています」

「鶫・Wです。よろしくお願いします」

「こちらへどうぞ」

木犀のあとについて金属製の螺旋階段を上っていくと、頭上の物体は次第に大きさを増していき、ついには視界全体を占領するほどになった。階段の上には金属製の通路が設けられ、丸々とした鯨を思わせる飛行船が手を伸ばせば届きそうなところに横たわっている。

鶫は狭い足場に立って目をこらした。もちろん、こんなに大きな乗り物を見たのは生まれて初めてだった。長さは五十メートルほどはあるだろうか。鶫はためらいがちに銀色の外皮に触れてみた。金属とも布とも違う、弾力のある感触が指先に伝わってきた。

「これは何でできているのですか」

「ポリマー、というものです。石炭が原料なのですが、この地では作れません。坤土から輸入しているのです。高価で稀少なものですから、うっかり穴でも開けてしまったら、修理が大変でしょうね」

慌てて手を引っ込めた鶫を見て、青鷺は小さく笑った。

「心配するな。そんなにやわな代物が空を飛べるはずもあるまい」

「よそから来た方が飛行船に興味を持ってくださるのは嬉しいことです。せっかく丹精こめて整備しているのに、ここの展示品の中ではあまり人気がないものですから」

木犀は本当に暇だったらしく、聞かれもしないことまであれこれと話しかけてくる。鶫にとっても、自分の素性を知らない人間と話すことは格好の気晴らしになった。

「そうなのですか。空を飛べたら素晴らしいと思いますよ」

空を旅するのはどんな感じなのだろう、と想像してみようとする。森や野原や町を遙かな高所から見下ろしな

がら、何物にも邪魔されることなく、どこまでも進んでいくのだ。鷲や燕よりも速く。――だが、空の旅どころか船にさえ乗ったことのない鵺にとって、そんな感覚は理解を絶していた。

「わたしも同感です。ただ、そういう考えはここでは少数派なのです。失われた時代とは違って、飛行船は実用にはなりませんからね。人を乗せるとすれば、高くつきすぎるでしょう。かといって、貿易に使うには小さすぎます」

「しかし、大昔の人たちはこれで旅をしていたのですよね」

「ええ、当時の人々は何千キロも離れた市とも交流していましたからね。燃料も安価に手に入ったのです。今では液体燃料を精製するにも苦労しています。役立たずの遺物だと言われれば、確かにその通りです。わたしは過去の人々に敬意を表するためだけに、この仕事を続けているのかもしれません」

寂しさと自嘲の入り混じった口調だった。

それは違う。未知のものとの出会いがまったくの無駄であるはずはない。見知らぬ街を自分の目で見たい。その人々は着るものも食べるものも住む家も、あるいは話す言葉でさえも自分たちとは異なっているだろう。そこには新しい知識があり、知識を得ることは喜びをもたらしてくれるのだ――。

いつの間にか、すっかり躑躅に感化されている自分に気づいて、鵺は困惑を覚えた。これは戦士の考え方ではない。

木犀に何かを言ってやりたかったが、うまく言葉にする自信がなかったし、口先だけの慰めはかえって無礼になる気がした。

飛行船の周囲をめぐる通路には他に人影はなかった。通路といっても、鉄骨を組み合わせただけの危なっかしい代物だ。手すりはついているものの、うっかり足を踏み外しでもしたら、命を落としかねない。さすがに、ここまで登ってくる子供はいないようだ。

三人は通路伝いに飛行船の後部へ回り込んだ。中央部分よりいくらか細長くなった胴体から、魚の鰭を思わせる突起が上下左右に突き出し、後端には風力発電の風車に似た羽根が取りつけられている。機体の大きさに比べると、羽根は不釣り合いに小さく見えた。

「これが動力部分です」

「こんな小さくて大丈夫なのですか」

「機体の内部には空気よりも軽いガスが詰まっていて、見かけよりはずっと軽いのです」

飛行船は何の支えもなく博物館の天井近くに浮かんでいる。台に乗せられているわけでも、ワイヤーで吊されているわけでもなかった。気体の腹から伸びたロープが床の留め具に縛りつけられているだけだ。

「そこのハッチが見えますか。あの中に、人を乗せる区画があります。ガスの気球の中に、空気を満たしたもうひとつの気球が入っているようなものですね。中を見せて差し上げたいのですが、普段は鍵がかかっているのです」

知らず知らずのうちに、失望が表に出てしまったらしい。

「本当に機械が好きなのですね。よかったら、閉館後にもう一度ここへいらっしゃい。わたしの名前を出せば、特別に見学できるようにしてあげますよ」

とてもそんな余裕がないのはわかっていたが、木犀の好意は嬉しかった。

「ありがとうございます。また来られたらいいと、わたしも思っています」

何か事情があるのを察したのか、木犀は鶫と青鷺を見比べて、小さく頷いた。

「あなたとお話しできたことを嬉しく思いますよ」

「わたしのほうこそ」

博物館を出て、ふたりは再び車に乗り込んだ。鶫は窓越しに未練がましくガラス張りの建物を振り返った。いつかもう一度ここへ来て、失われた時代の遺物を心ゆくまで眺めたかった。はたして、そんな日は来るのだろうか。もし実験が失敗したら——死にたくない、と初めて強く思った。捨てたはずの命が惜しくなった。メイルになれば、できそこないではなく完全な人間になれるのだ。人生の虚しさに苦しむこともなく、何か価値あるものが手に入るのではないか。それとも、略奪者がそんな望みを抱くのは許されないことなのか。

「ところで、せっかく外出したのだ。ついでに遠出をしてみるつもりはないか」

「というと」

「おまえが上司に逆らってまで助けた者がどうしているか知りたくはないか」

鶫は密かに恥じ入った。青鷺に言われるまで、あのメイルのことはすっかり忘れていたからだ。やはり、自分は情の薄い人間なのかと思う。だが、それは多くのスュー

ドに共通する特徴でもあった。たいていのスュードは他人に深い関心を持たず、人から干渉されることも嫌う。感情を表に出さず、時には非情に見える躑躅さえ、フェムであればフェムらしい気遣いができるのだ。もっとも、躑躅はある意味ではクローンたちの生みの親とも言えるわけだから、メイルたちを気にかけるのは当然かもしれない。

車が東へと走り続けると、やがて行く手に陽光にきらめく水面が開けてきた。対岸はどこにも見えず、まるで空の果てまでも続いているかのようだ。どこからか耳慣れない叫び声が聞こえてくる。灰色の大きな鳥が岩場に群がっているのだ。その向こうでは、堤防沿いに並んだ発電用の風車が勢いよく回転している。波立つ水面は一時も休むことなく形を変え、岸に打ち寄せては引いていく。鶫は無意識のうちにその動きに見入っていた。

「おまえは内陸の生まれだったな。海を見るのは初めてか」

運転席の青鷺が視線を向けてきた。

「これが海ですか」

もちろん海という言葉があるのは知っていたし、それが何を意味しているのかも理解していた。だが、目の前の青い水の広がりとその言葉はすぐには結びつかなかった。

シャオユイはこの広大な海を越えてこの地にやってきた。ちっぽけな船に乗って、揺れる水の上を漂うのは、どれほど心細いことだろう。昼も夜も見えるものとては海と空だけで、嵐にでも遭ったらひとたまりもないのだ。人さらいであろうとなかろうと、坤土の船乗りたちが勇敢なことだけは疑いようがなかった。

車は海の手前で南に方向を変えた。やがて、道路の両側の建物が次第にまばらになり、木立や野原が混じるようになってきた。滑らかに走っていた車が激しく揺れ始めた。路面が荒れているのだ。あちらこちらが大きく陥没し、ひびわれたコンクリートの隙間から雑草が顔を覗かせている。他の車や馬車や歩行者の姿も見かけない。ここは普段から人が通ることも滅多にないのだろう。

保護区は高さ三メートルほどの有刺鉄線に囲まれていた。出入口のゲートを守るスュードは青鷺とは顔見知りらしく、軽く頷いただけで中へ通してくれた。正面には飾り気のないコンクリートの建物が聳えている。五階建てで上階にはバルコニーもあった。青鷺のあとについて、鶫は建物の裏手へ回り込んだ。そこには色とりどりの花

が咲き乱れる花壇があり、常緑樹の大木が青々とした葉を茂らせていた。庭の向こう側にも同じような建物がいくつか建ち並んでいる。

風は冷たいものの、日差しは暖かかった。ここの気候は太母市よりも温暖に感じられた。

庭のあちらこちらにいるメイルの姿が目に入る。全員が同じ薄水色のシャツとズボンを身につけ、それぞれ散歩したりベンチに腰を下ろしたりしている。誰もがひどく年老いて人生に疲れ果てているかに見えた。年齢的には鶫よりも年下のはずなのに、髪は薄くなり、皮膚はしみや皺に覆われている。足取りもおぼつかないメイルたちが、枯れ枝のような腕ですがりついているのは、若いフェム——ではなくインターフェイスだった。紅娘市で使われていたものよりも、外見も振る舞いもずっと人間らしく見える。作り物とわかってはいても、鶫は嫌悪を覚えずにいられなかった。若いフェムに似せられた面差しには、まだ幼さが残っている。本物の人間なら十四、五歳というところだろう。なぜ失われた時代の人間は、自分たちに奉仕させる機械をフェムの子供そっくりに作る必要があったのだろう。

メイルたちは互いに視線を合わせることもなく、言葉を交わそうともしなかった。自分のインターフェイス以外は目に入っていないのだ。何人かは同系統のクローンで、傍から見れば鏡に映したように瓜二つなのだが、当人たちはそんなことにはまったく無関心な様子だった。

年寄りじみた者たちの中では、あのメイルが一番若々しかった。以前より血色がよくなり、いくらか贅肉も落ちて健康そうに見える。花壇の縁に座り、自分のインターフェイスに何やら熱心に話しかけている。鶫が近づいていっても、しばらくは気づかなかった。

「何だ。人殺しか」

憎々しげに表情がゆがむ。別に感謝の言葉を期待していたわけではないが、思わず苦笑してしまった。少しくらい見かけが変わっても、中身には何の変わりもないようだ。

「こいつに殺されたのを覚えてるか、マリリン」

メイルは傍らに寄り添っているインターフェイスを振り返った。

うつろな眼差しがほんの一瞬だけ鶫に向けられ、若いフェムに似せた舌足らずな声が答えた。

「いいえ、ご主人様」

「そうか。きみには前の記憶がないんだね。うん、こん

なやつのことは忘れた方が幸せだよ」

このインターフェイスを紅娘市にいたのと同じものだと思い込んでいるのだ。確かに外見はよく似ていた。量産型のインターフェイスなら、同じモデルのものがあっても不思議はないし、使用者の好みに合わせて既成品に手を加えることもできる。わざわざ勘違いを指摘する気にはなれなかった。今は、残された時間を平穏無事に過ごすことが本人にとっては最大の幸せなのだ。

「元気そうで安心したよ」

「行こう、マリリン。こいつの顔を見たら、いやなことを思い出した」

メイルは鵺を睨みつけてから立ち上がった。

「はい、ご主人様」

心のない機械は美しい空っぽの笑みを浮かべてメイルの手を取った。

インターフェイスと手をつないで遠ざかっていく後ろ姿を鵺はしばらく見守っていた。もとはと言えば行きがかりだったとはいえ、鵺のやったことも決して無駄ではなかったのだろう。それが今まで払った犠牲に見合うだけのものかどうかは別として。

「いい気なものだな。命の恩人を人殺し呼ばわりとは」

青鷺が不快そうに呟いた。

「仕方ないでしょう。人間とほとんど関わりを持たずに生きてきたんですから」

「おまえは腹が立たないのか。よっぽどの人格者なのか、それとも、お人好しなのか」

「どちらでもありませんよ。あのメイルに負い目があるだけです」

ふたりは常緑樹の並木道を抜けて、庭の向こう側にある建物へと歩いていった。

「ところで、あのインターフェイスたちはずっとメイルのそばにいるのですか」

「ああ、それが元々の機能なのだ。失われた時代の遺物だが、プログラムにはほとんど手を加えていない。あれのおかげで、われわれもずいぶん助かっている。メイルだけにしておくと争いごとを起こしやすいからな。暴力沙汰にでもなったら、フェムやスュードでは手に負えないこともある」

「しかし、その時代、メイルとフェムは同じくらいいたのでしょう。なぜ、メイルにだけ仕える機械が必要だったんでしょうか。フェムにはそんなものはなかったのに」

「わたしはただの戦士だ。そういうことは博士にでも聞

け」

青鷺は苦笑いした。

「すみません」

「何も謝ることはない。おまえは戦士なのに好奇心が強いな。他の職業の方が向いているのではないか」

建物の中に入ったとたん、消毒薬と排泄物の混じった臭いがかすかに鼻をついた。白々とした照明の灯る廊下の両側には同じ形のドアが並んでいる。ドアには金属製のプレートが取りつけられ、アルファベットと数字が記されていた。AH‐56、FK‐71、MT‐91、SY‐84……

「メイルたちには全部で二十の系統がある。以前はもっと多かったのだが、遺伝病や異常行動のせいで培養が中止されたのだ。つまり、われわれが手に入れられる遺伝子は減っていく一方ということだな。アルファベットは系統名、数字はその系統で何人目に当たるのかを示している」

「名前はないんですか」

「先祖たちはクローンを名前で区別しようとは考えなかったようだ。系統名はオリジナルの細胞提供者の頭文字から取られているのだが、元の名前は忘れられてしまった。博士の他は誰もそのことに疑問を持たなかったのだ」

「あの人はずいぶんと……型破りなんですね」

他に適当な言い回しを思いつかず、鵺はそう言った。

「五年前に生命の塔の責任者になってから、博士はメイルたちの扱いを変えたのだ。名前を与え、教育を受けさせた。たとえ寿命は短くても、人間は人間らしく生きるべきだと。ただ、当の本人たちが博士の意図を理解できているかどうかは疑問だが」

青鷺の口調はなぜか苦々しげだった。メイルを嫌っているというわけではなく、何か事情がありそうにも見えた。立ち入った質問をしてもいいのかどうか、鵺はためらった。

廊下を進んでいくと、足元に冷気がまとわりついてきた。外の寒さのせいばかりではなく、ここには不快感をかき立てるような何かがあった。

青鷺は〈HM‐68〉というプレートのあるドアを開けた。ベッドに横たわる老人の姿が目に入ってくる。枕元に座ったインターフェイスがしなびた根菜のような手を握ってやっていた。すっかり干からびて縮んでしまった身体は、百歳を過ぎているかに見えた。もはや息をし

ているのかどうかも疑わしくなるほどだが、時おり顔の皺の一部が弱々しく震え、黄色く濁った目がほんの一瞬だけ覗いた。

「HM‐68はまだ二十五歳だ。これほど急速にメイルの老化が進んだケースは今までなかった。博士はこの系統のクローン培養は取りやめると言っているが、これがこの系統だけの特殊な例なのか、あるいは他の系統でも起こるかどうかはまだわかっていない」

「クローンの継代培養自体に問題があるのではないかと博士はおっしゃっていました」

「だからこそ、今度の実験は重要なのだ」

青鷺は同じ建物の他の部屋もいくつか見せてくれた。鶫には老いさらばえたメイルたちのひとりひとりを区別することができなかった。同じような部屋の同じようなベッドに、同じような老人たちが収容され、そばに付き添うインターフェイスも同じような顔をしている。まるで忍び寄る死がそれぞれの特徴を削ぎ落としてしまったかのように。

「メイルたちはここで最期を看取ってもらえるのですね」

「長年、市のために貢献してくれたのだ。せめて最後くらいは人間らしく暮らさせてやるべきだろう」

「わたしの市では違いました」

紅娘市では、こんな状態になったメイルを生かしておくことなど考えられなかった。柘榴ほど露骨なやり口ではなくても、略奪されたメイルたちはすべて闇に葬られてきたのだ。代々の権力者の腹心によって。

青鷺は鶫の考えていることを察した様子だった。

「フェムたちは太母市まで子種を授かりにやってくる。遠方の市の場合は、期限を決めてメイルを貸し出すこともある。だが、どちらも無料というわけにはいかない。われわれにも、そこまでの余裕はないのだ。おまえのいた市は貧しかったのだろう」

「そうですね。豊かとは言えませんでした」

「貧しい市は略奪に走る。そこの者たちとて生き延びたいのは同じだ。子孫を残すことを諦めて、おとなしく滅びろなどと言えるか。だから、略奪者にどう対応するかは常に頭の痛い問題なのだ。野放しにはできず、かといって、あまり苛酷な扱いもできない。時には不幸な事故が起きることもある」

鶫は唇を噛んだ。それが青鷺の正直な気持ちだとしても、自分自身の罪悪感が消えるわけではない。

日焼けした頬を斜めに走る無惨な傷跡さえなければ、青鷺は端正とさえ言える顔立ちをしていた。スュードの外見は大した問題にはされないが、それでも自分を傷つけた相手に対して、何の恨みも憎しみもなく接することができるものだろうか。

ふたりは階段で二階に上がった。ここのエレベーターは病人専用だった。廊下に面したドアのほとんどは開け放され、部屋の中では作業着姿の職員が掃除をしたり備品を整えたりしている。この時間、メイルたちは外で運動することになっているのだろう。

鶫は〈TT-67〉というプレートを見つけた。確か、躑躅があのメイルをそう呼んでいたはずだ。そのプレートのついたドアの内側に、二、三歩踏み込んでみた。ちょうど掃除が終わったところらしい。飾り気のないベッドもテーブルも他の部屋にあるものとまったく同じだ。テーブルの上には子供用の絵本とノートが一冊置かれていた。

柘榴がメイルに読み書きさえ教えなかったことを思い出して、鶫は今さらながら哀れみを覚えた。人間らしく扱われなかった者が人間らしい振る舞い方を知らないのは無理もない。

少しばかり後ろめたさを覚えながら、鶫はノートを手にとって開いてみた。最初のページには、たどたどしい文字で「まりりん」と何度も書いてある。あとの方には、「そら」「き」「はな」「にわ」……幼い子供と同レベルではあったものの、少しずつ上達しているのが見て取れた。

鶫はそっとノートを元に戻した。自分のしたことは無意味ではなかったのだと初めて実感できた気がした。

「誰が文字を教えたんですか」

「インターフェイスだろうな、おそらく」

「あれにそんなことができるのですね」

「プログラム次第だ。性的な奉仕だけが役目というわけではないのだ」

心のない機械が人間に字を教えている光景を想像すると、微笑ましい気持ちになった。機械は人間よりもよい教師になれるかもしれない。苛立ったり癇癪を起こしたりはせず、無限の忍耐力を持っているのだから。

その時、背後で軽い足音がして、遠慮がちに近づいてきた施設の職員が青鷺に囁きかけた。

「申し訳ありません。伝言が届いています。ただちに太母市へ戻れとのことです」

「博士からか」

「それが……」

職員が何やら耳打ちすると、青鷺の表情がたちまちのうちに険しくなった。事情はわからないものの、好ましくない事態らしいことだけは察しがついた。

「すまない、鶫。他にも見せてやりたい所があったのだが、事情が変わった。できるだけ急いで帰らなければならないようだ」

「いえ、わたしのことなら気にしないでください」

ふたりは外に出て再び庭を横切った。風が冷たくなってきていた。年老いたメイルたちはインターフェイスに支えられながら、建物の中へ入っていくところだった。


エレベーターを降りたとたん、傍若無人なほどの大声がいやでも耳に入ってきた。

「略奪者ですって。よりもよって、そんな者を使わなくたっていいでしょうに」

鶫は思わず立ちすくんでしまった。

「ですから、そのことは前にもご説明申し上げたはずです」

いつになく丁寧な口調も、どことなく気弱に聞こえる声も、躑躅にはふさわしくないものだった。


「行こう」

青鷺に促されて、鶫は仕方なく歩き出したが、大声の主と顔を合わせるのが恐ろしかった。

白髪頭の太ったフェムが鶫の部屋のドアを背にして立ちはだかっている。それと向かい合う躑躅の方は小娘のように頼りなく見えた。

「おや、戻ってきたようだね」

鋭い眼光で睨みつけられて、鶫は自分も子供に返ってしまったような気がした。

ひとり青鷺だけが気後れする風もなく、皮肉っぽい口調で呼びかけた。

「評議会の議長ともあろう方がこんな所までご足労くださるとは恐縮ですね、お祖母さま」

鶫はあっけにとられた。

このフェムが青鷺の祖母なら、とっくに八十歳は超えているはずだが、せいぜい六十前後にしか見えない。過剰なほどの活力にあふれ、圧倒的なまでの威厳と傲慢さを身にまとっている。

青鷺を無視して、フェムは無遠慮な眼差しで鶫の全身を眺め回した。

「おまえの名前は？」

「鶇・Wです、御方様」

半ば無意識のうちに、紅娘市ではすでに時代遅れになっている称号を口にしていた。このフェムにはそれがふさわしい気がしたのだ。

「略奪者にしては礼儀正しいんだね。わたしは椚《クヌギ》・G。青鷺は一番上の孫でね。スュードとわかった時は、そりゃがっかりしたもんだったが、今じゃ一番役に立ってくれてるよ。出来の悪いフェムよりはスュードの方がましなこともあるってことさ。この子の妹なんか子供のしつけさえまともにできやしないんだからね」

柘榴の側近として仕えてきて、フェムの権力者なら知っているつもりでいた。だが、柘榴にこれほどの圧迫感を覚えたことはない。これが本物の権力者なら、かつての上司は小物に過ぎないということか。

「ここでそんな話はやめてください、お祖母さま」

青鷺が抗議しても、椚は聞く耳を持たなかった。

「鶚《ミサゴ》はまだ見つからないんだね。市を出て行ったという噂は本当なのかい」

「あれはお祖母さまが厳しく言いすぎたせいだと思っていますよ。とにかく、ここで家庭内の話はしないでください」

「あの子はフェムなんだよ。一族のために子供を産まなきゃならないんだから、スュードみたいにわがままを許すわけにはいかないの」

「わがままではありません。伴侶と暮らしたかっただけです。市ではありふれたことですよ」

「うちの一族に限って、そんなみっともない真似はさせないよ。大体、若い娘がふたりでどうやって暮らすつもり。ろくにお金も稼げないくせに」

「お祖母さまの考えは古すぎます。若い恋人どうしが一緒にいたいと思うのは自然なことでしょう」

「まったく、近頃の若い者ときたら。昔なら母親や祖母の言いつけは絶対だったのに」

椚は青鷺を睨みつけたが、青鷺の方も一歩も引かない構えだった。鶇は唖然としながらふたりのやりとりを見守っていた。スュードが年上のフェム、それも社会的地位の高い相手にそんな態度を取るなど、紅娘市なら考えられなかった。青鷺が特別なのか、それとも、この市ではこれが当たり前なのだろうか。

「ところで、実験の許可はいただけるんでしょうか、議長」

躑躅がおずおずと口を挟んだ。

椚はもう一度鵺の方に目をやってから、躑躅に向き直った。

「見たところ、それほどの悪人ではないようだね。いいでしょう。ただし、監視はしっかりつけること。それから、報告書は必ず提出しなさい」

「ありがとうございます、議長」

「メイルはかつて世界を滅ぼしかけたのですよ。それだけは忘れないで」

「お言葉ですが、それは偏見ではありませんか」

思わず反論しかけた躑躅は、椚の視線に射すくめられて怯えた表情を浮かべた。

「その話はあとでゆっくりしましょう。あなたの実験とやらの結果が出てから」

側近らしい若いフェムが手を貸そうとするのをはねつけて、椚は堂々とした足取りでエレベーターへと歩き出した。扉の向こうに太った姿が消えると、躑躅は大きく息をついた。額にうっすらと汗が浮かんでいる。

「無理を言ってごめんなさい、青鷺。あの人はどうにも苦手なの」

「しかし、例の件はまだばれていないようですね」

「ばれていたら、この程度では済まないでしょう。逆に、この実験が目くらましになってくれればいいんだけど」

躑躅と青鷺は共犯者の視線を交わした。

鵺の怪訝そうな表情を見て取って、躑躅が口を開いた。

「ここに成熟したメイルがいることは前に話したでしょう。実は、何年か前から脱走者が出ているの」

「しかも、散発的なものではなく、前に逃げた者があとから仲間を手引きするのだ。その際、若いフェムまでも連れて行くことがある。力ずくの場合もあるが、中には自分の意思でついていく者もいる。どうやら、わたしの姪はその連中と一緒に行ってしまったらしいのだ」

青鷺があとを引き取った。浮かない表情の原因はそのことだったのだろう。

躑躅が鵺の部屋のドアを開けた。この部屋が内側からは開けられないことを今さらながら思い出す。普段は忘れていても、自分の境遇はメイルたちと同じなのだ。

「評議会には脱走者がいることだけは報告してあるけど、同調するフェムがいることまでは話してないの。知られたらまずいのよ。それでなくても、あのおばあさんたちときたら、メイルは粗暴で危険だと頭から決めつけてるんだから。今度の実験の許可だって取り消されかねないの」

鶫はすっかりなじんでしまった部屋のベッドに腰かけた。窓から差し込む夕日が木彫りの鳥を鮮やかな緋色に染め上げている。

躑躅は机の前の椅子に腰を下ろしたが、青鷺は立ったままだった。

「失礼ですが、あの方はいくつになられるのですか」

「今年で八十七になる。もう三十年以上もこの市の最高権力者として君臨しているのだ。誰もあの人を引きずり下ろせないし、意見することもできない」

だが、そういう青鷺は面と向かって栩を批判していたのだ。そして、栩の方もさほど不快そうではなかった。青鷺がお気に入りの孫なのだろうということは察しがついた。もしフェムに生まれていたら、今頃は後継者に指名されて、実力者のひとりになっていたかもしれない。

「せめて、フェムだけでも連れ戻さないと。中には赤ん坊を身ごもっている者もいるはずよ」

「脱走したメイルの子をですか」

思わず聞き返してしまってから、鶫はうろたえた。メイルとインターフェイスが絡み合っていた光景が脳裏に浮かんできた。あの時は嫌悪しか覚えなかったはずなのに、記憶の中ではなぜか別の色合いを帯びて感じられた。

「ええ。人工授精じゃなくても子供を作れることは誰でも知ってるわ。知識としてならね」

鶫の動揺に躑躅は気づかなかったようだ。

「行き先の見当はついているのですか」

「メイルたちの移動手段は自分の足だけだ。身を隠している場所の見当もついている。ただ、うかつに手出しはできないのだ。いったん自由を味わってしまったら、再び籠の鳥になりたがる者はいるまい。力ずくで捕らえようとすれば、こちらに人的被害が出る危険もある。相手はわれわれより身体も大きく力も強いからな」

かつて人口が多かった時代には、町や村の間隔は今よりずっと近かったという。よほどの山奥でもないかぎり、三十分も歩けば次の集落にたどり着けた。半日歩き続けても境界が見えないほど大きな市もあったそうだ。

だが、世界は小さくなり、人口も減ってしまった。隣の市との間には、無人の森や野原が広がり、野獣や略奪者が身を潜めている。フェムであれスュードであれ、ひとりで旅をしようとする無謀な者はいない。

「少し実験の日程を早めてもいいかしら。検査の結果を見る限り、健康状態に問題はなさそうだし。議長の気が変わらないうちにとりかかりたいの」

躑躅がいつもの事務的な口調で言った。鵜には特に反対する理由はなかった。
どうせ捨てた命だ、と声には出さずに呟く。

逃亡者たち

熱に浮かされて、浅い眠りに落ちるたびに必ず悪夢を見た。鶫《ツグミ》はまたしてもあの虐殺の現場にいる。足元に転がる死体に躓きそうになりながら、必死に逃げようとする。背後からは敵が追ってくる。先頭に立っているのは青鷺《アオサギ》だ。顔の半面は血に染まり、表情は憎しみにゆがんでいる。

鶫は闇雲に銃を乱射する。息が切れ、身体は思うように前に進まない。死体の間から伸びてきた手が鶫の足を掴む。

「お姉ちゃん、誰?」

無邪気に笑いかける子供の顔が見る見るうちにしなびて皺だらけになる。

「人殺しめ」

歯の抜けた老人になったTT‐67が睨みつけてくる。

鶫の悲鳴は声にはならなかった。喉が腫れ上がり、かすれ声さえ出すことができない。

目を開けると、防護服を着た看護師がベッドのそばに立っていた。点滴の瓶を替えようとしているところだ。現実に戻っても熱と痛みが続くだけだが、少なくとも追われたり非難されたりすることはない。

あのウイルスを注射されてから、いったいどのくらいたつのだろう。

三日ほどの潜伏期を経て、急速に熱が上がった。鶫はベッドから起き上がることもできなくなり、腕に点滴のチューブをつながれた。心電計や血圧計や体温計を取りつけられ、尿道にはカテーテルを挿入された。

身体中が痛かった。痛くない箇所を見つけることが難しいほどだった。喉が腫れ上がって声が出せなくなり、看護師に自分の要求を伝えることもできなかった。

防護服とマスクをつけた看護師たちは、影のようにやってきては機械的に役目を果たすだけだ。顔の見分けもつかず、鵺に話しかけることもない。

輸液の入ったガラス瓶が陽光を反射している。たぶん今は昼なのだろう。熱で潤んだ目に光がまともに突き刺さり、いっそう痛みがひどくなる。小さく口を開けて喘いだのが聞こえたか、看護師は窓のカーテンを閉めてくれた。部屋の中は慈悲深い薄闇に覆われ、鵺はほっとして目を閉じた。

躑躅《ツツジ》はそのウイルスをNAと呼んでいた。〝ネオ・アダム〟の頭文字だそうだ。それが何を意味するのか鵺は知らなかった。

「失われた時代の神話からとったのよ。アダムは人類最初の男なの。その神話は長い間、多くの人が信仰の対象にしていたけど、今では忘れられてしまった。だって、フェムがメイルから造られたなんて馬鹿げてるもの。でも、男性を復活させる計画にはふさわしいんじゃないかと思ったの。神の役を演じるのはわたしたちだけれどね」

アダムが人類最初の男なら自分は何になるのか。

抵抗しがたいだるさと眠気が襲ってくる。冷たい水底に沈むようにして、鵺は再び悪夢に引きずり込まれていく。

紅娘《コウジョウ》市の自分の部屋にいる。血まみれのパジャマを着た菘《スズナ》が、こちらに背を向け、膝を抱えてうずくまっている。

「こっちへおいで、菘。わたしはメイルになったんだ。ふたりで子供を作れるんだよ」

菘は顔を上げようともしない。小さく肩を震わせているのは泣いているのだろうか。

もう一度名前を呼ぼうとして、それが菘ではなかったことに気づく。

「おまえが好きだ、鵺」

腹からナイフの柄を生やしたまま、竜胆《リンドウ》が笑いかけてくる。鵺は後ずさりしようとするが、足は麻痺したように動かない。竜胆の手が首にかかり、ゆっくりと締めつけてくる。苦しい。息ができない。その息苦しさが頂点に達したとき、鵺の身体はいきなり縮んでしまう。目の前にいるのは竜胆ではなく母だ。

「スュードの子供なんていらないの」

母は冷たく言い捨てて、鵺に背を向ける。

どうして？　鵺は綺麗な子だっていつも言ってくれたのに。

スュードだからいらないの？　スュードに生まれるのは悪いことなの？

望んで生まれたわけじゃないのに。

不意に熱い怒りがこみ上げてきた。自分の力では変えようがない、何の落ち度もないことで、人生をねじ曲げられたのだ。理不尽としか思えない。この怒りはいったいどこにぶつければいいのだろう。

子供の鵯は母の後ろ姿を追いかける。

メイルになれば母に認めてもらえるのか。メイルになることが自分の本当の望みなのか。毛むくじゃらの固い身体と大きく股間から突き出した生殖器を持ち、立ち居振る舞いは粗野で、欲望を制御することもできない生き物になることが。

「役立たずは処分しなさい」

柘榴《ザクロ》が鵯の手に銃を押しつける。鵯が引き金を引くたびに、あたりには血と悲鳴が満ちる。菘も竜胆も母も柘榴も恐怖と苦痛の叫びを上げてくずおれる。鵯は大声で笑い、笑いながら泣く。

突然、外から聞こえた物音で眠りを破られた。誰かが廊下をこっちへ走ってくる。ひとりではなく、ふたり、三人――いや、もっと大勢か。それも、よほど大柄な者が揃っているのか、床が震動するほどの荒々しさだ。

熱で混濁した意識の隅に、かすかな不審の念が湧いた。看護師や躑躅なら決してあんな風に走ったりはしないはずだ。足音が近づいてくるにつれて、呼び交わす声も耳に届いた。

「誰もいないのか」

「そんなはずはない。そこのドアを開けてみろ」

フェムでもスュードでもない野太い声だった。

鵯は痛む身体を起こした。熱の山は越えたのか、頭はまだふらつくものの、ゆっくりとなら動くことができた。窓のカーテンは開けっ放しにされ、外は月明かりもない闇に閉ざされていた。部屋の照明は消されていたが、枕元の小さな常夜灯の光が、周囲をぼんやりと浮かび上がらせている。点滴の瓶は空になっていた。いつからその状態だったのか、鵯には知りようもなかった。

腕から針を引き抜き、痛みに歯を食いしばりつつカテーテルのチューブも外した。相手が何者であれ、無防備な態勢で対峙するのは避けたかった。状況は理解できないながらも、戦士としての勘が危険を告げている。

慎重に片足ずつ床に下ろしていく。何日も寝たきりで、すっかり肉の落ちた足が体重を支えられるかどうか不安

だったが、かろうじて立ち上がることはできた。もっとも、この有様では戦うどころか、身を守ることさえおぼつかないだろう。

　歩き出そうとしてよろめいた拍子に、身体が勢いよく点滴のスタンドにぶつかった。スタンドが床に倒れて、ガラス瓶がけたたましい音を立てて割れた。

　鶫は凍りついたが、もはや手遅れだった。

「おい、そこにいるのか」

　侵入者たちが駆け寄ってきたのが気配でわかる。次の瞬間、ドアが外から乱暴に押し開かれ、戸口を背にして巨大な人影が立ちはだかった。

　成熟したメイルがスユードやフェムより身体が大きいことは知っていたつもりだった。だが、このメイルは――巨人か、さもなければ後ろ足で立ち上がった熊かと思うほどだ。人間がこれほどの大きさになるのは異常なのではないかという疑問すら覚える。太っているのではなく、全身が鎧のような筋肉の塊なのだ。いくらアンドロゲンの投与を受けても、スユードがここまでの体格になることはあり得ない。

　情けないことに、鶫はそのままベッドの端に腰を落としてしまった。恐怖と威圧感で身体がすくんでいた。


　地響きがしそうな勢いで、巨大なメイルは部屋に侵入してきた。そのあとに、それほど大きくはないメイルたちが続いた。とはいっても、一番小柄な者でも鶫と同じくらいの身長はある。

「何だ、おまえは。病気なのか」

　口を開いても、かすれた息が漏れるだけだった。仕方なく、自分の喉を指さして首を横に振ってみせた。

「しゃべれないのか。まあ、いい。おまえも解放してやる。ついてこい」

　解放？　何のことだかわからなかった。きっとこれは夢の続きだ。こんなに巨大な人間などいるはずがない。

　ふたりのメイルが鶫に近づき、両側から肩を支えて立ち上がらせた。半ば引きずられるような格好で、巨体のメイルのあとから廊下に出る。熱に浮かされて意識が朦朧としていても、なぜか足を動かすことはできた。洞穴のように暗い無人の廊下を抜けて、長い階段を下りた。下のロビーにも人影はなく、ここの職員や警備の戦士たちがどこへ行ってしまったのかと鶫は訝った。力ずくで破壊されたらしい正面の扉から外へ出ると、凍りつくような風が吹きつけてきたが、熱でほてった身体にはかえって心地よく感じられた。

夜の街路も空っぽで、人も車も見当たらなかった。普段はついているはずの街灯も消えている。通りに面した建物のガラスが割られているのはメイルたちの仕業なのか。どの家も暗く静まり返り、急に廃屋にでもなってしまったかのようだった。

メイルたちの肩にすがって、市の門を出た。街道を外れ、雑木林に踏み込んだことまではおぼろげに覚えている。衰弱した身体で延々と歩かされる苦行に耐えきれず、鶫はしばしば膝から地面に崩れ落ちた。そのたびに荒っぽく引き起こされたが、ついには一歩も動けなくなってしまった。ここで見捨てられるのだと思った。別にどうでもいい。どうせこれは夢だ。

俯《うつぶ》せになって地面に横たわっていると、とがった草の葉が頬を愛撫し、冷たい夜露が全身に染み渡ってきた。その感触がけだるく心地よかった。このまま放っておいてくれ、と声には出さずに呟く。

頭の上で誰かが小さく舌打ちし、同時に鶫の身体は軽々と担ぎ上げられていた。むせ返るような体臭がどっと鼻先に押し寄せてくる。そこで記憶がとぎれた。

次に目覚めた時には、みすぼらしい小屋の中にいた。背中が痛かった。マットレスや布団のようなまともな寝具はなく、土間に敷いた枯れ草の上に直接寝かされているらしい。草葺き屋根のところどころから重苦しい灰色の空が覗いている。これで雨でも降ったらひどいことになるな、とぼんやり思ってから、鶫は危うくパニックを起こしそうになった。

ここがどこなのか、自分の身に何が起きたのか、見当もつかない。

まだ熱が残っているのか、頭の中に脳ではなく粘土の塊でも詰まっているかのようだった。

落ち着け、と自分に言い聞かせてから、強いてゆっくりとあたりを見回した。といっても、目に入ってくるものはそれほど多くはなかった。頭のすぐ横に縁の欠けた水差しが置かれ、あまり清潔とは言いがたい水が半分ほど入っている。小屋の広さは大人ふたりがどうにか並んで寝られる程度だろうか。屋根と同じく隙間だらけの板囲いを背にして、若いフェムがひとり座っていた。年は十六歳以上には見えない。身なりはいかにもひどかった。長い髪はもつれ、もとはワンピースだったらしい薄汚れたぼろを身につけている。手足の何箇所かに黒ずんだ痣ができ、顔には泣き腫らしたような跡があった。ふと鶫はその顔に見覚えがあるような気がしたが、どこで会っ

たのかはいくら考えても思い出せなかった。

「目が覚めたのね」

フェムはおずおずと笑いかけてきた。

鵯は口を開こうとしたが、何を言っていいのかわからなかった。まずは自分がなぜここにいるのかを訊くべきなのか、それとも、このフェムが誰なのかを知るべきなのか。

「待って。鋼《ハガネ》に知らせてくるから」

鵯が言葉を発する前に、フェムはそそくさと出て行ってしまった。逃げ出したようにも見えなくはなかった。

鋼？　人の名前にしては妙だ、と不審に思ううちに、小屋の扉代わりになっているぼろ布を押しのけて、圧倒的な巨体が姿を現した。身にまとっているのは、とうてい服とは呼べない代物だった。どうやら、動物の皮を不器用に剥いだものらしい。かろうじて胴体を覆っているだけで、丸太のような手足はむき出しになっている。

「もう口はきけるようになったか。どうだ、操り人形よりは本物のフェムの方がよかろう」

何を言われているのか理解できない。とにかく、昨夜の出来事が夢ではなかったことだけは確かだった。メイルたちに市から連れ出されて――いや、あれは本当に昨夜なのか。実はもっと前ではないのか。自分はどのくらい眠り続けていたのだろう。

「おまえに名はあるのか。なければ俺がつけてやるぞ」

「鵯……だ」

低く嗄《しゃが》れた声はとても自分のものとは思えなかった。痛みは引いたものの、まだ喉の腫れが残っているらしい。

巨大なメイルは太い眉を寄せた。落ちくぼんだ目の奥から鋭い眼光が鵯を睨みつけている。顔の下半分には黒々とした髭が密生し、口も顎もほとんどその陰に隠れてしまっている。

「鵯だと？　フェムのような名だな。もっとふさわしい名に変えるつもりはないか」

「断る」

つい素っ気なく答えてしまってから、相手を怒らせたのではないかと不安になったが、メイルは雷鳴のような声で笑い出した。

「まあ、いい。好みはそれぞれだ。俺は鋼。メイルたちの父だ」

鋼がその言葉に本来とは異なる意味を込めていることは察しがついた。支配者、権力者、家長――そのすべてをひっくるめたようなものか。

「ここは俺の〈領地〉だ。俺たちはフェムにたくさんの子供を産ませる。そして、息子たちとともにこの世界を奪い返すのだ。おまえにも好きなフェムを選ばせてやる」

鶫はとんでもないことに気づいた。自分はメイルだと誤解されているのだ。

メイルたちは夜陰に乗じて市に侵入してきたのだろう。暗闇の中でなら、スュードの戦士をメイルと見誤ってもおかしくはない。ただし、明るい光の下では両者の違いは一目瞭然だった。鶫の身体はメイルのように毛深くはないし、あそこまで頑丈で太い骨格はしていない。髭も生殖器もない。声も元通りになればごまかしはきくまい。

もし、スュードだと知られたら、おそらくは殺される。市から逃げ出したメイルたちはこの場所の秘密を守ろうとするはずだ。

「フェムたちの数は多いのか」

鶫はできるだけさりげない風を装って訊いた。隙を見て脱出を図るつもりなら、まずは自分の置かれている状況を把握しておく必要がある。

「残念ながら、俺たちにとっては十分とは言えんな。息子はまだひとりも生まれていない。フェムとできそこないばかりだ」

思わずこみ上げそうになった怒りを鶫は慌てて抑えつけた。スュードはできそこない、と自嘲することはあっても他人に面と向かって言われるのは話が別だった。

「ところで、腹が減っているんじゃないのか。食い物を持ってきてやろう」

鶫は頷いてみせた。最後に食事をとったのかいつだったか、もはや思い出せなくなっていた。

鋼が出て行くのと入れ違いに、さっきとは違うフェムが小屋に入ってきた。煤で真っ黒になった鍋を両手で抱えている。臨月に近い大きな腹を持てあまし気味で、動くのも大儀そうだ。美貌といってよい目鼻立ちをしているのに、ひどい身なりのせいで台無しになっていた。服を着ているというより薄汚れた布を身体に巻きつけただけに見える。

「わたしは楓《カエデ》。あなたの世話をしろって言われたの」

まだ二十歳前だろう。鶫は菘のことを思い出していた。顔立ちはまったく似ていないものの、年は同じくらいに見える。自分がいなくなったあと、菘はどうしているのか。てっきり鶫に捨てられたものと思い込んで、泣き暮らしているのではないか。

いや、そこまで弱くはあるまい。むしろ、鵺の身勝手さに怒っているという方がありそうだ。どちらにしろ、スュードの恋人のことなど忘れた方が菘にとっては幸せなのだ。

鍋はあっても器の類はない。どうやって食べるのかと思っていると、楓は鍋の蓋をひっくり返し、そこに中身を注ぎ込んだ。骨がついたままの肉だ。箸もフォークもない。手を使って食べろということのようだ。

人前に堂々と姿を現すわけにはいかない以上、メイルたちが食料や生活必需品を手に入れるのに苦労していることは察しがついた。大半のものは盗んでいるのだろうが、太母市《タイボ》の戦士たちの注意を引くのを恐れて、略奪もあまり大っぴらにはできないはずだ。

楓の差し出す鍋の蓋に手を伸ばそうとしたとき、鵺は危うく叫び声を上げそうになった。自分の手はこんなに無骨で醜い形をしてはいなかったはずだ。指の節にも手の甲にも黒々とした毛が生えていた。腕もひとまわり太くなって、堅く引き締まった筋肉に覆われている。まさか、自分は本当にメイルになったのか。躑躅の実験は成功したということなのか。

恐る恐る顔に触れてみると、伸びかけた髭のざらついた感触が指先に伝わってきた。

このみすぼらしい小屋に鏡がないのはかえって幸いだった。自分の姿を目にするのが怖かった。

「どうかしたの？」

楓が怪訝そうに訊いた。

「何でもないよ」

鵺は必死にさりげないふうを装った。

その得体の知れない骨つき肉の素性は不明だったし、あまり詮索しない方がよさそうだった。戦士としての訓練には、野生の鳥獣を捕って食糧にすることも含まれている。もともと悪食には慣れている鵺でも、その肉の不味さには閉口した。ろくに血抜きもせず、臭みを消すハーブも使わず、とにかく煮込んだだけの代物らしい。塩やスパイスは期待するのも愚かだ。

それでも、文句を言える立場ではないので、黙々と肉を平らげ、残ったスープまでも飲み干した。当然ながら手が脂だらけになったが、ここにナプキンがあるはずもない。仕方なく、寝床代わりの枯れ草で指を拭った。

「ごちそうさま。悪くはなかったよ」

そう言ったとたん、楓は目をみはった。何かまずいことをしてしまったのかと鵺は密かにうろたえた。

「あなたは変わってる。メイルなのにスュードみたいな話し方をするのね」

「そう……なのか。他のメイルのことは知らない。市から来たばかりで」

　こんな状況は予想もしていなかった。鶫はメイルらしい振る舞い方などまったく知らないのだ。

「ここではメイルが主人なの。フェムはメイルに奉仕して命令に従わなきゃならないの」

「鋼がそう決めたのか」

　鶫の声はもう嗄れてはいなかったものの、低く濁った響きを帯びていた。これは一時的なものではないのだとようやく悟る。身体と同じく、声も変わってしまったのだ。これからは、この耳障りな声を自分のものとして受け入れなければならない。

「ええ、父には誰も逆らえないの。口の利き方には気をつけて。でないと、メイルでも何をされるかわからないから」

「注意するよ。きみは市から無理やり連れてこられたのかい」

　楓は頷き、顔を背けてそっと涙を拭いた。メイルたちがさらってきたフェムにどんな扱いをしているのかは想像がついた。鶫が慰めの言葉を口にする間もなく、小屋の外から鋼の大声が響いてきた。

「食い終わったら出てこい、鶫。楓もぐずぐずするな。腹に赤ん坊がいるからって甘えるんじゃないぞ」

　楓の怯えた表情に、鶫は心からの同情を覚えたが、自分もここでは新入りなのだ。楓に忠告されるまでもなく、言葉や行動には十分に用心しなければならない。鋼は恐ろしく危険に見える。

　味はともかく、食事をとったおかげで体力は回復したらしい。立ち上がっても足はふらつかなかった。股間に違和感を覚える。両足の間に握り拳ほどもある肉の塊が挟まっているのだ。精巣――いや、睾丸と呼ぶのだったか。歩くと、太股にこすれて痛かった。ひどく邪魔だったが、慣れるしかあるまい。

　入口のぼろを肩で押しのけて、鶫は小屋の外へ出た。そこは緩やかな丘の斜面だった。寒々とした曇り空の下で、十人あまりのメイルたちがたき火のまわりに集まっていた。服とも呼べないぼろをまとい、髭も髪も伸び放題に伸びている。中でも鋼の巨体はひときわ目立った。

　フェムたちの方はそこから少し離れた場所で身を寄せ

合っていた。全部で九人、赤ん坊も入れればちょうど十人だ。誰もがあまり健康そうには見えず、暗い表情をしていた。そもそも、こんな環境で子供がまともに育つのかどうか不安になる。母親の栄養状態がこれだけ悪くては、ろくに乳も出ないだろう。

斜面のあちらこちらに、木の枝と枯れ草でできた粗末な小屋が建っている。恐ろしく雑な造りで、嵐でも来たら、あっさりと倒壊してしまいそうだ。鵺は取り立てて器用な方ではないが、半日もあれば、これよりはましな住まいを造れる自信があった。

メイルたちの人数からすると、フェムの数は明らかに「不足」していた。それだけで争い事の種になりかねない。何しろ、市にいた時のメイルたちはいつもインターフェイスにかしずかれていたのだから。略奪者のような知識も経験も武器もない者たちにとって、フェムを街からさらうことはそう簡単ではあるまい。自分の意思でついていくこともある、と青鷺は言っていたが、一時の衝動でここへ来たフェムがいるとしたら、おそらくは後悔しているだろう。

鵺は最初に会った若いフェムを目に留めた。誰からも見られたくないとでもいうように、たき火からは一番遠い隅で身を縮めている。怯えた鼠か兎を思わせる姿だった。鵺の視線に気づいて、ほんの一瞬だけ顔を上げたものの、すぐに目を逸らしてしまった。

「こっちへ来い、鵺」

鋼に呼びかけられて、鵺は仕方なくメイルたちの方へ歩き出した。薄汚い髭面が一斉にこちらへ向けられ、落ち着かない気分になったが、できる限り平静を装った。よく見れば、伸び放題の髪や髭の奥にある顔にはまだ子供っぽさが残っていた。クローンのメイルたちの寿命は短い。皆、鵺よりもずっと年下なのだ。

「ここの掟を教えてやろう。夜が明けたら狩りに行って、獲物を捕ってくるんだ。食い物でも道具でもとにかく役に立つものを持って帰ってこい。街の連中に見つからないようにくれぐれも気をつけろ。獲物の多い者から順に好きなフェムを選べる。ただし、楓は駄目だ。俺の女だからな」

鵺は呆れ返って言葉を失った。フェムを選ぶ？　メイルがフェムを？　それでは、フェムの意思はどうなるのだ。まったく無視されているのか。だから、フェムたちはあんなにも怯えているのか。

「おまえは新入りだ。まだ生身のフェムの味は知るまい。

歓迎の挨拶代わりに一度だけ気に入ったのを抱かせてやる。それを励みにして、獲物を捕りにいくがいい」

鋼がしゃべっている間、他のメイルたちは無言だった。なるべく視線を合わせないようにして、ひとりひとりの顔を観察してみたが、何を考えているのか見当がつかなかった。新入りに与えられた特権（なのだろう、ここの連中にとっては）を妬んだり、不快に思っているとしても、表立って父に逆らうことはできないのだ。

そして、鶫のほうもその〝特権〟を拒否することは許されていなかった。自分の意思で選べないものを特権とは呼ばない、と躑躅は言った。今になって、鶫はその言葉の意味を思い知らされていた。

フェムを抱く――もちろん、何をするのかはわかっているつもりだったし、やろうとすればやれるだろうとは思う。だが、鶫はそんなことをしたくはなかった。名前も知らない、言葉を交わしたことさえない相手をどうやって愛することができよう。愛してもいない相手と獣のようにつがうのがメイルのやり方なのか。

「どうした。早く選べ」

鋼の声には明らかに苛立ちが含まれていた。危険な兆候だ。鶫は覚悟を決めて、フェムたちの方に向き直った。

楓と赤ん坊を除いた八人のフェムたち。その誰ひとり鶫に選ばれたいと思っている者はいないはずだ。こんな災難をもたらしてしまったことを心の中で詫びながら、鶫はゆっくりと腕を上げ、怯えた子鼠のような若いフェムを無造作に指さした。どのみち、メイルたちの誰かに抱かれることになるのなら、それが鶫だったとしても同じことなのだ。

「あの子がいい」

相手の顔にあからさまな恐怖が浮かぶのを見て取って、胸の痛みを覚えた。おそらく、このフェムにとって、メイルとの行為は苦痛でしかないのだろう。

誰かが背後で引きつった笑い声を上げた。

「よりもよって、あいつかよ」

別の誰かが嘲るようにつぶやくのが聞こえた。

「黙ってろ」

鋼に叱りつけられて、メイルたちは鳴りを静めた。

「鶚《ミサゴ》でいいんだな。あとから文句をいわれても困るぞ」

そうか。この子は鶚というのか。少なくとも、名前だけはわかった。

「別に文句はない」

鶫はそっけなく答えると、フェムたちに近づいていっ

た。他の者たちが道をあける中、鶚はこわばった表情で立ち上がった。

顔が泣き腫らしたように見えるのは殴られたせいなのだと気づいて、鵺は衝撃を受けた。メイルたちは暴力でフェムを支配しているのだ。これだけ体格と力に差があっては逆らえるはずもあるまい。

鶚は黙って鵺に背を向けると、小屋の並んでいる方へと向かっていく。

鵺はあわててそのあとを追い、できるだけ優しく手を取った。傷つけるつもりはないという意思表示のつもりだったが、鶚が身を竦ませる気配が伝わってきた。

小屋まで歩いていく間に、頬に冷たいものが当たった。灰色の雲が低く垂れ込めた空から大粒の雨が落ち始めていた。みすぼらしい掘っ立て小屋は雨風をしのぐにも不十分だった。中の寒さは外とほとんど変わらず、壁や屋根の隙間からは遠慮なしに雨が吹き込んでくる。鶚の身体が小刻みに震えているのが、寒さのせいか、それとも恐怖のせいなのかは判断がつかなかった。

鵺は寝床代わりの枯れ草の上に腰を下ろし、鶚にも座るように促した。

「そんなに怖がらないで。きみのいやがることはしないと約束するよ」

大きく目を瞠った鶚はいかにも幼く見えた。幼すぎて痛々しいほどだ。たとえ鵺がまだスュードだったとしても、あるいはフェムだったとしても、とても抱く気にはならなかっただろう。

「年はいくつ」

鶚は小屋の板壁に背中をもたせかけ、無言で鵺を見つめている。可能なかぎり、鵺から距離を取ろうとしているものの、元より逃げ場があるはずもなかった。怯えながらも、明らかに反抗的な気配がそこには込められていた。もともとは何不自由なく育ってきたのではないか。意思も強く頭も悪くなく、ここへ来るまでは力ずくで屈服させられたことなどなかったにちがいない。

ふと鵺はそんな気がした。

「返事くらいしてもいいだろ。そこまで、わたしが嫌いなのかい」

長い沈黙のあと、鶚はようやく口を開いた。

「わたしを殴るの？　他の人みたいに」

卑屈さと尊大さがないまぜになったような口調だった。

「なぜ、そんな必要があるんだ」

「抱かれたくないからよ」

嫌悪と怒りを隠そうともせず、鴞は吐き捨てた。これでは殴られるのも無理はないかもしれない。鴞はわざとメイルを挑発しているのだ。自分の運命に対して、精いっぱいの抵抗を試みるかのように。

「だから、きみのいやがることはしないよ」

鵺が言ったとたん、鴞の虚勢は脆くも砕け散った。腫れ上がった目の縁に涙の雫が盛り上がった。

「ごめんなさい」

鴞は拳で顔を拭ったが、涙はとめどなくあふれ出してきた。きつく唇をかんで堪えようとするそばから嗚咽が漏れ、子供のようにしゃくり上げ始める。

子供の頃は別として、こんなふうに無防備に泣くフェムは初めてだった。鴞はあまりにも若すぎたし、頼りなく弱々しく見えた。何とかして泣きやませたかったが、どうすればいいのかわからなかった。優しく抱き締めて慰めればいいのか。だが、鴞は鵺に触れられたくはないだろうし、下手に声をかければ、よけいに事態を悪化させそうだった。

雨がさらに激しくなっていた。寝床代わりに敷かれた枯れ草から水気がしみ出し、尻も足も濡れて冷え切ってしまった。鵺が立ち上がったのを見て、鴞は身を縮め、頭を庇うかのように両手を挙げた。

「お願い、お願いだから怒らないで。我慢するから。言うとおりにするから」

確かに、鵺は怒っていた。ただし、その怒りは鴞に対するものではなかった。

メイルが暴力と恐怖で世界を支配していたという歴史書の記述を、鵺はそれまであまり本気で受け取っていなかった。当然ながら、歴史書はフェムの手で書かれたものだ。必要以上にメイルを悪者に仕立て、自分たちの立場を正当化することもあるだろうと思っていた。

だが、ここへ来てようやく理解した。メイルは根っから暴力を好み、欲望を抑える理性すら持ち合わせていない。やはり、躑躅は間違っていた。メイルを社会の成員として受け入れるなど論外だ。生殖のためにやむを得ず生かしておく必要があるとしても、厳重に隔離して社会に害を及ぼさないようにする必要があるのだ。

そこまで考えて、自分も今はメイルだということを思い出す。たとえ子孫を残せなくても、汚れ仕事を押しつけられるとしても、スュードのままでいた方がどれほどましだったか知れない。

ここで暮らせば、いずれはあの連中と同じになってしまう。力で他人を支配しようとし、フェムたちを——

「このけだものがわたしを強姦しようとしたのよ」

芙蓉《フヨウ》の声が生々しく耳元で聞こえた。嫌悪を覚えるのも今のうちだけだ。鵺の心も体も、忌まわしい行為に喜びを感じるように変化してしまったのだ。

そうなる前に、ここから逃げ出さなければ。太母市へ戻って、青鷺《アオサギ》や躑躅に自分を閉じ込めてくれと頼まなければならない。

板壁を伝い落ちた雨が鶚の髪や身にまとったぼろをびしょ濡れにしていた。唇が青紫色に変わり、歯の根も合わないほど震えている。もはや恐怖よりは寒さが上回っているように見えた。鵺自身も寒かった。みすぼらしい小屋の中で暖を取れそうなものといえば、お互いの身体しかなかった。

「そこにいると濡れるよ。風邪を引いてしまう」

鵺に向けた鶚の瞳には絶望と無力感が湛えられていた。最後の誇りまでも投げ捨て、敗北しようとする者の目だった。細い肩に腕を回しても、抗おうとはしなかった。そっと抱き寄せると、痩せた身体は死んだ小鳥のように冷たくなっていた。


鵺は雨のかからない片隅へ鶚を連れていき、濡れて肌に貼りついたぼろを脱がせた。壁際に放り出されていた汚らしい毛布は、あちこち穴が開いて異臭がしていたが、幸いなことにほとんど濡れていなかった。鵺は自分も服を脱いで、鶚と一緒に毛布にくるまった。すべてを諦めたかのように、鶚はされるがままになっている。

やがて、体温が戻ってくるにつれて気も緩んだのか、小さく華奢な身体はおずおずと鵺にもたれかかってきた。

「あのね、わたし……鵺なら我慢してもいい。他の人みたいに乱暴じゃないから」

鶚のか細い声には痛ましい決意めいたものが込められていた。獣じみた異臭の中に、鵺はかすかな血の臭いを嗅いだ。

「もしかして、月経中なの」

我慢するとはそういう意味なのかと思った。だが、鶚は首を横に振った。

「違うの。流産してからずっと血が止まらなくて。でも、我慢するしかないの。メイルはフェムの身体のことなんて考えてくれないから」

鵺は息を呑んだ。鶚の顔色が悪く生気がなく見えるの

は、栄養状態や恐怖のせいばかりではなかったのだ。流産したあと出血が止まらないなら、子宮に傷が残っているかもしれないし、貧血や感染症の危険もある。あるいは、菘と同じく子宮外妊娠だった可能性も考えられる。とにかく早急に医者に診せるべきだ。こんな不潔な場所で、メイルの相手などさせていてはいけないのだ。

再びメイルたちに怒りが湧いた。あの連中は無知なのだし、思いやりというものを教えられてはいないのだと自分に言い聞かせても、その怒りは容易に治まらなかった。

「きみはここにいちゃ駄目だ。街へ帰らないと」

鶫の強い口調に驚いたように、鶚は身を引いた。

「無理よ。鋼が許してくれるはずがないもの」

自分の力で鶚を逃がしてやれるかどうか、鶫はしばらく考えた。すぐには無理だ。鶫自身、まだ新入りで事情がよく理解できていない。熱に浮かされた状態で連れてこられたせいで、そもそもここがどこなのかさえわかっていない有様だ。

迂闊な真似をすれば、鶚を助けるどころか、己の身さえも危うくすることになる。まずは、鋼の信頼を得なければなるまい。その一方で、何とかして鶚をメイルたちから守ってやる必要がある。

「きみはさらわれてここに来たの？」

「ううん、違うの。かといって、自分からついてきたわけでもなくて……」

鶚は困惑したように眉根を寄せた。

「よかったら話してくれないか。わたしもきみを抱くよりは話を聞く方がいいんだ」

「鶫って不思議な人。楓の言ってたとおりね。メイルじゃないみたい」

実際、自分はメイルではないのかもしれない。他のメイルに対して共感や親近感は持っていない。何よりも、こうして鶚と身体を寄せ合っていても、まったく欲望を感じないのだ。

それとも、これは一時的なものなのか。メイルの身体に慣れ、メイルであることを受け入れれば、あの連中と同じになるのか。

鶚は楓を助けるつもりで後を追ってきたのだが、メイルたちに見つかって捕まってしまったのだという。

「わたし、馬鹿だった。ひとりで楓を助けられると思ってたなんて。叔母さんに相談すればよかった。でも、楓と離れたくなかったの」

「きみたちは恋人どうしなんだね」

　恋する者は愚かだ。ましてや鶚ほどに若ければ、無分別な行動に出てしまったとしても責めることはできまい。だが、鵯にはその情熱が羨ましくもあった。身を誤るほどの情熱が少しでも自分にあったとしたら、人生の虚しさに苦しむこともなかったはずだ。スュードでなくなった今、それも変わっていくのだろうか。

「わたしたち、伴侶になる約束をしてたの。でも、わたしの家族が許してくれなくて……誰にも言わないでね。鋼に知られたら、殺されるかもしれない」

「絶対に言わないよ。秘密は守る」

　鵯が請け合うと、鶚の顔に弱々しい笑みが浮かんだ。

　メイルたちの掟によれば、フェムたちはみな父の財産だ。新入りのフェムに初めて手をつけるのは父である鋼の特権だった。その特権を侵す者には厳しい罰が与えられることになっている。

　鶚は全員の見ている前で鋼に強姦された。あの凄まじいばかりの巨体にのしかかられた時、てっきり自分は死ぬのだと思った。恐怖と激痛のあまり途中で気を失い、目が覚めると楓が傍らに座っていた。鶚は痛みも忘れて恋人にしがみつこうとしたが、楓は険しい表情で首を横に振ってみせてから小声で囁きかけてきた。もし恋人どうしだということをメイルたちに気づかれたら、ふたりともただではすまない。ここでは他人のふりをしなければならないのだ。その代わり、鶚があまり辛い目に遭わないように、できるだけ手助けはする——。

「楓は鋼のお気に入りで、鋼がずっとそばから離さないの。ろくに話もできないけど、遠くから姿を見ていられるだけでも幸せよ。だから、ここへ来たことを後悔はしていない。家族に引き裂かれるよりはずっとましだもの」

　その健気な言葉が本心だとは信じられなかった。

　鶚にとって、メイルとの行為は「我慢すること」でしかない。目を閉じて仰向けにじっと横たわり、できるだけ自分の身に起きていることを考えまいとする。頭の中では、子供の頃のことや楓と過ごした時間を思い浮かべる。どんな苦しみもいつかは終わる。生理的欲求を満たしさえすれば、メイルは鶚に興味を失い、放っておいてくれるのだ。

　インターフェイスの大げさな反応に慣れ親しんできたメイルたちは、生身のフェムも同じようなものだと思い込んでいた。最初のうちは、身体を硬くして横たわる鶚に腹を立て、声を出せ、よがってみせろと要求した。だ

が、苦痛でしかないものをどうして歓迎することなどできるだろう。

頑固に自分の意志を貫く鶚にメイルたちは呆れはて、つまらないやつだと決めつけた。獲物の報酬として選ばれる時も、いつも一番最後になる。鶚にとってはかえって幸いというものだった。

さっきの嘲笑はそういう意味だったのかと鶫はようやく腑に落ちた。

フェムが一方的にメイルの快楽に奉仕し、苦痛を耐え忍ぶことが愛の行為と呼ばれるのなら、何万年もの間、人類が子孫を残し続けることができたのは奇跡に思える。インターフェイスの馬鹿げた振る舞いも、まったくの空想の産物というわけでもあるまい。おそらく戦士が武器の扱い方を身につけ、音楽家が楽器の弾き方を習い覚えるようにして、大人のフェムは快楽を学んだのだ。鶚はまだ若くて身体も未成熟だし、望まぬ行為が何の歓びももたらさないのは当然のことだろう。

とはいっても、ここでメイルとフェムの行動について考えてみたところで、すべては勝手な憶測になってしまう。メイルとしての鶫はまだ赤ん坊も同然なのだ。

「ひとつ約束するよ。もし、わたしが獲物を手に入れたら必ずきみを選ぶ。そうしたら、他のメイルに抱かれなくてすむだろ。さっきもいったとおり、わたしはきみがいやがることをするつもりはないんだ」

そもそも自分に欲望があるのかどうか、正常に子種を作れるのかどうかもまだわかっていなかった。もちろん、鶚にそこまで打ち明けるわけにはいかない。

鶚の瞳に感謝の色が浮かんだ。

「ありがとう。でも、大丈夫？　みんな、獲物を探すのは苦労してるみたい。もうじき冬になるし」

「心配ないよ。わたしは狩りが得意なんだ」

何しろ、鶫は本物の略奪者だったのだから。素人の泥棒や狩人とはわけが違うのだ。


夢を見ていた。珍しく悪夢ではなかった。毛むくじゃらの黒い動物が檻の中でうずくまっている。

「おいで、兄弟。おまえはわたしの同胞だ」

鶫が呼びかけると、チンパンジーは悲しげな茶色の目を上げて、何かを訴えるようにこちらを見つめる。その獣だけがこの世で唯一自分に似た存在なのだ。

「この子は〝スュード〟だったのよ」

NAウイルスを注射される前の日、躑躅は鶫を研究室

へ連れて行った。そのチンパンジーは仲間とは隔離されて、一頭だけ別の檻に入れられていた。鉄格子に背中を押しつけ、自分の身体を抱き締めるように手足を縮めたまま動こうともしない。

「雄とも雌とも上手くやっていけないの。異端者なのね」

「チンパンジーにもスュードがいるんですか」

「いいえ、人工的に作り出したのよ。受精卵の細胞核だけ取り出して、Y染色体に手を加えてから、核を取り除いた人間の卵子に注入したの。いくら何でも、いきなり人間で試すわけにはいかないでしょ」

人工的に成長を早められた〝スュード〟のチンパンジーは、人間でいえば思春期を迎える直前にNAウイルスに感染させられた。実験は成功したように見えた。外見上は正常な雄と何の変わりもなく、精巣も機能していることが確認された。

「だけど、発情した雌と一緒にしても交尾行動が取れないの。相手の身体に触れて、人間なら愛撫に当たるような仕草をすることはあっても、それ以上はどうしたらいいかわからないみたい。おとなしいせいで雌にもいじめられるし、雄だともっと大変なことになる。寄ってたかって攻撃を加えられて、放っておくと殺されかねないの」

「雄としての行動は生まれつき決まっているということですか」

「いいえ。そうは思わない。成熟したチンパンジーの雄はかなり凶暴で危険よ。雌にも暴力を振るうし、お互いどうしも喧嘩が絶えない。まさに力が支配する世界なのね。ただ、それが遺伝的に決まってるのかというと、何とも言えないの。チンパンジーの近縁種のボノボはもっと平和的で争いの少ない社会を築いているから。チンパンジーとボノボの遺伝子の差はほんのわずかだから、それだけで行動の違いの説明はつかない」

「それでは何が」

「学習ね。類人猿にはわたしたちと同じく高い学習能力がある。社会の中で生活して、大人の行動を真似ることで、種としての適切な行動を身につけていくの。この子は自分が雄だと思っていなかったから、雄としての行動を学んでいなかったのよ」

「今から取り返しはつくんですか。このチンパンジーは正常な雄になれるんでしょうか」

「何とも言えないわね、それも。科学には百パーセントこうと断言できることはほとんどないの。それに、これ以上、チンパンジーでの実験を続けてもあまり成果は期

待できないと思う。ここから先は人間の領域よ」

躑躅は鶫に向き直ってから言葉を継いだ。

「不安要因もあるということを前もって知っていてほしかったの。メイルになった後で、あなたは予想外のことを体験するかもしれない。時には、わたしたちが助けてあげられないこともあるでしょうね。いってみれば、未知の世界の開拓者ってわけ。それでも、あなたは何とか切り抜けられると信じているわ。そう判断したからこそ、最初の被験者に選んだの」

だが、さすがの躑躅もこんな展開までは予想していなかったはずだ。

いつの間にか、鶫は檻の中にいる。不安げなけものをそっと抱き締めて、背中や腕を優しく愛撫してやる。下腹部をまさぐった手がゆっくりと下へ降りていき、やがて股間のものにたどり着く。冷たく縮こまったものが刺激を加えるにつれて硬くなり、頭をもたげ始める。視線を下に向けると、毛むくじゃらの腹と両脚が目に入る。黒々とした毛の間からそそり立った生殖器が力強く天を指している。

けものは鶫自身だ。おそらく、自分で気づいていなかっただけで、はじめからそうだったのだ。


わたしは雄のけものだ。

何の驚きも嫌悪も恐怖もなく、鶫は淡々とその事実を受け入れる。下腹部に、今まで経験したことのない熱い感覚が生じている。これがメイルとしての欲望なのか。鶚を抱きたいとは思わなかったのに、いったい何に欲望を感じているのだろう。

熱い感覚が重苦しい疼きに変わり、鶫はあわてて飛び起きた。

「起きろ、鶫。歓迎会は終わりだ。さっさと狩りに行け」

鋼が足音も荒く小屋に踏み込んできた。鶚は先に起きて出ていったらしく、鶫はひとりで汚い毛布にくるまっていた。夢が覚めても自分のその部分は硬く直立したままだった。どうやら、メイルの性器というのは持ち主の意思に反して勝手な挙動を示すことがあるらしい。膀胱が今にも破裂しそうだ。

「なんだ、小便がしたいのか」

だしぬけにそう言われて、鶫は反射的に頷いた。なぜ、鋼にそれを見抜かれたのか不審を覚えている余裕もなかった。

「便所はこっちだ。ついてこい」

藪を踏み分けて、丘の斜面をしばらく下ったところを

小川が流れていた。枯れ草の生い茂った岸に、メイルがひとりこちらに背を向けて立っている。

「そこに大きな柳の木が二本立っているだろう。二本の木の間で用を足せ。下流はフェムの場所だ。上流は炊事と洗濯用だから使うな」

上水と下水はいちおう区別しているようだ。メイルたちにも最低限の衛生観念はあるのだろう。それでも、この生活が恐ろしく不潔なことに変わりはないが。

鶫は川岸に立つメイルの様子をさりげなく窺った。やや開き気味にした両脚の間から、黄色い液体が放物線を描いて川面に落下している。

メイルは立ったままで排尿するのか。鶫にとっては新しい発見だった。確かに、この状態でしゃがんだら、尿も真上に向かって出ることになるわけだから、あまり愉快ではない事態になりそうだ。

「おい、巌《イワオ》。今日はおまえがフェムたちを監視する当番だぞ。忘れてないだろうな」

鋼が用を足し終わったメイルに声をかけた。

「ああ、わかってる」

振り返った相手の顔を見て、鶫はもう少しで叫び声を上げるところだった。あのメイル、ＴＴ‐６７がどうしてこんな所にいるのだ。だが、すぐに同じ細胞提供者から作られたクローンなのだと気づいた。

「こいつは新入りの鶫だ」

「そうか。よろしく頼む」

当然ながら巌と呼ばれたメイルがこちらを知っているはずもなく、形ばかりの挨拶を返しただけだった。

「こっちこそよろしく」

鋼が横に立っていることで落ち着かない気分になりながらも、鶫はようやく膀胱を空にする解放感を味わった。昨日の雨は上がり、清々しい陽光が自分の排泄物までも美しくきらめかせている。身体の緊張が解けるにつれて、股間のものは力を失ってうなだれた。つまり、欲望とは無関係な生理現象だったということだ。メイルの身体というのは奇妙なものだ、と改めて思う。とにかく、これが今の自分なのだから慣れるしかあるまい。

広場へ戻ると、四人のフェムが一列に並ばされているところだった。まるでネックレスの玉のように、腰に結びつけられた縄で全員がひとつにつながれている。相変わらず具合の悪そうな鶚もその中にいた。

楓はその列の外にいて、鋼に微笑みかけてきた。鶫はフェムのそんな顔を前にも見た覚えがあった。以前、付

き合っていた恋人が妊娠し、別れ話を切り出してきたときだ。それは自分がフェムであることに絶対の自信を持っている者だけが見せる表情だった。だが、楓は誘拐されてここに来て、力ずくで従わされているのだ。子供を身ごもってから、鋼に愛情と信頼を抱くようになったとでもいうのか。まさかそんなはずはない。楓は鶚と恋人どうしなのだから。

きっと思い過ごしだ、と鵜は強いて自分に言い聞かせた。

巌というさっきのメイルが縄の端を握って歩き出すと、フェムたちはのろのろした足取りでその後に続いた。巌も無理やり急かそうとはしていない。ここには朝食というものはないようだ。フェムもメイルもさぞかし腹を空かしていることだろう。

「フェムたちに何をさせるんだ」

鵜は鋼に訊いた。

「食料集めだ。狩りの獲物だけでは足りないのでな。おまえにもいずれ監視役をやってもらうことになる。フェムたちの見つけたものも獲物のうちだ」

楓の方へ大股で近づいていく鋼は心なしか嬉しそうに見えた。楓が太い腕にもたれかかり、ふたりは何か言葉を交わしながら小屋の中へ姿を消した。

思い過ごしだ、と鵜はもう一度心の中で呟いた。楓のあの笑顔はうわべだけのものなのだ。恋人や信頼する相手に向けるものであるはずがない。

他のメイルたちはもう出かけた後だった。ぐずぐずしていないで、自分も狩りに出かけた方がよさそうだ。鵜は丘の斜面を登り、木立の間に足を踏み入れた。

あの夜、街道をそれて雑木林に入り込んだのがどのあたりだったのか、熱で混濁した記憶をたどるのは難しかった。太母市にはいくつかの門があるが、東と南は平野に面している。地形を考えれば、丘陵地帯があるのは北西の方角だ。朝の太陽を頼りにして、鵜は南東の方へと歩き出した。歩幅を一定に保ち、歩数から時間や距離を割り出すのは戦士としての基本訓練のひとつだ。

意外なことに、鵜の足で二時間とかからずに雑木林が尽きて、木の間越しに太母市の尖塔が見えてきた。せいぜい十キロあまりというところか。たったこれだけの距離を苦痛に感じたとは、よほど身体が弱っていたのだろう。

これなら、このまま街へ逃げ帰って、青鷺に助けを求めることもできる。守備隊の道案内をして、フェムたち

を救い出す方が安全なのもわかっていたが、なぜかそうしたくない気持ちがあった。それでは鶚を裏切ることになるような気がするし、鵯自身、メイルたちのことをもう少し知りたかった。この先、否応なしにメイルとして生きていくことになるのなら、メイルらしい振る舞い方を学ぶ必要がある。あの連中以上に、教師としてふさわしい者がいるだろうか。鋼はフェムたちに危害を加えるつもりはなく、子供を産ませたがっているのだ。ひどく暴力的で問題のあるやり方ではあるものの、フェムたちがすぐにでも生命の危険に晒されることはまずあるまい。

――それとも、この気持ちは例のひねくれ根性に過ぎないのか。

車のエンジンの轟きや馬の蹄が地面に当たる音が耳に届く。鵯は街道に出る手前でそっと引き返した。不用意に姿を見られでもしたら面倒だ。メイルが街の外を自由に出歩いているなど、本来ならあり得ないことなのだ。

まずは鶚との約束を果たさなければならない。武器もなしに鳥獣を捕らえるのは楽な仕事ではないとはいえ、決して無理難題というわけでもなかった。

雑木林の中で先端のとがった枯れ枝を何本か見つけた。一番具合のよさそうなのを投げてみると、風を切って飛び、雨でぬかるんだ地面に深々と突き刺さった。思いのほか飛距離が伸びている。熱に苦しんだにもかかわらず、スュードだったときより力が強くなっているのだ。これは予想外の喜びだった。加減を飲み込むのに少し時間がかかるかもしれないが、今までよりも獲物を捕りやすくなったのは確かだ。

熟練した狩人の目で観察すれば、獣の通り道は容易に見分けられた。鵯は気配を殺し、藪の中にうずくまって辛抱強く待った。スュードの村の近くで双子と一緒に狩りをしたときのことがふと脳裏に浮かんだ。子供たちの称賛の眼差しを思い出して、ほんの少し感傷的な気分になってから、今は回想に耽っている場合ではないのだと気を取り直した。

遠くから落ち葉を踏む足音が近づいてくる。野鼠や兎ではなく、もっと大きな動物だ。しきりに鼻を鳴らす音が聞こえてきたとき、鵯はまだ心の準備ができていなかった。茶色の剛毛と細長い鼻面が視界に入ってくる。若い猪豚《イノブタ》だった。まだ成獣の大きさには達していないものの、体高は鵯の腰ほどもある。猪豚は気性の荒い生き物で、訓練を積んだ戦士にとっても険呑な相手だった。

銃か、せめてしっかりしたナイフでも持っていればともかく、枯れ枝一本で立ち向かうなど無謀に過ぎる。ここはやり過ごすのが賢明な判断だ。

だが、自分の意思とは裏腹に、身体が勝手に動いていた。鶫は猪豚の進路に飛び出し、右手で枯れ枝を高々と振り上げると同時に、左手で力任せに鼻面を殴りつけていた。獣は怒りの唸り声を上げたが、鶫はそれを圧倒するほどの雄叫びを発していた。とても自分の声とは思えなかった。

わたしは雄のけものだ。

総毛立つほどの恐怖が興奮と闘争心に変わり、鶫は右手に握りしめた枝を太い首筋に力いっぱい突き立てた。生温かい血が勢いよく噴き出し、全身にはねかかった。その生臭い匂いが陶酔に近い感覚を呼び起こした。枝は乾いた音を立てて真っ二つに折れてしまった。一瞬よろめいてから猪豚は態勢を立て直して突進してきた。怒りに歯を剥きだし、血泡を吹いている。鶫は手の中に残った枝を口の奥に突っ込んだ。硬い蹄で蹴りつけてくるのをかわしつつ、首に刺さった枝を取っ手のようにつかむと、強引に地面に押さえつけた。剛毛の生えた背中にまたがって、何度も何度も拳を頭に打ちつける。凶暴な歓びが肉体の隅々までも満たしていた。暴力を振るうことがこの上もない快感をもたらした。自分が野獣のように咆哮していることも、ほとんど意識していなかった。やがて、鈍い音とともに頭蓋骨が砕ける手応えが伝わってきた。猪豚の身体に痙攣が走る。なおも死に抵抗するかのように、弱々しく四肢を震わせていたが、その動きは次第に弱々しくなっていった。獣は虚ろに目を見開いたまま、息絶えて地面に横たわった。

鶫は荒い息をつきながら立ち上がった。興奮が醒めていくと同時に、激しい疲労感と自己嫌悪に襲われた。自分のやってしまったことが信じられなかった。

右腕に焼けつくような痛みを感じた。猪豚の牙で切り裂かれて、かなり深い傷を負っていたことに今さらながら気づく。両脚の脛と脇腹にも痣ができている。

確かに獲物は手に入れた。これほどの大物を持って帰れば、鶚を守ってやれるし、誰にも文句は言わせないはずだ。

だが、スュードの戦士なら、決してこんなやり方はしない。無分別な行動を取ったばかりか、鶫は暴力そのものを楽しみ、獣を殺すことに歓びを覚えさえしたの

だ。非理性的な衝動に駆り立てられて我を忘れるなど、スュードだったときは考えもしなかった。

かつてフェムの恋人たちがわけもなく泣いたり怒ったりするのを見て、鵺は困惑を覚えたものだったが、あんなものはメイルの感情の激しさに比べれば可愛いものだった。メイルというのは恐ろしく厄介な生き物なのだ。これからは細心の注意を払って己の感情を制御していかなければならない。はたして、そんなことができるのかどうか自信はなかったものの、けものに身を委ねてはいけないことだけはわかっている。

鵺はまだ生温かい猪豚の死体を担ぎ上げた。予想よりも軽く感じられて、いくらか拍子抜けする。それは自分が以前よりもたくましくなったということを示していた。

猪豚の肉は全員の腹を満たすほどの量があった。メイルたちは機嫌よく笑い、フェムたちでさえもいつもより明るい表情をしていた。人間というのは、満腹になりさえすれば少なくともしばらくの間は幸福でいられるものらしい。

「おまえは大したやつだ」

鋼は何度もそう言って、荒っぽく鵺の肩を叩いた。それが親愛の情の表現なのだろう。

「今日はたまたま運がよかっただけだ」

鵺は淡々とした口調で応じた。それは事実でもあったし、他のメイルたちのことを考えると、控えめに振る舞った方がよさそうな気がしたからだ。

「ずいぶんと謙虚なんだな。いい心がけだ」

メイルたちの社会では力がものをいう。いきなり大きな獲物を持ち帰った鵺は、自分の意思がどうあれ、他の者に対して力を見せつけたことになるのだ。それは尊敬と同時に嫉妬や警戒心を呼び起こしてしまう。特に、今まで鋼に気に入られていた者の心中には、穏やかならぬものがあったにちがいない。

最初から目立つ行動を取ったのはまずかった。新入りは新入りらしくおとなしくしているべきだったのに。寒さで動きの鈍くなった兎や野鼠を何匹か捕らえてくれば、フェムを手に入れる権利を得るには十分だったはずだ。だが、今になって後悔しても手遅れだ。

フェムたちでさえも態度を変えた。期待のこもった熱っぽい視線を向けられるのは、率直に言って、決して悪い気分ではなかった。それでも、鶚との約束を破ろう

とは一瞬たりとも思わなかった。

日が暮れる頃、獲物は食べ尽くされ、その日の勝者たちはいつものように父である鋼の前で夜の相手を選ばされた。

まるで市場の品物でも選ぶようにしてメイルがフェムを選ぶとは。鵺は必死に不快感を表に出すまいとした。ここにいる間は、ここのルールに従うしかない。鋼に憎まれるのではなく、信頼を得る必要があるのだ。

支配者然と構える鋼の傍らには、臨月を迎えた楓が悠然と座っている。口元にはかすかな笑みさえ浮かび、目の前の光景を楽しんでさえいるように見えた。だが、いくら何でも鴉の恋人がそこまで冷酷なはずはなかった。おそらくは鵺に想像力が欠けているだけなのだろう。

そして、木立の陰になった暗がりには、その日の権利を得られなかったメイルたちが無言でたたずんでいた。あの巖というメイルもその中にいた。恨みがましい顔つきは正視に耐えないものだった。

鵺が真っ先に鴉を選ぶと、メイルたちは何を物好きな、と言わんばかりの呆れ顔になった。フェムたちの中には失望の表情を浮かべる者もいたが、知ったことではない。

一刻も早く、そこから立ち去りたかった。鵺はさっさと鴉の手を取って、昨日と同じ小屋に足を踏み入れた。

すでに日は沈んでいる。屋根や壁の隙間から満月に近い月の光が差し込み、小屋の中はほの明るかった。

「本当にわたしでいいの」

鴉は不安げに鵺を見上げた。

「昨日、約束しただろう」

「……他の人なら、あなたを楽しませてくれるわ」

「楽しませるってのは何なんだ。人間はインターフェイスじゃない」

鴉の見せる卑屈な表情に、鵺は痛ましさと同時に苛立たしさを覚えてもいた。たぶん、これはこの娘の本来の姿ではないのだ。

「他のみんなに言われたの。痛いのを我慢していれば、そのうち、そんなに悪くないと思うようになるって。でも、わたしはどうしても駄目だった」

「他の人がどうだろうと、自分のいやなことをする必要はない。それに、鋼はフェムに子供を産ませたいんだろ。今のきみは子供ができる状態じゃないと思うよ。出血が止まらないと、次の排卵が来ないからね」

鴉の不審そうな目つきに気づいて、鵺はうろたえた。メイルがフェムの身体のことなど知るはずはない。不用

意なことを口にしてしまった。

「……とにかく、わたしはきみを抱くつもりはないし、楽しみたいわけでもないんだ」

鵺は強引に話を締めくくった。

小屋の外から殺気だった怒鳴り声が聞こえてくる。フェムをめぐる争いはまだ続いていた。姿が見えなくても、どのメイルがどのフェムをほしがっているのか、いやでもわかってしまう。何人もがひとりのフェムを奪い合う一方で、鶚がそうだったように、なかなか声のかからない者もいる。メイルたちに譲り合いという観念はない。とにかく我を通せなければ負けであり、負けることはこの上もない恥なのだ。

「いい加減にしろ。花梨《カリン》は野分《ノワキ》のものだ。甲《カブト》は山吹《ヤマブキ》にしておけ」

ついに鋼の声が割って入った。不満げな声が上がったが、父に逆らえる者はいない。騒ぎはやっと収まり、夜の静けさが戻ってきた。

鵺はほっとしていた。メイルの声はフェムやスュードよりもずっと神経に障った。自分の声を聞くのさえ苦痛で、口を開くのは必要最小限にしておきたいと思うほどだ。単に、まだ慣れていないだけなのだろうが。


ふと鶚の顔を見ると、両目に涙がいっぱいにたまっている。安心させようとしたのに逆効果だったのか、あるいは鵺の口調に怯えたのか。鶚にとってメイルはすべて恐ろしいものであり、鵺も例外ではない。もう少し気を遣うべきだった。

「わたしだって本当は楽しむことを覚えたかったのに。ここにはそれしかないんだもの」

思いがけない言葉に、鵺は愕然とした。ほんの十キロほど先まで行けば人や車の通る街道が走り、太母市の尖塔が聳えているのが見える。メイルたちの監視の目を逃れられさえすれば、街へ帰ることは大して難しくないはずなのに、鶚はこのちっぽけな共同体のことしか考えられなくなってしまっている。恐怖のせいで正常な判断力を奪われているのだ。

いつだったか、躑躅がネズミを使った実験のことを話してくれた。ネズミをケージに入れ、毎日一定時間だけ電気ショックで罰を与え続ける。ネズミは次第に無抵抗に陥っていき、身動きすらしなくなる。扉を開けてやっても逃げようとしないのだという。

「何をしても無駄だと学習してしまうのね。恐怖に囚われたまま、その中でじっとしているのが一番安全だと思

い込んでしまうの」

ここにはケージもなければ電気ショックもない。逃げ出すのに必要なのは、知恵と決断力だけだ。人間にはネズミとは比べものにならないほど高い知性があるのだから。

スュードだったときも、鵺はよくフェムの感情を持て余した。メイルになればなおさらのことだ。混乱し、激情に駆られたフェムをどうすれば宥められるのだろう。菘のときと同じようにすればいいのか。

鵺は枯れ草の寝床の上に毛布を広げて、その上に腰を下ろした。

「ここへおいで」

鶚はしばらくためらってから、小さく頷いて鵺の隣に座った。メイルがフェムをどう扱うのが正しいのか、鵺は知らない。おそらく、正しいやり方などないのだ。とうの昔に消えてしまった種族の真似をしようとしても意味はあるまい。

鶚は菘より若く小柄で痩せこけていて——ずっと気性が激しい。その気の強さだけが心の支えだったのだろう。こちらに向けられた鶚の横顔には、やはりどこか見覚えがある気がするのに、どうしても思い出せない。もちろん記憶を失ったわけではないのだが、NAウイルスを注射される以前のことは、薄膜を隔てているように現実感が薄かった。スュードとしての鵺は一度死んで、メイルとして甦ったのかもしれない。

闇の中のどこかでフェムが呻き声を上げていた。泣いているようにも笑っているようにも聞こえる声だった。

鶚が身体をこわばらせるのが感じられた。

菘の愉悦の表情が鮮やかに浮かんでくる。フェムどうしやフェムとスュードの愛の行為は自然に反するものであり、もともとフェムはメイルを受け入れるようにできているものなのだろうか。だが、自然とは何だ。常に良きものなのか。地震や洪水や嵐は紛う方なき自然だが、破壊しかもたらさない。道具を使い、衣服をまとい、家を建て、文明を築くことはすべて自然に反する行為ということになる。そんなものを価値判断の基準にするのは間違っている。

本当に欲望を感じないのか、と鵺は自問する。もし目の前にいるのが鶚ではなく菘だったとしたら——。

抱きたい、とためらいもなく答えが出た。そして、メイルになった恋人を受け入れる用意が菘の方にもあるのなら、難しい理屈など抜きで愛の行為は存在するはずだ。

自分の器官をどう使えばいいのか、躑躅は詳しく教えてくれていたし、ＴＴ‐６７とインターフェイスの行為を実際に見たこともある。あの時は嫌悪しか覚えなかったが。

　鶚を抱く気になれないのは、菘への未練というより、自分の姉妹を抱く気になれないのと同じようなものだ。他のメイルがどうだろうと、鵜はフェムに対してけもののように振る舞うつもりはない。

「ところで、きみはいつまでここにいるつもりなんだ。街へ帰りたくはないのか」

「ここから逃げ出せるわけがないもの」

　きみはケージの中のネズミだ。

「可能性じゃなくて、気持ちを聞いてるんだよ。街にいたときは、やりたいことだってあったんだろう」

　鶚は屋根の隙間から差し込む月の光を見上げた。

「楓と伴侶になりたかった。それから、勉強もしたかった。生物学者をめざしてたの。家族と喧嘩してからは、学校へも行かなくなってしまったけど」

「生物学を勉強してたんなら、メイルの寿命が短いことは知ってるよね。メイルはフェムの三分の一、スュードの半分以下しか生きられない。あと十年もしたら、鋼は死んでるか、生きてたとしても足腰も立たない老人になってるんだ」

「でも、あなただって同じでしょ」

　自分がメイルとしてならすでに老人の部類に入ることを打ち明けるべきかどうか、鵜はしばらく迷った。クローンではないメイルはスュードと同程度の平均寿命になるだろうというのが現時点での躑躅の見解だった。

　スュードが短命なのはアンドロゲンを投与されるせい、という芙蓉の説が本当なのかどうか、鵜は訊いてみたことがある。

　半分は正しく半分は間違っている、というのが答えだった。

「確かに、アンドロゲンではなくエストロゲンを投与した方がスュードの平均寿命はいくらか長くなるでしょうね。ただ、フェムとスュードの寿命の差はそれだけでは説明がつかないの。記録によれば、失われた時代の人たちは今よりずっと長命で、男性でも女性でも百歳を超えることが珍しくなかったそうよ。変異したミトコンドリアが何らかの鍵を握ってるのはまず間違いのないところね」

　残念ながら、ＮＡウイルスはミトコンドリアの異常そ

のものを治すわけではない。実験が成功した場合、理論的には鵺の寿命や老化の進行に変化は起こらないはずだが、理論と実際のデータはしばしば食い違うことがある。

「つまり、わたしは死ぬまで実験動物なんですね」

鵺が冗談混じりに言うと、躑躅は露骨にいやな顔をした。

「だから、その言い方はやめて。あなたは協力者なんだから」

話が複雑すぎる上に、鵺自身、躑躅の説明をすべて理解している自信はなかった。ましてや、鶚にとっては頭を混乱させるばかりで何の役にも立たない情報だろう。クローンであろうとなかろうと鵺はメイルだ。メイルであっても、フェムを助けようとする者がいる。今はそれだけで十分なのだ。

「わたしのことはどうでもいい。十年後の自分を考えてごらん。きみはまだ若くて子供も産めるし、勉強だってできるし、他の何だってできる。みじめな掘っ立て小屋に住んで、すぐに死んでしまうメイルの顔色を窺って暮らすなんて馬鹿げてると思わないか」

「十年後……」

鶚は小さく呟き、長いこと黙り込んでいた。

「そうよね。言われてみれば、こんなことがいつまでも続くはずがない。どうして気がつかなかったんだろう」

「暴力で抑えつけられると、人間はそうなってしまうんだ。別に、きみが臆病だったわけでも愚かだったわけでもない。でも、いったん気がつけば、そこから脱け出せるんだよ」

「鋼はね、楓が自分の息子を産んでくれると信じてる。失われた時代の人たちみたいに、楓と結婚するつもりでいるの。息子が大勢生まれたら、街を征服して王になるんだっていってる」

夢物語だ。鵺は憐れみを覚えた。

メイルは生命の塔でしか生まれないし、あまりにも早く死ぬ。鋼にどれほどの力や野心があったとしても、このささやかな〈領地〉を支配するのが精いっぱいなのだ。楓の産んだ子がまだ幼いうちに、鋼の時間は尽きるだろう。だからといって、フェムを誘拐してきて無理やり子供を産ませるなどということが許されるわけはない。

「ここから逃げよう。わたしが手助けするから」

鶚は驚いたように顔を上げ、鵺の顔をまっすぐに覗き込んできた。

「でも、どうして？　あなたもメイルなのに」

鵺の知っている誰かに似た面差しだ。それが誰だったのか思い出せないのがもどかしい。

「メイルもみんな同じじってわけじゃないよ。フェムがひとりひとり違うようにね」

答えになっていない。それに、鵺に似た者はこの世界のどこにもいないのだ。あのチンパンジーを除いては。

だが、鶚は鵺の言葉に希望を見出したようだった。長いこと怯えて絶望しながら暮らしてきて、それでも何かにすがりたかったのだろう。

「わたし、鵺を信じる。信じていいよね」

きっぱりとした口調だった。

「もちろんだよ。一緒に街へ帰ろう」

鵺は鶚の期待に応えたかったし、応えなければならなかった。

夢現《ゆめうつつ》のうちに、怒声と悲鳴と必死に哀願する声を聞いたような気がした。それでも、鵺は目を覚まさなかった。狩りの疲れで、あまりに深く眠っていたからだ。

夜が明けて、寝ぼけ眼で小屋を出たとたんに、ぎょっとして立ちすくんだ。素裸のメイルがふたり、背中合わせに縛り上げられ、芋虫のように地面に転がされているのだ。ふたりとも、さんざんに殴られたらしく顔が腫れ上がっている。ひとりはあの巌だった。

「鋼の罰よ。見ないふりをして」

鶚が背後からそっと囁きかけてきた。

「いったい何をやったんだ」

鵺を小屋の中に引き戻してから、鶚は声をひそめて教えてくれた。

何日もの間、獲物をまったく手に入れられない場合、メイルはフェムを抱いて欲望を満たすことができない。ついに我慢できなくなると、メイルどうしで慰め合おうとする者が出てくる。鋼はその行為を何よりも嫌っていた。メイルの価値は子種を作り出すことにこそある。フェムを孕ませず、メイルどうしの快楽に空費するのは、貴重な子種の無駄遣いであり、父を侮辱する行為だ。鋼に現場を見つかった者は厳しい制裁を加えられた上で、こうやって晒し者にされるのだ――。

話を聞いているうちに、鵺は吐き気を催した。

暴力と恐怖で支配されているのはフェムだけではない。鋼以外のメイルも同じなのだ。中にはここへ来たことを後悔している者もいるのかもしれないが、面と向かって尋ねるわけにもいかない。メイルたちのうち、誰

が鋼に気に入られ、誰が疎まれているのか、鵺はまったく知らないのだ。あるいは誰を信用し、誰を警戒すべきなのかも。ここで気を許せる相手は鴉だけだ。

「今はやめておいた方がいいと思う。鋼はすごく機嫌が悪いはずだから」

昨夜、ふたりはひそかに脱出の計画を練ったのだ。

フェムたちの監視役はメイルが自分で狩りをするのに比べると割の合わない仕事だった。山菜や野生の果実は狩りの獲物よりも低く見られるし、季節によってはほとんど収穫が期待できない。監視役のメイルが気に食わないと、フェムたちが共謀して嫌がらせをすることもある。わざと収穫のなさそうな場所へ誘導して日が傾くまで引きずり回すのだ。監視役は武器を持っているし、鋼は用心していて食料集めに行かせる人数を制限しているので、表立って逆らうことはできない。フェムたちにとっては、それがせめてもの抵抗の手段だった。自分たちの空腹と引き替えにすることにはなるが。

鴉と鵺はそれを逆手に取ることを考えた。鵺が他の者のいやがる仕事を自分から買って出れば、鋼も拒否することはあるまい。鋼に却下されない限り、フェムは自分から食料集めに志願することができた。こちらも喜んで行きたがる者はあまりいなかった。一日じゅう藪の中を這い回り、虫に刺されたりひっかき傷を作ったりする代償としては、得られるものが少なすぎるからだ。

〈領地〉を出て雑木林に入ったら、まっすぐ街道をめざす。白昼の街道は人目につきやすい。たとえ追っ手がかかったとしても、そこまでたどり着けばメイルたちは追って来られないはずだ。

問題は、同行するフェムたちをどうするかだった。一緒に逃げるのか、途中で置き去りにするのか。計画にかかわる人数は最小限に留める方が望ましかった。だが、何も知らないフェムたちを置き去りにすれば、〈領地〉へ戻って鋼に事の次第を報告するかもしれない。

「わたしが他の人たちに話すわ。誰が信用できるのかはわかってるから」

鴉の提案に鵺は頷いてみせたものの、楓を連れていくことにだけはさすがに異議を唱えた。

「臨月の妊婦が素早く行動するのは無理だ。見捨てていくわけじゃなくて、助けを求めに行くんだよ」

実のところ、本当の理由は他にあった。

楓は危険だ。鋼と通じているのではないか。

どうにもそんな気がしてならないのだ。鋼の手前、他

人のふりをしているのだといっても、鶚に対して楓の態度は冷淡すぎるように見えた。言葉もかけないし、視線も合わせようとしない。何よりも、鋼のそばから片時も離れずに付き従っている。まるで、生身のインターフェイスだ。

「きみはここへ来てから、楓とあまり話をしてないんじゃないのか」

「ええ。でも、気持ちは通じ合ってるの。恋人なんだもの」

それはきみの思い込みかもしれない、とは口に出せなかった。

「だけど、どうやって話すつもりなんだ。楓はずっと鋼と一緒にいるんだよ」

「大丈夫よ。フェムにはフェムのやり方があるの」

どのみち、計画のその部分は鶚にすべて任せるしかないのだ。ここではフェムとメイルの関係はよそよそしかった。常にフェムどうし、メイルどうしで固まっていて、交流はほとんどない。夜を共にするときでさえも、まともな会話があるかどうか怪しいものだ。

その日、狩りに出た鵺は、当然ながら前日ほどの幸運には恵まれなかった。空は厚い雲に覆われ、昼近くになっても黄昏のように薄暗かった。繁みの中でじっとしていると、手足の先がかじかんでくる。雪がちらついてもおかしくはないほどの寒さだ。

街を脱走してから、メイルたちはどうやって冬を越していたのだろう。狩りの獲物がほとんど期待できなければ、交通量の少ない時間を狙って、街道を通る馬車かトラックを襲ってでもいたか。あるいは、夜陰に乗じて市に忍び込み、盗みを働いていたか。

要するに、略奪者と同じだ。略奪者の首領としてなら、鋼よりは自分の方がふさわしいかもしれない。自嘲的に思ってしまってから、鵺はすぐにその考えを払いのけた。もう二度と略奪者には戻りたくない。NAウイルスの被験者になったのは、そんなことのためではなかったはずだ。ここに長居するつもりはない。できるだけ早く、鶚を連れて街へ帰るのだ。

鵺は待ち伏せを諦めて、倒木の洞の中を探った。予想通り、冬眠中の大きな蛇が見つかった。蛇の肉には臭みがあるが、肉の量としてはそこそこのものだったし、この状況で贅沢は言っていられない。

二匹の蛇をその日の獲物にして、早々に引き上げることにした。途中で小雪が舞い始めた。この有様では、他のメイルたちもろくな獲物は手に入らなかったにちがい

ない。

鶚は食料集めには行かず、一日じゅう〈領地〉に留まっていた。どこか気落ちした風だったが、話を聞くのは夜まで待たなければならなかった。

「楓はここに残るって言うの。足手まといになりたくないからって」

どうやら鵺は誤解していたらしい。楓が鶚に対して冷淡に見えたのは、臆病なほどに用心深いせいだったのだろう。鋼に好意を寄せているような態度を取っているのも、自分の身を守りたいがゆえだったのだ。実際、ここで他にどう振る舞いようがあるというのか。フェムたちは恐怖と暴力で支配されているのだから。我を通している鶚の方が特異なのだし、どう見てもそれは賢いやり方ではない。だからこそ、鵺は鶚を守りたくなったのだ。

「きみは残念だろうけど、正しい判断だよ。楓は頭がいいんだね」

鶚を慰めながら、鵺は自分の邪推をひそかに恥じていた。

「そう。楓はわたしなんかよりずっと頭がよくて、学校でも人気があったの。わたしの告白を受け入れてくれたとき、信じられなかったくらい」

鶚は今の状況を一時忘れたように、誇らしげな顔つきになった。心底、楓に夢中になっているのだろう。

「それで、一緒に行くのは誰だい」

鵺は苦笑して話を戻した。ここでのろけ話でも聞かされてはたまらない。

「菖蒲《ショウブ》と山吹よ。ふたりとも、わたしと似たり寄ったりの扱いを受けてるから」

山吹というフェムは前の年の夏にさらわれてきて、一度赤ん坊を産んでいた。だが、その子はスュードだったので生まれてすぐに殺されたのだという。

「鋼はスュードの子を殺すのか」

自分の顔色が変わるのがわかった。

「ええ。山吹はずっとそのことを恨んでいるの。ここから逃げられるなら何でもするって言ってる」

鶚はここへ来てからまだ二か月ほどで、フェムたちの中では新参者に入る。古顔の山吹は鶚の知らなかった情報をあれこれ教えてくれた。

冬の間、食料集めは中止される。雪の中を裸足で歩き回るのはつらいし、どのみちろくな収穫は期待できない。太母市からさほど離れていないとはいえ、丘陵地帯のこのあたりでは、真冬はかなり積雪量が多いという。つま

り、この数日以内に脱走するのでなければ春が来るまで待つはめになる。

　これは聞き捨てならなかった。ここであと三か月も過ごすのはできれば避けたかった。しかも、山吹の話してくれた冬ごもりの生活は身の毛のよだつようなものに思えた。空腹と閉塞感からメイルたちは普段にも増して気が荒くなる。些細な原因で絶え間なく争いが起きる。鋼の権威を持ってしても止めようがないどころか、時には苛立った鋼自身が喧嘩を吹っかけることさえある。命にかかわるほどの怪我を負わせるところまで行かなかったのは、分別というよりは、たまたま運がよかっただけなのだろう。寒さで病気にかかる者も多く、常に誰かが熱を出すか咳をするか腹を下している。赤ん坊のほとんどは冬を越せずに死んでしまう。

　楽しみといえばフェムを抱くことだけだ。この時期ばかりは獲物の量に応じてというわけにはいかないので、フェムを手に入れる権利をかけて、メイルどうしが戦うという形を取る。

　天候が回復すると、メイルたちは全員で略奪に出かける。その間、フェムたちは縛り上げられて小屋に閉じ込められる。略奪が多少なりともメイルたちの気晴らしになるとしても、フェムたちには何の救いも慰めもないのだ。

「明日だ」

　鵺がきっぱりと言うと、鶚も頷いた。

　もう一日も延ばせない。この空模様では、すぐにでも本格的に雪が降り始めるかもしれない。

　翌朝目が覚めるとすぐ、鵺は鋼に会いに行った。

「ここのやり方に慣れたいんだ。今日はわたしに食料集めの監視をさせてくれないか」

　新入りの自分にフェムたちを任せるかどうかいくらか不安もあったのだが、鋼はあっさりと承諾したばかりか、いかにも満足そうに何度も頷いた。

「おまえは感心なやつだ。なかなか見所がある」

　鵺を疑う理由が特にない限り、この申し出は願ってもないものだったにちがいない。冬を目前にした今の時期に、食料集めの監視を引き受ければ、フェムを抱けなくなる可能性がかなり高いからだ。鋼の方でも誰に押しつけたものかと考えあぐねていたはずだ。

　面と向かって逆おうとする者はいなかったものの、鋼の権力は決して絶対というわけではない。力でのし上がった者はいつか力で打ち負かされるのだ。自分に対す

る不満はできるだけ抑えておきたいところだが、誰にでもいい顔をするのは難しい。

あらかじめ打ち合わせたとおり、鵯は鶚と山吹と菖蒲の三人を選び、腰縄で一列につないだ。もちろん、〈領地〉の外へ出て他の者の目が届かなくなったら解いてしまうつもりだった。山吹は二十歳前後だろうか。細面の顔に暗い目をしていたが、それが生来のものなのか、子供を失った悲しみや怒りのせいなのかはわからなかった。菖蒲のほうは鶚と同じか少し年上に見える。フェムにしては背が高く、いくらか手足が長すぎる印象を受ける。まだ背が伸びている最中なのだろう。山吹が先頭、次が菖蒲で、鶚を一番後ろにしたのは、ふたりがことさら親しいように思わせないための用心だった。

今日も陰鬱な曇り空が続き、寒さはいっそう厳しくなっていた。風は震え上がるほど冷たく、むき出しの顔や手足を切り裂くようだった。雑木林に入ってしばらくの間は、近くに人の気配がないかどうか、慎重に耳を澄ませながら進んだ。まっすぐ街道に向かうのは避けてあちらこちらと方向を変え、いかにも食料を探しているふうに、音を立てて繁みをかき分けたりもした。フェムたちも事情を弁えていて、余計なおしゃべりはせずに黙ってついてくる。

どこかで百舌が鋭い鳴き声を上げていた。一時間ほども歩き続けたあと、鵯は足を止めて振り返った。

「ここまで来れば大丈夫だ」

腰縄を解かれると、フェムたちはほっとした表情を見せた。

狭い獣道が木立の間を縫って緩やかな斜面を下っている。この道を下りきれば、街道まではそう遠くないはずだ。

「ありがとう、鵯。わたしたち、本当に家へ帰れるのね」

菖蒲がおずおずとした口調で言った。鵯に対する警戒心を完全には捨て切れていないのが見て取れる。無理もない。今までずっとメイルは敵だったのだから。

「礼を言うなら街へ帰り着いてからだよ。先はまだ長いんだから」

鵯は苦笑しながらたしなめた。

街道に出てから太母市まではどのくらいあるだろう。鵯の足なら二時間半、フェムたちなら三時間というところか。雑木林を斜めに突っ切った方が近いのはわかっていたが、街道を行く方が安全だし、運がよければ通りがかりのトラックにでも助けを求められるかもしれない。

「早く行こうよ」

鶚が菖蒲の手を取って走り出した。久しぶりの自由を満喫するようにはしゃぎ、時おり笑い声さえ上げている。まるで子供だ。実際、あのふたりはまだ子供も同然で、赤ん坊を身ごもるには早すぎたのだ。あそこで体験したことが、心に深い傷を残さなければいいのだが。

山吹だけはもう少しゆっくりした足取りで斜面を下りていく。相変わらず暗い表情をして口を開こうとはしない。失われた命のことを考えると、鵺も軽々しく話しかける気にはならなかった。

不意に、冷たいものが顔に当たった。氷の羽毛を思わせる感触が二度三度と頬を撫でた。見上げると、鉛色の空から無数の雪片が舞い落ちていた。昨日と違ってちらつく程度ではすまず、見る見るうちに激しくなっていく。落ち葉の積もった地面や枯れ草の繁みがうっすらと白く染まり、急速に視界が悪化し始めた。ほんの数メートル先の木立でさえも白い闇の彼方に消えかけていた。

先を行くふたりの姿はすでに見えなくなっている。

「鶚、菖蒲、どこにいるんだ」

返事の代わりに、悲鳴に似た声がどこかで聞こえたようだった。ふたりの身に何かあったのか。

「ここで待っていてくれ」

山吹にそう言いおいてから、鵺は斜面を駆け下りていった。無情に降り続く雪がすべての音を飲み込んでしまったかのように、あたりは静まり返っている。

視界がきかないせいで、行く手に立ちはだかった巨大な人影に気づくのが遅れた。フェムではあり得ないし、メイルであってもここまでの体躯の持ち主はたったひとりしかいないはずだ。

危険を察して立ち止まるより先に、固く握りしめられた拳が真正面から飛んできた。とっさに顔を背けようとしたものの、すでに手遅れだった。拳はまともに左目にぶち当たり、鵺は一メートルほども後方に吹っ飛ばされて、木の幹に後頭部をしたたか打ちつけた。避けるどころか受け身をとる余裕さえなかった。一瞬、白い雑木林が暗転した。口の中に血の味が広がり、頭の中では無数の銅鑼が打ち鳴らされてでもいるようだった。もはや身体は生温かい肉塊に過ぎず、神経の接続は断ち切られていた。身動きすることも言葉を発することもできず、鵺は仰向けに倒れたまま乱舞する雪を呆然と見つめていた。

「この薄汚い泥棒めが」

怒りと憎しみに歪んだ鋼の顔が視野を塞ぎ、片足で鶫の胸を力いっぱい踏みつけた。鈍い音とともに激痛が走った。おそらく、肋骨の二、三本は折れただろう。肺も無事ではすまないかもしれない。

「楓から聞いたときは半信半疑だったが、まさか本当だったとはな」

「そんな……楓が密告するなんて」

今にも泣き出しそうな声が割って入った。

鶫はほんのわずかばかり首を動かした。たったそれだけの動作にも、気が遠くなるほどの痛みが伴った。

鶚と菖蒲は両手を後ろ手に縛り上げられていた。縄の端は大柄なメイルの手に握られている。名前は——辰砂《シンシャ》だったか、野分だったか。思い出せない。頭がひどく痛んで、ろくに働いてくれない。左目が開けられなくなっていることに、鶫はようやく気づいた。

「おまえたちは前に穢らわしい関係だったそうだな。楓が全部話してくれたよ」

「穢らわしい……ですって」

鶚の声が痛々しくかすれた。

「ああ。楓が自分でそう言ったんだ。フェムどうしで寝るなんて穢らわしい。今までの自分は間違っていた。俺に会ってようやく本当の愛に目覚めた、とな」

「嘘よ。楓がそんなことを言うはずがないわ」

「嘘じゃない。あとで本人に聞いてみればいい」

落ち葉と下草を踏む音がして、もうひとりのメイルが山吹を引っ立てて現れた。フェムたちの顔を見られないのは、せめてもの救いだった。助けられなかった。最後の希望まで打ち砕いてしまった。これからは、雪に閉ざされたたちっぽけな場所で、絶え間のない恐怖と暴力に支配される日々が続くのだ。鶫には何の力もないし、何もできないどころか、この傷では春まで生き延びられるかどうかも怪しいものだ。

鋼は鶫の髪を乱暴に掴み、無理やり上半身を引きずり起こした。頭痛がいっそうひどくなり、疾走する馬車にでも乗っているように身体が揺れた。いや、揺れているわけではなく、平衡感覚がどうにかなってしまったのだろう。こみ上げる吐き気を堪えきれずに鶫は嘔吐した。どす黒い血が顎髭を伝って流れ落ちた。

両手が後ろに回され、脱臼しそうなほどきつく縛り上げられるのが感じられた。

「立て。自分の足で歩け。おまえを担いでいくのは二度と御免だからな」

鋼は冷酷な口調で告げた。

〈領地〉までの道のりはまさしく死にも勝る苦しみだった。鵺はまっすぐに歩くことさえできず、数歩ごとに下生えや藪の中に突っ込みそうになった。そのたびに、鋼に荒っぽく腕を掴まれて引き戻される。三人のフェムと監視役のメイルたちはずっと先に行ってしまっていた。時おり、激しい吐き気に襲われ、鵺はその場に崩れ落ちてえずいた。太い杭で胸を貫かれるような痛みが伴うのは、折れた肋骨が肺に突き刺さっているせいにちがいない。自分の身体から出た汚らしいものが清らかな新雪を穢すたびに死を思った。いっそこのまま置き去りにしてほしかったが、鋼はそこまで慈悲深くはあるまい。

〈領地〉は無限の彼方にあるように思えた。木立の向こうにみすぼらしい小屋が見えてきたとき、鵺は半ば気を失っていた。

次に意識が戻ると、縛り上げられたまま掘っ立て小屋の土間に転がされていた。鶚が心配そうに覗き込んでいる。鶚の顔には新しい痣ができていたが、もう縛られてはいなかった。口を開こうとすると胸の激痛に邪魔された。

「よかった。目が覚めたのね」

よくはないな、と鵺は心の中で呟いた。頭痛はまだ続いていたものの、眩暈はだいぶ治まったようだ。それでも、身体を動かす気にはならなかった。

「ごめんなさい、鵺。わたしが間違ってた」

「きみの……せいじゃない」

苦痛の合間に、鵺はようやくかすれた声を絞り出した。

「そうよ。鋼に逆らうなんて間違ってるのよ」

勝ち誇ったような声が割り込んできた。鶚の顔に怒りが閃いた。頬に赤みが差し、つかの間、怯えた仮面の陰から本来の気性の強さが覗いた。やはり、この子は誰かに似ている。太母市で会った誰かに。もう二度と市には戻れないだろうから、鵺はその人を思い出すこともなく死ぬことになるのだ。わずかに悲しみが湧いた。

「よくもあんなことができたわね」

鶚は勢いよく立ち上がり、かつての恋人に向き直った。楓の頬が音高く鳴った。

「仕方ないでしょう。話を聞いてしまったら、鋼に知らせないわけにはいかないもの。本当に馬鹿な子ね。わたしに黙って逃げればよかったのよ」

「恋人だと思ってたのに……」

「フェムどうしの恋なんて、子供っぽい遊びよ。フェム

はメイルに愛されて子供を産むのが人間のあるべき姿なんだから。今の世界は間違っているの」

楓は顔色も変えず、誇らしげに臨月の腹を突き出した。

「本気で鋼を愛してるっていうの」

「ええ。鋼は約束してくれたの。息子が生まれたら、わたしを女王にしてくれるって。三人で新しい王国を作るんだって」

そんな夢物語を楓は本気で信じているのだろうか。生まれてくる子がフェムならまだしも、山吹の時のようにスュードだったら、鋼は怒り失望して子供を殺すだけでなく、期待を裏切った相手をあっさりと捨てるかもしれない。少しでも頭を働かせれば、自分がどれだけ危うい立場にいるかは想像がつくはずだ。鋼を崇拝するあまり、まともに物を考える力も失ってしまっているのか。でなければ、これもまた恐怖のなせる業か。単なる虚勢なのか。鶫にはわからなかった。もっとも、わかったところで打つ手があるわけでもなかった。

「女王って何なの。正気の沙汰じゃないわ。あなたは鋼に惑わされてるのよ」

「そういうあなただって、そこにいる人と寝たくせに。少しはいい思いをしたんでしょう」

「寝てなんかいない。鶫はわたしのいやがることはしないって言ってくれたの」

楓はかん高い笑い声を上げた。恐ろしく耳障りで不快な声だった。

「何がおかしいの」

「こんなに馬鹿にした話ってないわね。あなたは侮辱されたのよ。気づいてないの？　メイルがフェムを欲しがるのは性的な魅力に惹かれるから。フェムの価値はメイルがどれだけ欲望をそそられるかで決まるの。つまり、寝たいとも思わないフェムなんて、何の価値もないってことね」

鶚の顔が青ざめた。

「あなたは……あなたって人は……」

鶚はもう怒ってはいなかった。かつての恋人が理解できない存在に変貌してしまったことに衝撃を受けているのだ。楓に背を向けて、鶫の傍らに跪いた鶚の目には、涙がいっぱいに溜まっていた。

「ごめんなさいね。傷ついたのかしら。でも、本当なんだから仕方ないでしょ」

楓がさらに追い打ちをかける。

鶚は泣くまいとしてきつく唇を噛んでいた。鶫は右目

だけで鶚の視線を捉え、苦痛に耐えながら囁きかけた。

「ちがう……それは嘘だ」

メイルがフェムの価値を決めるなどとはおよそ馬鹿げているし、完全に間違っている。それとも、ここではそれが通用するのか。鋼が掟として宣言しさえすれば。

「いいからしゃべらないで」

堪えきれない涙が鶚の頬を伝い、鶫の腫れ上がった瞼に落ちた。

助けられなかった。鶚の信頼に応えられなかった。その自責の念に比べれば、身体の痛みなど取るに足りないものに思えるほどだった。

日が暮れかける頃、ふたりのメイルが鶫を連れ出しに来た。雪はすでにやんで、鈍色の雲の隙間から弱々しく西日が差していた。焚き火の前に座を占めた鋼の傍らには、取り澄ました表情の楓が寄り添っている。王と女王。意味は理解できるものの、それはとうの昔に死語になった言葉だった。そもそも、これほどみすぼらしい王国など人類の歴史に存在したことはあるまい。まさしく、子供の遊びも同然だ。だが、子供は時として大人より残酷に振る舞うことがあるのだ。

鶫は焚き火を挟んで鋼と向かい合っていた。鶚と菖蒲と山吹も一緒だ。まわりを囲んだメイルたちが壁を作って四人を閉じ込める格好になっている。他のフェムたちはその外側で怖々と身を寄せ合っていた。たとえ見たくなくても、誰もがこの場に立ち会わなければならない。これから、父である鋼が罪人どもに裁きを下すのだ。

「おまえは父のものを盗もうとした。ここまでの重罪を犯したやつは初めてだ。どんな罰を与えてやるか、俺もずいぶん頭を悩ませた」

鋼の声には明らかに嗜虐の響きがあった。無抵抗な相手に権力を振るうことを心から楽しんでいるのだ。

「フェムたちは物じゃない。インターフェイスとは違うんだ」

胸の痛みはどうにかまともに話せる程度にはましになっていた。あるいは、感覚が麻痺しただけかもしれないが。眩暈もいくらか治まって、少なくともまっすぐ立っていることだけはできた。

「黙れ。メイルはフェムより強い。強い者が弱い者を支配するのは当然だ。自然というのはもともとそんなふうにできているんだ」

メイルたちがどうやって生まれてくるのか、鶫は自分の目で見た。あれほど自然に反するものはまたとないだ

ろう。何も知らされていないとはいえ、鋼が自然を引き合いに出すほど滑稽なことはなかった。

「人間は野獣じゃない」

「ほう。口だけは俺に負けないつもりか。だが、強がっていられるのも今のうちだけだ」

鋼はゆっくりと立ち上がり、焚き火を回って近づいてきた。右手には大振りのナイフが握られている。

「そいつを押さえつけろ」

命令に応じて進み出たふたりのメイルが鵺の身体を両側からがっちりと固めた。

鶚が悲鳴を上げかけたが、鋼に睨みつけられて黙り込んだ。

「命だけは取らずにおいてやる。ただし、おまえは死ぬより恥ずかしい目に遭うことになるんだ。メイルではなくなるんだからな」

何を言われているのか理解できないうちに、鵺はズボンを引きずり下ろされ、下半身をむき出しにされていた。冷気が肌を刺し、股間のものが縮み上がった。鋼の左手が伸びてきて、乱暴にその部分を掴む。鵺は激痛に喘いだ。鋼の意図をようやく悟り、焚き火の炎に照らし出されるナイフを見つめた。何ともおぞましい代物だった。あちこち刃こぼれして赤錆が浮き、いかにも切れ味が悪そうだ。武器の手入れを怠るなど、戦士にとっては許しがたい。いや、これは武器というよりは、獲物の皮を剥いだり肉を捌いたりする調理道具なのか。

「その不潔なナイフを使うのはやめてくれ」

鵺は思わず口走ってしまった。

「おまえは馬鹿か。自分が何をされるかわかってないようだな」

鋼は気を削がれたように鵺の身体から手を離した。

「わかってるさ。あんたに慈悲を乞うのが時間の無駄なのもわかってる。それでも、ナイフを消毒するくらいの手間はかけてくれてもいいだろう。痛みなら我慢するが、感染症では死にたくない」

「俺をなめてるのか」

鋼の声が怒気を含んだ。

どうやら、この場にふさわしくないことを口にしてしまったことだけは察しがついた。鵺はまだメイルらしい振る舞いを身につけていないのだ。あるいは、いつになってもそんなものは身につかないのかもしれない。スュードとして生まれた者は身体の性が変わってもスュードのままなのだろう。

「そんなつもりはない。気を悪くさせたなら謝る」

鋼の表情がいっそう険しくなった。こんな時、生まれながらのメイルなら、どうするべきなのか。鶫は途方に暮れた。

異様な呻き声が聞こえてきたのはその時だった。

鶫の存在など忘れたように、鋼はあわてて自分のフェムのほうへ駆け出した。

「楓、どうした」

「赤ちゃんが生まれるのよ」

フェムたちの誰かが叫んだ。再び、呻き声が響き渡った。

その場にいた全員の注意が楓のほうへ向けられ、鶫はどうにも間の抜けた気分を味わっていた。鶚がそっとズボンを引き上げてくれた。

「どうして鋼を怒らせたりしたの」

非難というより困惑した口調だった。

「怒らせるつもりじゃなかったんだ」

「鶫って不思議ね。すごく優しくて大人っぽいのに、時々、子供みたいに見えるの」

何がまずかったのかと鶫は改めて考えてみる。たぶん、生殖器に関係したことだ。鋼にとってメイルの生殖器はかけがえのないものであり、それを失うことは死にも勝る恥辱と苦しみとして感じられるようだ。その感覚は鋼だけのものではなく、他のメイルたちにも共通するものなのだろう。

子種を作れなくなれば、メイルはメイルではなくなる。柘榴がTT-67を処分しろと命令したのもそれが理由だったはずだ。

鶫には実感できていなかったのだ。生殖能力だけが唯一の存在価値であるような人生がどんなものなのかということを。閉じ込められ、インターフェイスをあてがわれ、死ぬまで子種を提供させられることに反抗して、鋼は市から逃亡した。その代償として手に入れたものは、自由を謳歌する生活とはほど遠かった。メイルたちは寒さに震え、飢えに苦しみながら、臆病なけもののように隠れ住んでいるのだ。

子孫を残せないスュードの人生には価値がないと思っていた。しかし、これはどうだ。これが価値ある人生と呼べるものなのか。インターフェイスではなく生身のフェムを暴力で支配することがメイルの望みなのか。

フェムたちが数人がかりで楓を小屋へ連れていき、残りの者は川へ水を汲みに走っていく。鶫と鶚と菖蒲と山

吹だけがその場に取り残された。

鋼が小屋の戸口から顔を覗かせ、こっちへ向かって怒鳴った。

「おまえの処刑は延ばしてやる。俺の息子の誕生を血で汚したくないからな」

メイルは生命の塔でチンパンジーの卵子と牛の子宮から生まれてくるのだ。鋼の失望が鶫には今から予想できた。それでも、赤ん坊がフェムなら生きていくことだけは許される。だが、不運にもスュードだったら、山吹の子と同じように殺されてしまう。

どちらにしろ、楓は鋼のお気に入りとしての地位を失うだろう。これからは他のフェムと同様の扱いを受けなければならない。自分の意思を無視され、狩りの賞品として選ばれるのを待つことになるのだ。

そう思っても、鶫は同情を感じられなかった。心変わりしたのなら仕方ない。人の心は変わるものだ。だからといって、恋人だった鶚をあんな残酷な言葉で傷つける権利はないはずだ。

鶫と三人のフェムはもとの小屋に戻された。全員が再び手足を縛り上げられ、戸口の外には見張りのメイルが立っている。残念ながら、出産のどさくさに紛れて逃げるというわけにはいかないようだ。子供の誕生で気もそぞろになっていても、鋼はそこまで甘い相手ではない。

楓の苦悶の声は長く続いた。紅娘市ではフェムが思春期を迎えると、保健局に呼び出されて出産について詳しく教えられる。おそらく太母市でも同じようなものだろう。よほどの難産でもない限りは、陣痛で泣き叫んだりはしないはずだが、楓は不安になっているのかもしれない。あるいは、実際に生死にかかわるほどの難産なのか。だとしたら、もはや打つ手はない。ここには専門医も助産師もいないのだから。

こんな不衛生な場所で出産するのは世にも恐ろしいことだった。出血が多くても輸血も受けられないし、傷口から細菌に感染すれば命取りにもなりかねない。せめて、楓が無事に生き延びられることを鶫は願った。

騒ぎをよそに夜は更けていき、小屋の中は闇に閉ざされた。手足を縛られたままの不自由な体勢でも疲れには勝てず、いつの間にか眠り込んでいたらしい。

外から聞こえてきた鋼の大声で目が覚めた。

「メイルだ。俺の息子だ。よくやったぞ、楓」

何かの間違いだ。メイルが人間の母親から生まれるはずがない。鋼はスュードの子をメイルと見誤ったのだ。

願望が人の目を曇らせるのはありがちなことだ。それでも、赤ん坊が殺されずにすむならそれでいい。

痛みが再び激しくなり始めていた。喉元に熱い塊がこみ上げてきて、鶫は横になったまま小屋の土間に嘔吐した。胃液ではなく、生々しい血の臭いが立ちのぼってきた。

処刑を待つまでもなく、自分はここで死ぬことになるのだ。捨てた命と思っていたが、被験者としての役目を果たせなかったことだけは躑躅に詫びたかった。残念ながら、そんな機会はなさそうだが。

「鶫、起きて、鶫」

鶚に揺すぶられて目を開けると、あたりはすでに明るくなっていた。眠っていたのか、気を失っていたのか、どちらにしろまだ生きているのは確かだ。

「どうしたんだ」

「メイルたちの様子がおかしいの」

鶚はもう縛られてはいなかった。どこから持ってきたのか、刃こぼれした小さなナイフで鶫の縄を切ってくれた。手足の血流が戻ってくるのが感じられる。ようやく自由を取り戻したものの、起き上がれるだけの力は残っていなかった。寝返りを打って、楽な姿勢を取るのが精いっぱいだった。

「何があったんだ」

「わからない。みんな熱を出して苦しんでるみたい」

「メイルの全員が？　フェムたちは？」

「わたしたちは平気よ。赤ちゃんも。今のうちに逃げよう」

鶫は首をわずかに横に振ってみせた。

「わたしは動けない。きみたちだけで逃げてくれ」

「駄目よ、そんなの。鶫を置いていったりしたら、あいつらに殺されちゃう」

「市に戻って、守備隊に助けを求めればいい」

「じゃあ、菖蒲と山吹に行ってもらって、わたしは残る。今までずっと鶫が守ってくれたんだから、今度はわたしが鶫を守らなきゃ」

鶚のいちずな表情にいとおしさを覚えた。何と愛らしいフェムなのかと思う。今も市のどこかには、鶚の身を案じ、帰りを待っている家族がいるにちがいない。

「きみひとりが残ったら、かえって危ないよ。わたしのことはいいから行くんだ」

「駄目。わたしが鶫を守るの」

鶚は頑固に主張する。鶫は説得の言葉を探しあぐねた。

さっきから低い唸りのようなものが耳の底で響いていた。その音が時間をかけて少しずつ大きくなっていたせいで、注意を向けるのが遅れたのだ。遠くから何かが近づいてくる。しかも、地上ではなく空から。今までに聞いたことのない音だったが、それに一番似たものは車のエンジン音だった。

「あれは何？」

鶚が不安げに眉根を寄せた。もちろん、鶇には答えようがない。

空から聞こえてくる音は耳を聾するばかりになっていた。

外へ駆け出していった鶚がそのまま戻ってこないので、鶇は小屋の戸口まで虫のように這っていった。肩で扉代わりのぼろを押し分けると、フェムたちが呆然と立ちつくして空を見上げていた。

鶇は苦労して頭を上げた。曇り空を背景にして、鯨に似た輪郭のものが浮かんでいる。後部の羽根が高速で回転しているのが見える。胴体の中央部分が開いたかと思うと、ロープの尾を後ろに引きずりながら、防護服を着けた人影が次々と降下してきた。

「病人の保護を優先にしろ」

聞き覚えのある声がした。

「叔母さん、叔母さんなのね」

鶚が涙声で叫んだ。

「無事なのか、鶚」

「わたしは大丈夫よ。でも、鶇がひどい怪我をしているの。助けてあげて」

「叔母さん？」

鶇はかすれた呟きを漏らした。鶚が誰に似ていたのか、やっと思い当たった。椚《クヌギ》だ。頑固で気の強そうな顔つきになると、鶚はあの傲慢な権力者にそっくりなのだ。おそらく、顔だけではなく気性もよく似ているのだろう。血は争えないというわけか。

「鶇だと」

青鷺が大股でこちらへ駆け寄ってくる。鶇は急にばつの悪い気分を覚えた。今の自分はさぞかしむさ苦しく見えるにちがいない。

「本当に鶇なのか」

青鷺の顔に不審と驚きの表情が浮かんでいる。目の前にいる髭面のメイルとスュードだったときの面影を結びつけようとして苦労しているのが見て取れた。鶇は身の置きどころがなかった。自分がここにいること自体がた

まらなく恥ずかしく感じられるほどだ。

「はい……わたしです」

「救助が遅れてすまなかった。すぐに傷の手当てをさせる」

防護服姿の戦士たちの手で、鵺は担架に乗せられた。助かったのだ。街へ帰れるのだ。そう思ったとたんに全身の力が抜け、再び気を失いそうになった。

「上で博士が待っておられる。おまえを案じておいでだ」

「叔母さんは鵺を知ってるの？」

鶚が怪訝そうに訊いた。

「詳しい話は後だ。悪いが、おまえたちには歩いて街道まで出てもらわなければならない。上は定員いっぱいなのでな」

戦士たちに追い立てられるようにして、メイルたちが小屋から出てくる。誰もが熱で目を潤ませ、足元をふらつかせている。抵抗する力は残っていないようだ。

突然、悲痛な叫びが耳を打った。

「お願い、お願いだから鋼を連れていかないで。大事な人なの。愛しているの」

楓が半狂乱になって、鋼の腕を取った戦士にすがりつこうとしている。もうひとりの戦士が乱暴ではないものの厳しい態度で楓を引きはがした。高熱に浮かされた鋼自身は、自分が何をされているのかも理解できていない様子だ。ちょうど、ここへ来たときの鵺がそうだったように。

事の真相を悟って、鵺は血の気の引く思いだった。だからこそ、戦士たちは防護服を装備してここへやってきたのだ。

「わたしが感染させたんですね」

「おまえの落ち度ではない。気に病むな」

青鷺はきっぱりと断言したが、鵺の罪悪感は消えなかった。あの状況ではどうしようもなかったのはわかっている。高熱で意識が朦朧としていて、まともな判断力さえなかったのだから。それでも、鵺がここに災厄を運んできてしまったのは事実なのだ。

ロープが担架ごと鵺の身体を引き上げ始める。鶚は鵺だけを見つめていた。かつての恋人には視線を向けようともしない。意固地になっているわけではなく、何かが吹っ切れたようだった。鶚の恋は終わったのだ。

「鵺は助かるよね、大丈夫だよね」

青鷺に訴える声は、子供が大人に甘えるときの口調になっていた。よほど青鷺を信頼しているのか、長い間の

恐怖から解放された安心感からなのか。

「心配するな。それより、おまえは自分のことを考えた方がいいぞ。曾御祖母様にどう言い訳するつもりだ」

「ごめんなさい」

「まあいい。正直にありのままを話してお詫びするのが一番だ。おまえの無事な姿を見れば、それほどお怒りにはならないかもしれん。保証はできないが」

このふたりは本当に親しい関係なのだ。太母市ではスュードも家族として受け入れられるのだ。青鷺に羨望を感じてから、自分がもうスュードではないことを思い出す。メイルはどうなのだろう。メイルが家族として、社会の一員として迎え入れられることはあるのだろうか。そうあってほしいと思う。だが、それは鶫に決められることではなかった。

　二度と飛ばないはずだった飛行船は、思わぬ場面で活躍することになった。過去の人々への敬意から整備を続けていたのが役に立ったのだ。〈領地〉が車も馬も入れない丘陵地帯の奥にあるせいで、救出作戦は困難が予想された。鋼《ハガネ》はまさにうってつけの隠れ場所を見つけたわけだ。逆に、太母《タイボ》市の戦士たちにとっては厄介きわまりなかった。

「あなたにはどう謝ったらいいかわからない。全部わたしの不手際なの」

　鶫《ツグミ》の姿を見てほっとしてはいたものの、躑躅《ツツジ》は悄然とした表情だった。

　あの晩、メイルたちが襲撃してきたとき、生命の塔では鶫を避難させるのが遅れた。不用意に外へ連れ出せば、未知の危険のあるウイルスをまき散らしてしまう恐れがあったからだ。

「評議会では、あなたを見殺しにしろという意見さえ出たの」

　躑躅は言いにくそうに打ち明けた。鶫のいた部屋は電気が止まれば扉も開かず、換気もできなくなる。長時間にわたって孤立すれば酸欠状態に陥る。それだけは何としても避けたかった。青鷺《アオサギ》の提案で、躑躅は生命の塔を無人にして、最低限の動力だけを残すことにした。照明も医療機器類も切られ、換気とドアの開閉装置だけが生きていた。鶫が自力で外へ出られなくても、外から来た者は中へ入ることができる。だから、メイルたちはやってきた。唯一、人の気配のあった部屋に。

「でも、まさか、あなたを連れ出すとは予想していなかった」

　あの時の鶫はまだ完全なメイルではなかったはずだ。そうと気づけば、メイルたちは放っておいただろう。だ

が、暗闇のせいで見分けがつかなかったし、熱に浮かされた鵜は抵抗するどころか口もきけない有様だった。

　青鷺は部下にメイルたちの後を追わせ、〈領地〉の場所だけは突き止めたものの、地形に邪魔されて容易に手出しはできない。さらに悪いことには、さらわれたフェムたちのことを隠していたのを評議会に知られてしまった。とりわけ、鶚《ミサゴ》もそのひとりだと聞いたときの椚《クヌギ》の怒りはすさまじいものだった。

　NA計画は中止という決定が直ちに下された。メイルは社会にとって危険な存在であり、今後はいっそう警戒を厳重にして、野放しにすることのないように努めなければならない。そもそも、躑躅がメイルたちによけいな知恵をつけたのが間違っていたのだ。すべての責任は躑躅にある。

「わたしは解任されたの。しばらくは残務整理のために留まることになるけど」

　鵜は慰めの言葉が見つからなかった。

　それでも、この救出作戦を実行できたのは椚のおかげだった。飛行船のことを真っ先に思い出し、フェムたちを救い出すためなら手段を選ぶなと命令したのはさすがと言うべきか。もう何世代もの間、この機械を動かした人間は誰もいなかったので、まずは古い記録を当たって操縦法を見つけ出し、戦士たちに学ばせるところから始めなければならなかった。

　NAウイルスには潜伏期間がある。ウイルスがメイルだけに影響し、フェムには症状が出ないことも計算済みだった。救出作戦はメイルたちが発症して行動不能になる時期を狙って実行された。

　どうにも複雑な気分だった。意図したことではなかったとはいえ、自分は言うなれば生物兵器の役割を果たしてしまったわけだ。

　鵜は生命の塔に戻り、傷が癒えるまで以前の部屋で過ごすことになった。あの木彫りの鳥が無言で帰還を歓迎してくれた。以前と違って、扉に鍵はかけられていない。廊下を歩き回ることも、エレベーターで他の階へ行くことも自由だった。

　左目の視力はほとんど失われた。時間をかければ多少は回復するかもしれないが、元通りになることは望めないと医師から告げられた。ただ、幸いにも脳に後遺症が残ることはないだろうという。傷ついた肺は修復され、折れた肋骨はつながりつつあった。

　検査の結果、鵜の生殖能力は正常であるばかりか、ク

ローンのメイルたちを上回るほどの子種を作れることが証明された。十か月後には鵺は多くの子供の父親になるはずだ。そう言われても、どうにも実感が持てないのだが。誰が自分の娘なのか、鵺自身が知ることはおそらくあるまい。

「あそこにいたとき、本当に誰とも寝なかったの」

例によって、躑躅は直截すぎる口調で訊いた。

「ええ。見ず知らずのフェムを抱く気にはなれませんでしたから」

「欲望は感じなかったの」

「欲望を感じることと満たすことは別でしょう。もう少し長くあそこにいたら、事情は変わっていたのかもしれませんが」

「あなたはメイルのようには考えないし行動しないのね。とても興味深いわ。できれば……もう少し時間とサンプルがほしかった」

躑躅の無念は鵺にも理解できた。あと半月ほどで躑躅は生命の塔を去らなければならないのだ。

ＮＡ計画にはもうひとつ予想外の成果があった。楓《カエデ》の産んだ赤ん坊は紛れもなくメイルだったのだ。胎内にいるうちにウイルスに感染していたせいだった。

「失われた時代が終わって以来、初めて人間の母親からメイルの子が生まれたのよ。画期的なことね」

だが、評議会には逆らえない。大きな成果を挙げながらも、躑躅の研究は無に帰することになる。代わりに、シャオユイの率いるチームがここに移ってきて、〈共生者〉を移植する実験が始まるはずだった。結局、有性生殖は無性生殖に劣るのか。実際に比較してみたわけでもないのに、どうしてそんなことがわかるのか。いくら反論しようとしたところで、今さら決定事項は覆らないのだ。

躑躅はすでに私物や資料の整理を始めていた。いつか誰かが過去の研究に興味を抱いてくれることに望みを託して、記録だけはしっかり残しておきたいのだという。

あのチンパンジーと同じく、鵺も異端者として終わることになる。楓の赤ん坊がどうなるのかはわからない。物心がついたら、きっと鵺以上の孤独を味わうだろう。そして、父親である鋼は息子が思春期を迎える前に死ぬ。どのみち、鋼が自分の王国を築けるはずはなかったのだ。

メイルたちのほとんどは再びインターフェイスをあてがわれ、以前の生活に復帰することに同意した。自由の味は苦かったようだ。生身の人間は機械と違って従順に

奉仕してはくれないし、いつでも望んだ時に欲望を満たしてくれるわけでもない。鋼の手前、口には出せなかったものの、内心では街に帰りたいと思っていた者も少なくなかったらしい。

そんなある日、鵇と躑躅は思いがけない人物の訪問を受けた。鶫は仰天してベッドの上に起き上がった。部屋に入って来るなり、椚が自分に向かって深々と頭を下げたからだ。

「鶚からすべて話を聞きました。この子を助けてくれてありがとう。あなたには心から感謝しています」

椚の堂々とした身体に隠れるようにして、鶚が殊勝な顔つきで控えている。

「どうか頭を上げてください、御方様。わたしは大したことはできませんでした。ご覧の通りの情けない有様ですから」

そっと躑躅の方に目をやると、緊張に顔を強ばらせている。また何か悪い知らせを聞かされるのかと不安に怯えているにちがいない。何しろ、躑躅にとって椚は天敵とも呼ぶべき相手なのだ。

「いいえ、あなたがいてくれたから、鶚は希望を失わずにすんだのですよ。まったく、この子の無鉄砲には呆れ返ります。わたしの若い頃にそっくり」

椚に睨みつけられて、鶚は身をすくめた。ここで笑っていいものかどうか、鶫は困惑した。

「わたしは考えを変えました。メイルはみんな危険だと思い込んでいたけれど、そうではない者もいるのですね。メイルが社会の一員になることは可能なのかもしれません。教育と環境さえ整えられれば」

「議長、それはつまり……」

躑躅が思わず口を挟むと、椚は重々しく頷いてみせた。

「NA計画を再開する許可を与えましょう。あなたをもう一度生命の塔の長に任命します」

「ありがとうございます、議長。感謝の言葉もありません」

「わたしが自分の決定を後で変えることは滅多にないのですよ。くれぐれも期待を裏切らないようにしなさい」

「もちろんです。全力を尽くします。二度と失敗はしません」

躑躅の声がうわずっている。

「それでは、わたしはこれで。あとの予定がつかえているのでね」

「あのう、曾御祖母様。少し鶫と話をしていってもいい

ですか」

鶚がおずおずとした口調で訊いた。

「かまいませんよ。ただし、あまり遅くならないように帰っていらっしゃい」

「はい、曾御祖母様」

椚と鶚がどれだけよく似ているか、鵯は改めて気づかされていた。椚は七十年後の鶚であり、鶚は七十年前の椚だ。椚自身の言葉通り、気性もよく似ているにちがいない。鶚が反発したくなったのも無理からぬことに思える。

躑躅は椚を見送って部屋を出て行き、鵯と鶚は後に残った。

「元気そうだね」

「うん、鵯も。目のことは残念だけど」

「大したことじゃないよ。わたしはもうすぐここを出ることになるんだ」

たとえ片目の視力を失っていなかったとしても、鵯は戦士に戻る気にはならなかっただろう。違う自分になったからには、違う人生を歩むべきなのだ。

とりあえずの落ち着き先は青鷺が探してくれるはずだった。ただ、NA計画が再開されたことで、それも変わってくるかもしれない。

「そういえば、楓のことは聞いた？」

鶚の表情が曇った。

その経緯については鵯も躑躅から聞いていた。

メイルたちの中でただひとり、鋼だけは元の生活に戻ろうとしなかった。インターフェイスはいらないから、楓と息子と三人で暮らしたいというのだ。鋼は自分の〝家族〟を深く愛していた。それが学習の結果か、本能的なものかはともかく。

生命の塔では、できる限り望みを叶えようと手を尽くした。ところが、肝腎の楓がそれを拒絶した。一緒に暮らすどころか、二度と鋼には会いたくないというのだ。

「鋼のことは嫌いだけど、楓はひどいよね。あんなに鋼を愛してたのに、街へ帰ってきたとたんに心変わりするなんて」

「心変わりか。もうちょっと事情は複雑だと思うよ」

あれは愛ではなく適応だ。人間は長期間にわたる恐怖や強いストレスには耐えられない。異常な状況に置かれた者は、その状況に適応することで自らを守り、生存能力を高めようとする。楓は恐怖を学習しただけでなく、恐怖の対象を愛することで、さらに高度な適応を遂げた

のだ。だが、いったん状況が変わってしまえば、もはやその適応戦略は無用のものになる。鋼を恐れる必要がなくなると同時に、楓の愛もまた消えたのだ。

失われた時代の言葉ではストックホルム症候群と呼ぶのだ、と躑躅は教えてくれた。ストックホルムという言葉が何を意味していたのかはとっくに忘れられてしまっているが。

「あれは嘘だったっていうの？　あんなに泣きわめいていたくせに」

鶚の声にはあからさまな軽蔑がこもっている。壊れてしまった愛はひとつだけではなかったのだ。

「そういうわけでもないんだ。たぶん楓自身は自分の気持ちに正直に振る舞っていたつもりなんだろうね」

「自分でも本当の気持ちがわかってなかったってこと？　そんなの変だよ」

鶚は窓辺に立っていって、木彫りの鳥を手に取った。ガラスの向こうには澄み切った冬の青空が広がり、遠くの山々は砂糖衣のように白い雪に覆われている。

「きみは楓よりもずっと強いんだね」

根っから恵まれた育ちの者、家族の愛情を当たり前のように受け、わがままを許され、自分の気持ちを抑圧したこともないような人間は時として傲慢だ。そして、当の本人はそのことに気づきもしないのだ。

「まさか。あそこにいた時は泣いてばかりだった。わたしを慰めてくれたのは菖蒲《ショウブ》や山吹《ヤマブキ》で、楓はいつも冷たかった。それもわたしを守るためだと都合よく考えてたの。馬鹿みたいね」

「だけど、きみはメイルたちを憎んでいただろ。あの連中に媚びて、気に入られようとする方がずっと楽だったはずなのに。強くなければ、そんなことはできないよ」

「嫌いなやつに媚びるなんて、どうすればできるわけ？　信じられない」

鶚は憤然と言い放った。まったくもって血は争えない。あと何十年かしたら、鶚は椚の後を継いで、立派な権力者になっていることだろう。

「あれから楓には会ったのかい」

「うん。謝ってくれたし、許すことはできるけど、恋人どころか友だちに戻る気にもなれなかった。わたし、もう絶対に恋はしないと思う」

「そう決めつけたものでもないよ。相手がフェムとはかぎらないし」

いかにも子供っぽい思い込みの強さに鵈は苦笑する。

「わかるの。わたしはもう恋なんかしない。今日ここへ来たのは、鵺にお願いがあるからなの」

鶚は不意に恐ろしく真剣な顔つきになった。どうにもいやな予感がする。この子は何かとんでもないことを口にするのではないか。

「わたしに？」

鶚は頷き、小さく息をついてから一気に言った。

「鵺の子種をちょうだい。人工授精じゃない方法で」

いくら何でも、これは求愛の表現ではあるまい。あまりにも即物的すぎるし、大体、本人が絶対に恋はしないと宣言したばかりなのだ。つまり、これはそういう意味ではなく――。

鵺がうろたえていると、鶚はあわてて言葉を継いだ。

「今すぐってことじゃないから安心して。わたし、これから学校へ戻って勉強して博士の弟子になりたいの。その頃になったら、母も曾御祖母様もわたしが子供を持つことを許してくれると思う」

「だったら、何も相手はわたしじゃなくてもいいんじゃないのかい。NA計画が軌道に乗ったら、他にも新しいメイルが生まれてくることになるんだよ」

そして、鵺は孤独ではなくなる。クローンではないメイル、スュードから変化したメイルという新しい種族を形成することになるのだ。

「ううん、鵺がいいの。鵺みたいに優しい子がほしいから。あのね、わたしたちはこれから自分の子供の父親を自分で選べるようになるし、子種を授かるために、わざわざ生命の塔まで行く必要はなくなるの。それがNA計画の一番画期的なところなのよ」

決して不愉快なわけではないが、どうにも居心地が悪かった。言ってみれば、鵺は値踏みされたのだ。ひとりの人間としてではなく、遺伝子の提供者として。メイルになるということ、生殖に関与するということはそういうことなのだ。この先出会うフェムたちはみな同じように鵺を値踏みするだろう。このメイルは自分の子の父親としてふさわしいか、どれだけ優れた遺伝子を与えてくれるかと。

それは人間に限らず有性生殖をする生物にとっては当然のことだ。他の者より少しでも強くて適応力のある子孫を残そうとするのは本能なのだから。

だが、そうだとしたら愛はどうなるのだろう。誰かに惹かれるということ、魅力を感じるということは、その相手自身ではなく遺伝子を求めるからなのか。本人の容

姿なり人柄なりは、実のところ大して重要ではないのか。

「そんなに難しく考えないで。いやならはっきり言ってくれればいいし」

まるで鴉に心を読まれたような気がして、鶫はますますうろたえた。

「別にいやなわけじゃないよ。ちょっと驚いただけで」

「鶫ってやっぱりメイルというよりはスュードだよね。最初に会ったときから何だか不思議な感じだったもの」

スュードにとっての愛はもっと単純だった。純粋な好意と快楽を分かち合う歓びの他には何もなかった。だからこそ、フェムとスュードの愛は長続きしなかったのかもしれない。フェムは子供を生み育てるという重荷を背負う。スュードには何の責任もない代わり、フェムに対して何かの権利を主張することもできない。快楽だけの結びつきは脆いものなのだ。

「そうだね。わたしはいつになってもメイルにはなれない気がする」

「スュードってややこしいよね。青鷺叔母さんを見てるとそう思う」

青鷺を叔母と呼ぶことに、鶫は未だに抵抗を感じるのだが、鴉にとっては幼い頃から慣れ親しんできてごく自然なことなのだろう。

「わたし、秘密を知ってるんだ」

鴉はわざとらしく声を潜めてから囁きかけてきた。

「叔母さんは博士に恋をしてるの。もう十年以上も前から」

「博士はそのことを知ってるのかい」

鶫が思わず聞き返したところへ、当の躑躅が戻ってきた。大げさでなく、今にも踊り出しそうに見えるほど全身に喜びをみなぎらせている。

「ありがとう、鶫。あなたがわたしとNA計画を救ってくれたのよ」

「わたしのことも忘れないでくださいね、博士」

鴉が澄ました顔で口を挟んだ。

「もちろんよ。あなたが議長に話してくれたおかげだもの」

「じゃあ、話はすんだから帰ります。例の件はよろしくお願いしますね」

鶫と躑躅を意味ありげに見比べてから、鴉は部屋を出て行った。ほんの一瞬、訳知り顔の笑みが浮かんだのを鶫は見逃さなかった。

「あの子に何を言われたの」

「わたしの……子種をくれと」

人工授精じゃない方法で——それは愛の行為なのか、愛のない行為なのか。それとも、そこまで深刻に考える必要はないのか。

躑躅は笑いだした。

「あんまり真に受けないで。鶚はまだ十六なんだから。大学を卒業する頃には気が変わってるかもしれないでしょ」

「ところで、例の件というのは何ですか」

「卒業したら、弟子にしてくれというの。その代わり、母や祖母に掛け合って、わたしの研究を全面的に援助させるからって」

「いっぱしの策士というわけですか。鶚と議長はよく似ているような気がしますよ」

「あなたもそう思う？　あのふたりの精子提供者は同じ系統なんじゃないかしら」

クローンであっても世代が違えば別の個体と見なされるが、あまり近い血縁で同一系統が重ならないようにある程度の配慮はしているという。ただし、何分にもメイルたちには二十の系統しかない。時には、祖母と孫や叔母と姪が同じ系統の父親を持ってしまうこともある。それが何世代も続けば、いずれは血が濃くなり過ぎる弊害が目に見える形で現れることも考えられる。だからこそ、躑躅はＮＡ計画を成功させたかったのだ。

「本当にありがとう。あなたはわたしのふたり目の恩人よ」

「ひとり目は誰です」

「青鷺よ。あの人がわたしの命を救ってくれたから、今のわたしがいるの」

躑躅の口調には何の屈託もない。おそらく、青鷺の気持ちには気づいてもいないのだろう。研究室で寝泊まりする変人、と本人が言っていたくらいだ。自分に対して、そんな感情を抱く者がいるとは想像もしていないにちがいない。

青鷺との間で何があったのか尋ねてよいものかどうか、鶫はためらった。

ふと見ると、木彫りの小鳥がいつの間にか窓の外を向く格好になっていた。鶚のいたずらだ。鶫は立っていって位置を直した。物言わぬ木の塊でありながら、この鳥が不在の間も部屋を見守っていてくれたような気がする。

「申し訳ないけど、引っ越しは延期ね。これから忙しく

なるわよ」

「何でもしますよ。わたしは協力者なんですから」

ここを出て行かなくてすむことに、心のどこかでほっとしていた。この部屋に愛着めいたものを感じていたし、メイルとして社会の一員になることに鶇はまだ自信が持てずにいた。いつかはそうしなければいけないのはわかっていたが、もう少し心の準備をする時間がほしかった。

忙しくなる、というのは大げさどころか、むしろ控えめな表現だったことがすぐに判明した。NA計画の志願者の数は躑躅の予想をはるかに上回っていたのだ。本人よりも母親が熱心な場合も多かった。鶇はつい自分の母の姿を重ねてしまい、苦い思いになった。太母市のスュードたちは比較的公平な扱いを受けているとはいっても、やはり生殖能力のない子供を産んでしまうことは肩身が狭いのか。

志願者は慎重に選ぶ必要があった。スュードの中には性染色体に何らかの異常のある者が少なからずいたからだ。実は自分がどれほど幸運だったのか、鶇は今さらながらに思い知らされた。染色体が正常でも、次は年齢や健康状態が問題になる。被験者は十五歳から二十五歳までの間に限定された。それ以下の年齢だと生殖能力を確認できるまでに時間がかかるし、それ以上の年齢だとかなり深刻な症状が予想されるという判断だった。

鶇は躑躅の助手として志願者の選考に関わり、時には本人たちと面接した。鶇の存在自体が、メイルになるということがどういうことなのかを、これ以上はないほど明快に示していたからだ。NAウイルスに感染し、メイルに変化する過程が楽なものではないことも率直に話した。中にはその段階で諦める者もいた。

最終的に三十人ほどの被験者が決定し、そのうちの五人が最初にNAウイルスを接種された。十代が三人、二十代がふたりだ。年上のふたりは青鷺の部下で、メイルになってからも今の仕事を続けたいという。十代の三人は学生だった。顔立ちもまだ子供っぽく、おそらくアンドロゲンの投与も受けていないだろう。

発症した被験者の世話をするのも鶇の仕事になった。ウイルスに免疫があり、症状を詳しく知っていて、どう対処したらいいのか弁《わきま》えている者は他にいないのだ。躑躅の見立て通り、十代の被験者たちの症状は軽かった。熱もそれほど上がらず、一番症状がひどかった時期でも、軽口を叩けるほど余裕があった。

二十代のふたりには重い症状が現れた。特に、年長の蓬《ヨモギ》は鶫の時以上に深刻な状態に陥り、四十度以上の高熱が丸二日も続いた。初めのうちはすすり泣きながら譫《うわ》言《ごと》を口走り、錯乱して暴れようとするので仕方なくベッドに縛りつけなければならなかった。翌日にはそんな体力すらなくなって、浅く苦しげに息をつきながら力なく横たわっているだけになった。

生き延びられないのではないかと鶫は不安を覚えた。もし、ここで犠牲者が出たら、計画は再び中止させられるかもしれない。

躑躅のためだけでなく、鶫自身のためにも成功してほしかった。ここにいる被験者たちは自分の仲間なのだから。

幸いなことに、三日目の朝には蓬の熱は下がり始めた。やつれて肉の落ちた顔に無精髭が伸びかけているのに気づいて、鶫は思わず微笑んだ。自分はもう異端者ではない。新しいメイルが生まれたのだ。

安心すると同時に、激しい疲労感に襲われた。被験者たちのそばに付き添っている間、ほとんど寝ていなかったのだ。そのあと十二時間近く、鶫は前後不覚に眠った。

「この先もこんな調子じゃ、身体がもちませんよ」

つい愚痴をこぼすと、躑躅は自信たっぷりに請け合ってみせた。

「大丈夫よ。人手なら増やせるから。あなたの負担も減らせると思う」

それからまもなく、赤ん坊を抱いた鶚が鶫の部屋を訪れた。長い冬も終わろうとしていた。街路には新しい緑が芽吹き始め、彼方の山脈の雪は消えかけていた。

赤ん坊は生後三か月ほどだろうか。丸々と太って血色もよく、鶫を見上げて無心な笑顔を見せた。

「博士に頼まれて手伝いに来たの。わたしが鶫の助手よ。よろしくね」

鶚は涼しい顔で言った。学校へ通うかたわら、ここで躑躅の弟子として修行するのだという。

あの時、〈領地〉にいたフェムたちはNAウイルスに耐性を獲得していた。一定期間が過ぎれば、潜在的な感染源になることもない。鶫の助手を務めるにはもってこいというわけだった。

「その赤ちゃんは？」

「楓の産んだ子よ。谺《コダマ》というの。メイルの子ってフェムやスユードとはやっぱり違うみたいね。ミルクもたくさん飲むし、泣き声も大きいの」

「でも、どうしてきみが？」

「さっき鋼のところへ行ってきたのよ。あいつのことは今でも大嫌いだけど、息子に会うと、すごく嬉しそうな顔をするの。少しだけいいことをした気になる」

あれから楓はずっと具合がよくないのだそうだ。鶚ははっきり口に出さなかったものの、単なる体調の問題ではなさそうだった。おそらく、心を病んでしまったということなのだろう。

「楓の家はあんまり余裕がなくて、お母さんも伯母さんたちも赤ちゃんの世話ができる状態じゃないの。だから、わたしが曾御祖母様にお願いして、うちで引き取ることになったわけ。今ではこの子も椚の一門よ」

太母市で一門という言い回しを使うのは名家の者だけだ。鶚も自分の生まれに心からの誇りを抱いていた。

「博士が言うにはね、メイルの子にはロールモデルが必要なんですって。つまり、お手本を示せる人ってこと。昔は父親がその役を果たしていたらしいけど、鵜がそうなってくれたら嬉しいと思う」

「わたしはそんな立派な人間じゃないよ」

鵜は苦笑した。子供を略奪者にしたいと思う母親はまずいない。鶚は鵜の過去を知らないのだ。

「博士も同じ考えよ。新しいメイルの中では鵜が一番年上だし、種族の代表としてもふさわしいって」

ずいぶんと買いかぶられたものだ。だが、自分たちに期待されている役割は、かつての〝男性〟がそうだったような支配者や指導者や猛々しい雄ではない。略奪者であり、あの虐殺の場に居合わせたからこそ、鵜が暴力を嫌悪していることを躑躅は見抜いているにちがいない。

赤ん坊が不機嫌な唸り声を上げたかと思うと、けたたましく泣き始めた。

「お腹が空いたみたい。ちょっと行ってくるね」

鶚はあわただしく部屋を出て行った。

新しいメイルのひとりで十七歳の山査子《サンザシ》も鵜の仕事を手伝うと申し出た。先に変化したものが後の者の面倒を見るのがNA計画のしきたりになるのかもしれない。

初夏を迎える頃には、三十人の志願者は全員がメイルに変化した。すでにクローンの系統の数を上回っている。遺伝子のバリエーションとしても十分だと見なされ、NA計画はいったん休止されることに決まった。新しいメイル――ネオ・アダムたちが社会の一員として受け入れられるかどうかは、今後の行動にかかっていた。

鵜は今度こそ外の世界へ出て行かなくてはならなかっ

た。振り返ってみれば、太母市へ来てからほとんどの時間をここで過ごしてきたのだ。最初は身ひとつだったのに、いつの間にか細々とした身の回りの物が増えてしまっていた。

当面の間、新しいメイルたちは一棟の共同住宅に集まって暮らすことになっていた。隔離も監視もされないし、街の人々との交流も自由だった。ただし、何か問題が起きた場合は自分たちで解決しなければならない。解決できなければ評議会が介入し、状況次第では自由を制限されることもあり得る。

世話役を任された鶫の責任は重大だった。楽な仕事ではあるまい。何しろ、全員が若くて無分別な年頃なのだ。喧嘩やいざこざが絶えないかもしれないし、もっと重大なのはフェムに望まぬ妊娠をさせてしまうことだった。躑躅の話によると、失われた時代には避妊薬というものがあったのだそうだ。コンピューターにはその薬の成分や製法の詳しい記録も残っている。若いフェムは若いメイルと同じくらいに無分別だろうから、いずれ必要になるときのために、生産の準備だけは整えておくという。

初夏の長い日が暮れる頃、躑躅が鶫の部屋へやってきた。

「荷造りは終わった？」

「持っていくものは大してありませんから」

明日には鶫は他のネオ・アダムたちとともに新しい住居に移ることになっていた。

「ここも寂しくなるわね。あなたたちが出ていくし、シャオユイも帰ってしまうし」

いったん故郷へ帰ってから、シャオユイは西の方へ旅をするのだという。坤土《コンド》の西の彼方、砂漠や山を越えたところに、オイローパという土地がある。そこの人々はまた違った生殖方法を取っている。卵子の核だけを取り出して、別の卵子に注入するのだ。有性生殖と同じく二つの生殖細胞が融合することになるが、生まれてくるのはフェムばかりだ。そして、フェムだけの社会でも、やはり争いはあるらしい。メイルやスュードの場合ほど激しくはないにしても。姉妹どうしの絆がないから、とシャオユイは言う。

躑躅はＮＡ計画についての論文を一気に書き上げ、シャオユイに託した。未知の土地に住む未知の人々が興味を持ってくれたらと願ってのことだった。

「でも、あなたたちは敵どうしなのでしょう。論文を間違いなく届けてくれると、どうして信じられるんですか」

「わたしたちは科学者だもの。意見が合わなくても、お互いの知性には敬意を払うの」

生殖の方法は多様な方が望ましい。その方が人類が存続できる確率は高くなる。有性生殖、無性生殖、単為生殖、クローニング、あるいはそれ以外の方法。どんなやり方でも試してみればいい。人類には知性があるのだから――いかにも科学者らしく、躑躅はそう言った。

ＮＡ計画が順調に進めば、いずれメイルのクローン培養は中止されるはずだった。古いメイルはネオ・アダムという新しい種に取って代わられるだろう。残念ながら、ネオ・アダムたちの性染色体の変異が精子に受け継がれることはない。つまり、生まれる子供はメイルではなくスュードになるのだ。それでも、生殖に介入するプロセスを大幅に減らせる分だけ、これは大きな進歩と呼ぶべきだった。少なくとも、牛やチンパンジーの助けを借りる必要はなくなる。

「それからね……」

しばらくためらってから躑躅は言葉を続けた。

「鋼を保護区に移そうと思うの。子種の提供を強制はできないし、そろそろ老化の兆候が現れているみたいだから」

あれ以来、鋼はインターフェイスを拒み続け、無気力状態に陥っていた。食事も放っておくと自分では取ろうとしないので、職員がつきっきりで無理やり食べさせなければならない。あの巨体が縮んで見えるほど体重が落ち、髪には白いものさえ混じり始めているのだという。

「まだそんな年ではないでしょう。いくつなんですか、鋼は」

「二十歳よ。あの系統は標準より早く年を取るの」

鶫は青鷺に連れられて保護区へ行ったときのことを思い出した。二十五歳で恐ろしく老化の進んでしまったメイルは確かＨＭ‐６８だった。

「鋼はＨＭ‐６９だったのよ。クローンにもそれぞれ個性はあるの。鋼は同じ系統の兄弟とは違ってた。利発だったし、あの通りの体格だったしね。正直にいうと、わたしは特別に目をかけていた。本人が知りたがることは何でも教えてやって、読ませるべきじゃない書物までこっそり読ませていた。それが裏目に出たのね。だから、鶫や楓やあなたに起こったことは全部わたしの責任なの」

「わたしに何を言ってほしいんですか」

自分の声の冷ややかさにいくらかうろたえる。重傷を負わされた相手に好意を抱けるはずもないが、鋼のこと

はできるだけ考えないようにしていたのかもしれない。

「息子のように思っていた。たぶん不適切な感情だったんでしょうね。寝たいとは一度も思ったことがないの。鋼だけでなく、クローンたちの誰とも。今まで子供を持たないまま来てしまったのもそのせいね。母親と息子が寝るのは、過去のどんな文化でもタブーだったから。わたしはここに長くいすぎたの」

「鋼が息子なら、わたしはあなたにとって何なんです」

「昔々、フランケンシュタイン博士という科学者がいました。……いえ、本当はいなかったんだけど。なぜって、お話の登場人物でしかないから。信じられないかもしれないけど、その頃、科学は男性だけに独占されていて女性は完全に排除されていたのよ。さて、博士は生命の秘密を知りたいという情熱に取り憑かれるあまり、ついに人間には許されない領域に足を踏み入れてしまった。死体を継ぎ合わせて、自らの手で生物を創造しようとしたの」

「まさかそんな。死体が生き返るはずがないでしょう。無知な戦士でも、そのくらいのことはわかりますよ」

「もちろんこれは作り話よ。でも、とてもよくできたお話だったから、失われた時代の人々に好まれていたの。人間の思惑を超えて暴走する科学という悪夢を巧みに表現したものとして、とてもよくできていた。そして、このお話を書いたのが科学から排除されていた女性だったという事実は興味深いわ。とにかく、博士の創り出したものは神の手で創られた生き物と比べると、だいぶ見劣りがした。醜い怪物は自らの醜さを知って、創造主たる博士を憎むようになったの。……ところで、あなたはわたしを憎んでいるかしら」

「とんでもない」

鵺は思わず叫んでいた。憎むどころか、感謝してもしきれないほどだ。取るに足りないと思っていた人生に、新しい意味を与えてくれたのだから。

「つまり、わたしはフランケンシュタイン博士ほどのへまはしなかったってことね。それだけは自信があるの。怪物じゃなくて美しいメイルを造ったんだから」

「美しい……メイル？」

鵺は困惑して呟いた。

何しろ、朝の髭剃りをうっかり忘れただけで、夕方には何とも見苦しい有様になってしまうのだ。鵺は髭の生えた自分の顔が嫌いだった。未だに慣れることができない。なぜ、メイルにはこんな役にも立たない無駄な毛が

生えているのだろう。

「自分が美しいと思ったことはないの？」

「メイルは醜いと思っていました。フェムよりもスュードよりも無様で醜いと。それでも、略奪者として罰を受けるよりははるかにましでしたから」

「まったくなんて人なのかしら。自分がフェムの目にどう映ってるのかも気づいてないのね。もしあなたが醜い怪物なら、鶚がわざわざあんなことを言うと思う？」

恥ずかしさで頬が熱くなった。

「鶚から聞いたでしょ。これからフェムは人工授精をしなくても子供が作れるんだって。他のネオ・アダムたちはとっくに街へ出て生殖の相手を見つけてるのに。あなたひとりがいつまでも行動しようとしないから、どうしたものかと思っていたのよ」

鶫の表情を見て取って、躑躅は顔つきを改めた。

「でも、仕方ないわね。あなたはここではよそ者なんだし、予想外の事件もあったわけだから」

「恋人がいたんです。わたしはその人に別れを告げもせずに街を逃げ出してきました」

二度と戻れないのだ。紅娘《コウジョウ》市にもあの時の自分にも。

「今でもその人を愛してるの？」

「わかりません」

なぜ衝動的に菘のことなど口にしてしまったのだろう。街で相手を見つけようとしないことへの言い訳なのか。あるいは、生殖の道具にされることへの無意識の反感か。

「ねえ、こっちを見て。あなたの目の前にいるのは生殖可能な年齢のフェムなのよ。別に、生涯子供を産まない決意をしてるわけじゃないわ。今まではその気になれなかっただけで」

躑躅はフェムで、鶫はメイルだ。わざわざ指摘するまでもないほど当たり前の事実だった。その当たり前の事実から、鶫はあえて目を逸らしてきた。躑躅の頬や額は滑らかで皺ひとつなかったし、くたびれた実験衣の下にはまだ瑞々しい身体が隠されている。未だにメイルの手が触れたことのない身体が。

あの診察室の奥には密やかな部屋があった。感じやすい部分を巧みに愛撫して、これは楽しむためにあるのだと教えてくれた人のことを思い出す。スュードのその器官をどう呼ぶのが正しいのかは知らない。だが、メイルの器官がどう呼ばれるのかは知っている。陰茎と睾丸……子種が作り出され、外部に放出される部位。快楽の

ための行為と生殖のための行為を無理にわける必要があるのだろうか。

鶚に欲望を感じなかったのは痛々しいほど幼く見えたからだ。躑躅は違う。目の前に立っているのは十分すぎるほど成熟したフェムだ。

メイルとしての最初の行為は不首尾に終わった。躑躅の中に完全に進入してもいないうちに白く濁った液体がベッドを汚した。若いメイルにはよくあることだと躑躅は鵺を慰め、二度目の時は自分が上になった。

まるで馬にでも乗るように鵺の身体にまたがって、躑躅はけもののように呻いた。この人がそんな声を上げることがあるとは、想像もしたことがなかった。空恐ろしささえ覚えたが、快楽に没入するうちにそんなことは忘れてしまった。

これに比べれば、スュードだったときの行為など子供の戯れに思えた。実際にそうなのかもしれない。スュードは性的な成熟に達することなく一生を終えるのだ。逆に、クローンのメイルはあまりにも早く成熟し、あまりにも早く死んでいく。

熱い肉が鵺の器官を締めつけ、絶頂へと導いた。つかの間、インターフェイスに絡みつかれていたあのメイルの姿が頭に浮かんだ。自分もまた子種を搾りつくされるだけの存在に過ぎないのかもしれない。だが、圧倒的な感覚がすべてを呑み込み、押し流して、些細な疑問などあっさりと消し去った。ちっぽけな生殖細胞の塊が鵺の器官の先端から躑躅の子宮の奥へと放たれた。やがて、その小さな細胞は別の生殖細胞とひとつに融合して、新しい生命を形作ることになるだろう。

鵺が果てた後、躑躅は汗ばんだ身体で傍らに寄り添った。ここにいるのは科学者ではなくひとりのフェムだ。そして鵺もまたひとりのメイルなのだ。過去がどうあろうと。

心地よいけだるさに身を任せながら、鵺は躑躅の柔らかな身体をそっと抱き締めた。左肩に指先が触れたとき、わずかな違和感を覚えた。滑らかな肌の表面に浅くえぐれたような傷跡が走っている。

「それはね、略奪者に撃たれたの」

鵺は思わず身を引いていた。

「そんな怖い顔をしないで。別に隠してたわけじゃないの。わざわざ話す必要もないと思ったから」

「あなたもあそこにいたんですね」

闇雲に銃を乱射したあの時、自分がどれほどの人間を

傷つけ、死に至らせたのかは記憶に残っていなかった。まさか躑躅がそのひとりだったとは。偶然と呼ぶにはあまりにも皮肉で残酷なめぐり合わせだった。結局、鵺は死ぬまで罪から逃れられないのか。

「わたしはまだ学生で、ここで見習いとして働いていたの。ちょうど保育室で幼いメイルたちを寝かしつけようとしているところだった。略奪者は何人もいたから、誰に撃たれたのかは覚えていないし、今さらどうでもいいことよ。青鷺が上から覆いかぶさって守ってくれたの。そうじゃなかったら、間違いなく死んでいたと思う」

「だから、命の恩人だと」

「そう。あの人があなたを連れてきたとき、これは運命なんだと確信したの。科学者らしくもないことだけど。あなたはわたしの研究のために戻ってきてくれたんだって」

復讐というわけではあるまい。躑躅は根っからの科学者だ。成功の見込みのない実験をするはずはない。それでも、鵺を最初の被験者に選んだことには、ある種の懲罰の意味が含まれていたように思えた。

「わたしは少しでも罪を償ったことになるんでしょうか」

鵺はみじめな口調で呟いた。

「それ以上のことをしてくれたわ。今のあなたはかけがえのない人なのよ。NA計画の中心人物で、わたしの子供の父親になるんだもの」

躑躅は鵺の頬を両手で挟み、そっと唇を重ねてきた。

「もう苦しむのはやめて。お願いだから」

過去を消すことはできなくても、犯した罪を知った上でこの人が受け入れてくれているのなら、自分は許されていることになるのではないか——。鵺はそう信じたかった。

カーテンを閉め忘れた窓から、沈みかけた月の光が差し込んでいる。真夜中近い時刻のようだ。なぜ目を覚ましたのかわからなかった。しばらくして頭がはっきりしてくると、躑躅がいなくなっていることに気づいた。鵺は起き上がって服を身につけた。ドアだ。たぶん、躑躅が出ていくときにドアが開閉する音で目が覚めたのだろう。

下の方の階から、あわただしい足音が聞こえてくる。切迫した空気が生命の塔全体に立ちこめているように感じられた。メイルたちの襲ってきたあの晩のことを思い出して、にわかに不安に駆られ、鵺はあわてて廊下に出

た。いつもの通り、照明がついていることにとりあえずほっとする。少なくとも、一刻を争う緊急事態というわけではなさそうだ。エレベーターの方へ歩いて行くと、蘇鉄《ソテツ》というスュードの職員と話をしている躑躅の姿が目に入った。

「何かあったんですか」

躑躅は鵺の方を振り返った。緊張してはいるものの、落ち着いた表情に見えた。

「ごめんなさい。起こすつもりじゃなかったんだけど」

「略奪者の襲撃があったんです。もう撃退しましたから心配はありません」

蘇鉄が横合いから口を出した。当然ながら、何の悪意もない口調だったが、顔から血の気が引く思いがした。何をするつもりなのか意識してもいないまま、鵺は衝動的にエレベーターに飛び乗っていた。

成熟前のメイルのいる階で下りると、馴染みのある臭いが鼻をついた。硝煙と流されたばかりの血の臭いだ。目の前にあの悪夢のホールが広がっていた。床にしたたり落ちた血のしみが廊下に沿って点々と続いている。傷ついたのは襲撃者なのか守備隊なのか。

「鵺か」

背後で青鷺の声がした。

「誰か怪我をしたんですか」

「こちらに負傷者は出ていない。略奪者も大半は逃げ去った。残りも身柄を拘束したが、ひとりだけ手傷を負って身を隠している者がいる。おまえも捜してくれ」

「わかりました」

お互いに余計なことは言わなかったし、言う必要もなかった。

血の跡は廊下がカーブした先で見えなくなっていた。逃亡者自身が目印を残してしまっていることを悟ったのだろう。鵺は手がかりを失って立ちつくした。廊下の片側に並んだドアには鍵がかかっていたし、ホールの出口は戦士たちに固められている。逃げ場はどこにもないように思えたが、ふと見ると、ドアの列が途切れて壁が浅く窪んでいる部分が目についた。その奥に、大人が身を屈めてやっと通り抜けられるほどの小さなドアがついている。取っ手を掴むと軋みながら開いた。戸口の内部は暗闇で、足元は階段ではなく狭くて急なスロープだった。ゴミの悪臭がどっと押し寄せてくる。再利用できない廃棄物を積んでおくための場所らしい。闇の中に何者かが潜んでいる気配があった。耳を澄ませると、荒く苦しげ

な息遣いがかすかに聞こえてくる。

「誰かいるのか」

返事はなかったが、相手が息を詰めるのが感じられた。

「危害は加えない。怪我をしているなら手当をしてやる」

鶫はゆっくりと戸口に踏み込んでいった。おそらく、傷ついた略奪者は抵抗する力もないほど弱っているはずだ。こちらが攻撃される危険はほとんどあるまい。床にいくつもの山をなしている廃棄物が、ホールから差し込む薄明かりに浮かび上がっている。すさまじいばかりの悪臭に鶫は胸が悪くなった。たとえ略奪者であろうと、こんなところで死を迎えるのはむごすぎる。

左目の視力を失って以来、無意識のうちに顔の右半分を前に向ける癖がついていた。視界の左の隅で何かが動くのを捉えたときはすでに手遅れだった。轟音とともに、弾丸が身体のそばをかすめていき、太腿の外側に焼けつくような感覚が生じた。だが、それが最後の抵抗だった。小さく硬い音を立てて、銃がコンクリートの床に落ちた。

鶫はゆっくりと近づいていった。ゴミの山から流れ出した汚水に顔を突っ込むようにして、略奪者はうつぶせに倒れていた。スュードにしては小柄だ。乏しい灯りでは顔の見分けはつかなかったが、突然、鶫は恐ろしい不安に駆られた。何か取り返しのつかないことが起こってしまったという予感がした。呼吸が苦しくなり、耳の底で心臓の鼓動が聞こえた。

勘違いだ。そうに決まっている。この略奪者に見覚えがあるなどということがあるはずはない。ここにいるのは会ったこともない他人だ。どこか見知らぬ街から来た名も知らぬ戦士だ。

傍らに跪いても、略奪者は身動きしなかった。すでに息が絶えたのかと思ったが、肌に触れるとまだ温かかった。血と汚水にまみれた身体を鶫はそっと抱き上げた。

確かに覚えている。前にも一度この身体を抱き上げたことがある——。執拗に囁きかけてくる声に虚しく抗おうとする。

それも、外の通路に出るまでの間だった。明るい光の下では、もはや事実から目を逸らすことはできなかった。

「竜胆《リンドウ》……」

かすれた声で呼びかけると、かつての友人はうっすらと目を開けて鶫の顔を見上げた。

「誰だ」

「わたしがわからないのか」

「なぜわたしの名前を……」

竜胆には鶫の顔を見分けられないのだ。傷のせいで意識が朦朧としているのか、それとも、メイルになった鶫があまりにも面変わりしてしまったからなのか。どちらにしろ、もう時間は残されていなかった。

「大丈夫か、鶫。銃声が聞こえたが」

青鷺がこちらへ駆け寄ってくる。

「友人なんです。わたしの友人だったんです」

鶫は呆然と呟いた。涙が幾筋も頬を伝い、穢れを浄めようとでもするように、冷たくなった竜胆の身体に落ちた。

鶫が略奪に行かなければ、他の誰かが行かされる。紅娘市には子種をもたらすメイルが何としてでも必要なのだ。最初から予想はできたはずなのに。竜胆は鶫の身代わりになったのだ。あの時、柘榴の命令に従っていれば、竜胆ではなく鶫自身がここで死体になって横たわっていただろう。

略奪者の死体は汚物と同じく、市民の目に触れさせるべきではないものと見なされる。竜胆はすぐに青鷺の部下たちの手で市の門から外へ出された。外壁沿いに裏手へ回り込むと、地面が黒く焼け焦げた場所があり、薪の山が高く積まれていた。略奪者にまともな葬儀は許されない。死体は夜明けと同時に火葬にされた後、ゴミや動物の死体と一緒くたに埋められるのだ。

青鷺は鶫が竜胆のそばに付き添うことを黙認してくれた。火が消えて、清掃人が焼け残りを片づけるまでの間、骨を拾ってもかまわないとも言った。

短い夏の夜はすでに白みかけていた。薪の山の上に横たえられた竜胆の骸は、生きていたときよりもさらに小さく見えた。

いっそあの時、竜胆が自分で口にしたようにとどめを刺していればよかったのだ。略奪者としてみじめな死を遂げるくらいなら、友人の手にかかる方がまだましだったのではないか。他ならぬ竜胆自身がそれを望んでいたのだから、

良心のとがめなどという立派なものではない。ただ自分の手を汚したくない、罪悪感に苦しみたくないという身勝手な感情にすぎなかった。

結局、鶫は罪を犯すまいとして、さらに罪を重ねてしまったことになる。竜胆を殺したのは鶫だ。

木の間越しに差し込む朝日がこれ以上もなく残酷に感じられた。友人だった竜胆、故意に我が身を傷つけてまで鶫を逃がしてくれた竜胆は、名もない略奪者として最

期を遂げ、永遠にこの世から消え去ろうとしている。

そして、竜胆が死んだ後も、略奪は続くだろう。メイルを奪うため、自分たちが生き延びるために。

背後から足音が近づいてくる。鶫は涙を拭ってから振り返った。略奪者の死を嘆き悲しむのが好ましくないことだと察するだけの分別はあった。

青鷺が清掃人らしいスュードを伴ってこちらへやってくる。鶫は黙って頭を下げた。

「博士がおまえを心配していた。戻った方がいいぞ」

「はい。勝手な真似をして申し訳ありませんでした」

清掃人が薪の山に火をつけようとしている。立ちのぼる炎に背を向けて、鶫は重い足取りで門の方へ歩き出した。

今回の襲撃が失敗に終わったからには、柘榴はまた略奪部隊を送ってくるだろう。これからも略奪は終わることがない。

しかし、本当にそうなのか。不意に、鶫は足を止めた。躑躅が言ったように、自分がここへ来たのが運命ならば、それは略奪をやめさせるためだったのではないか。そのためにこそ、ＮＡ計画に志願してメイルになったのではないのか。

ひとつの考えが形を取り始めていた。鶫は再び歩き出した。重い足取りではなく、急ぎ足になっていた。一刻も早く、躑躅と話がしたかった。

再会

街を旅立った日は朝からまぶしい日差しが照りつけていた。暑い一日になりそうだった。

青鷺《アオサギ》の手配してくれた行商人のトラックは、街を出発した時点からどうも雲行きが怪しかった。エンジンは弱々しい唸りを上げ、数キロ進むごとにスピードが落ちては思い出したように回復した。こんな調子で無事にたどり着けるのかと不安を覚えずにいられない。

中年の運転手は陽気なフェムで、何の悪意もなく鶫《ツグミ》をメイルのお客さんと呼んだ。後ろの荷台には金属製品が山積みにされている。鍋釜や包丁、鋏から、畑仕事に使う鍬や鋤まで。市から市へと金物を行商して回るのがいつもの仕事なのだ。

「紅娘市《コウジョウ》へ行きたいですって」

鶫の提案を聞いて、躑躅《ツツジ》はさすがに驚いたようだった。

「NA計画の志願者を太母市《タイボ》以外からも募る気はありませんか。略奪する代わりに、若いスュードを太母市に送るように呼びかければ、もう血が流されることはなくなります」

「それは評議会の許可を得る必要があるわね」

椚《クヌギ》に橋渡しをする役は鶚《ミサゴ》が喜んで引き受けてくれた。鶫には太母市の評議会の使者という身分が与えられ、椚の直筆の書簡を携えて紅娘市へ向かうことになった。

危険は覚悟の上だったが、勝算は十分にあると鶫は踏んでいた。柘榴《ザクロ》は決して愚かではない。冷徹な権力者であり、個人的な感情よりは打算で動く人間だ。鶫への復讐心よりは略奪をせずにメイルが手に入るという利益を優先させるだろう。

旅人たちの情報によれば、紅娘市では略奪の失敗によって柘榴の地位が揺らぎ始めているという。鶫の提案は権力を回復する絶好の機会になるはずなのだ。

出発の前夜、鶫は青鷺とふたりだけでしばらく話をした。

「正直に言うぞ。おまえを一度も憎んだことがないと言えば嘘になる」

「そうですか。それを聞いて安心しました」

「安心か」

青鷺はわずかに苦笑した。

「ええ。わたしがあなたの立場なら、憎まずにいられないだろうと思っていましたから」

「おまえを被験者に推薦したのは、取るに足りない人間だったからだ。卑しい略奪者が死んだところで、惜しむ者はいないだろうからな。博士の前では口にできなかったが、実験が成功するとも思っていなかったのだ。だが、今は違う。おまえにもしものことがあったら、博士や鴨は悲しむだろう。いいか、鶫。必ず生きて戻ってこい。無茶はするな。危険だと思ったら迷わず逃げろ。英雄になろうなどとは考えるな」

「わかっていますよ。わたしはそんな柄ではありませんから」

躑躅は今、鶫の子を身ごもっている。青鷺は心穏やかではないのかもしれないが、自分の思いを表に出すことは決してあるまい。

トラックは街道沿いの街や村に立ち寄りながら、のんびりと西へ走り続けた。別に急ぎの旅ではないし、行商人にとっては鶫の使命などより自分の商売が優先なのは当然のことだった。

日は中天にかかり、暑さは耐えがたいほどになっていた。エンジンの調子はますます悪化し、ついには歩いた方が速いのではないかと思うほどまで速度が落ちた。

「ああ、こりゃまずいねえ」

暢気な行商人もさすがに眉根を寄せた。

街道の両側は山の斜面で樹木が鬱蒼と生い茂っている。近くに人家はなさそうだ。ここから紅娘市までは二十キロ前後だろうか。徒歩でも行けなくはない距離だが、この炎天下を延々と歩くのは避けたかった。

「悪いんだけど、電話を借りに行ってくれないかね、メイルのお客さん。組合の本部に助けをよこすように伝えておくれ。わたしは車の番をしてるから」

この斜面を上がったところに小さな村があるのだという。言われるままに山道をたどっていくうちに、あたりの景色に何となく見覚えがあることに気づいた。懐かしい煙の匂いがかすかに前方から漂ってくる。

雑木林を抜けると、畑と丸太小屋が目の前に現れた。まさか、ここに戻ってくることがあるとは思ってもいなかった。暑さのせいか、人の姿は見当たらなかったが、ひとりだけこちらに背を向けて井戸の水を汲んでいる者がいた。長い髪が背中の半ばほどまで流れ落ちている。

「こんにちは。電話を貸してもらえませんか」

孔雀《クジャク》はポンプを動かす手を止めて、ゆっくりと振り返った。ほんの一瞬、怪訝そうな表情を浮かべてから笑顔になった。

「ああ、あなたでしたか」

事情を話すと、修理工をしていたという村人がトラックの様子を見に行ってくれた。行商人の組合ではあいにく車が出払っていて、明日の朝までは対応できないということだ。

結局、鶫は行商人とともに村で一夜を過ごすことになった。積み荷をほったらかしにはできないので、村人たちに手伝ってもらってトラックから下ろしてきた。鍋や農具はここでも需要がある。行商人は転んでもただでは起きないというわけだ。

「鶫、鶫だよね」

こちらへ駆け寄ってくる子供は双子のどちらだろう。

「きみは……」

「薊《アザミ》だよ。すごいや。鶫は本当にメイルになったんだね。行商人のおばさんが言ってたとおりだ」

太母市でスュードがメイルになったという噂はこの村にも伝わっていたようだ。

「メイルって子供を作れるんだよね。鶫はもう作ったの。どんな感じなの」

「鶫は山道を歩いてきて疲れているんだよ。少し休ませてあげなさい」

木賊《トクサ》が横からたしなめた。自分に向けられた眼差しが以前と違っていることを鶫は意識する。冷たいわけでも敵意があるわけでもないのだが、明らかに距離を置いている。自分はもうこの人たちとは違う種族になってしまった。仕方がないのだとわかってはいても、寂しさを覚えずにいられなかった。ここで静かに暮らしたいというささやかな夢は、もはや決して叶うことはないのだ。

双子のもうひとりは姿が見当たらなかった。

「葵《アオイ》はどこだい」

何気なく訊いたとたんに、薊の表情がこわばった。

「知らないよ、あんなやつ」

吐き捨てるようにそう言うと、薊は雑木林の方へ走っ

ていってしまった。

「すまないね。ここのところ、ふたりとも様子がおかしいんだよ」

木賊は困惑している。子供たちを扱いかねているのが見て取れたが、あれこれ詮索するのもためらわれた。

日が西に傾く頃、子供たちはようやく木賊の小屋に戻ってきた。お互いに目を合わせないようにしていたし、夕食の席でも離れて座り、言葉を交わそうとはしなかった。冷戦状態というわけだ。鵺を気遣って、木賊があれこれと話しかけてくるのが、かえって気の毒に思える。陽気な行商人はどこか別の家でもてなされていた。

以前はまったく見分けがつかなかったのに、今では双子の外見の違いは明らかだった。髪を長く伸ばし、フェムのようなワンピースを身につけているのが葵、髪を短く刈り上げ、半ズボンとシャツを着ている方が薊だ。鵺をことさら無視するのが葵、熱っぽい視線で見つめるのが薊といってもいい。

「ぼくも大きくなったらメイルになるんだ」

薊が高らかに叫んだのが、戦いの始まりを告げる合図になってしまった。

「いやだ。メイルになんかなりたくない。毛むくじゃらだし、変な臭いがする」

葵が鵺を睨みつけながら言い返した。場が凍りつき、木賊が言葉を失っている間に、薊が叫んだ。

「馬鹿。せっかく鵺が来てくれたのに、何てことを言うんだよ」

「メイルなんて大嫌いだ。前の鵺の方が好きだったのに」

葵の目には涙がいっぱいに溜まっている。鵺は胸を突かれた。生殖能力と引き替えに、自分は確かに何かを失ってしまったのだ。葵は荒々しく席を立つと、つむじ風のように階段を駆け上がって屋根裏に姿を消した。

後に残された三人はほとんど無言のまま食事の後かたづけをした。木賊が葵の様子を見に行った後、薊はぽつんと呟いた。

「あいつはおかしいよ。役立たずのスュードなんてどこがいいんだ」

スュードは役立たずだ。だから、鵺もこの子たちも母親に捨てられた。汚い仕事をさせられ、無価値でむなしい人生を送って死んでいく――。

かつては鵺自身がそう思っていたのだ。いったい、この子に何を言ってやれるだろう。

「わたしはここにいない方がいいみたいだね」

鶫は薊をその場に残して外へ出た。

初夏の太陽はようやく沈んだところだった。黄昏の中で、村人たちは畑の草取りをしたり、家畜に餌をやったりしている。一軒の家の外に人だかりができているのは例の行商人だ。人目をはばかることなく、鶫はまっすぐに孔雀の家へ向かった。

「こんばんは。今夜はこちらに泊めていただけませんか」

「ええ、喜んで」

戸口に立った人は微笑んで、鶫を家の中に招じ入れた。

相変わらず壁際には所狭しと作品が並び、床には木屑が散らばっている。新しい木の香が気持ちを落ち着かせてくれた。テーブルに置かれている真新しいナイフは、行商人から買ったばかりの品だった。

「わたしはスュードの人生を複雑にしてしまったのかもしれません」

「そうですね。ある者にとっては選ぶことは苦痛になり、別の者にとっては喜びになるのでしょう。子供というのは物事に敏感なものですから」

ふたりはテーブルではなくベッドに並んで腰を下ろした。鶫にとってはいくらか窮屈に感じられる大きさだ。どちらからともなく、お互いの肩に腕が回された。

「あなただったらどちらを選びますか」

「メイルに変われるのは若いスュードだけだそうですね。幸いなことに、わたしは年が行き過ぎています。仮に選べるとしても、今のままの自分でいるでしょうね」

「子孫を残したいとは思わないのですね」

「わたしがメイルだったら、あるいはフェムだったら、ここにある作品が生み出されることはなかったと思います。遺伝子を残すよりも、わたしにとってはそちらの方が重要なのです」

鶫には未だに孔雀の年齢の見当がつかない。自分よりも年上なのは間違いないのだが、老成して見えることもあれば、若者のように瑞々しく感じられることもある。葵の身なりが孔雀を真似ていることに、鶫は遅まきながら気づいた。

「葵とはよく話をするのですか」

「あの子はわたしの弟子になりたいというのですよ。手先も器用だし、熱意もあるようですから、折りを見て少しずつ技を教えています。ただ、一番重要な部分は人に伝えられるようなものではありませんからね」

孔雀に問われるまま、鶫は太母市でのことを語った。鶚や鋼《ハガネ》のことや、躑躅が自分の子を身ごもっていること

とまでも。

「そうですか。あなたは父親になるのですね」

「ええ、まだ実感が湧かないのですが。失われた時代のメイルたちにとって、父親になるというのはどういうものだったのでしょうね」

フェムとメイルが人工授精ではなく昔のやり方で子供を得るようになったとしても、かつての結婚制度が復活することはありそうになかった。メイルの数はあまりにも少なすぎるのだ。父親になったメイルが子供に対して何らかの権利を主張したり、責任を負ったりするのかどうかもまだはっきりしていない。多かれ少なかれ、社会に混乱が起きることは躑躅も予想していた。

いつの間にか外の人声はとだえ、村の中は静まり返っていた。窓の外は夜の闇に覆われている。孔雀が立ち上がってランプを消し、着ているものを床に滑り落とした。

不思議なものだ。自分がスュードだったときはフェムにばかり惹かれていたのに、今の鶫は目の前にいるこの人を抱きたいと心から望んでいた。窓明かりに孔雀の裸身が白く浮かび上がる。思春期のフェムのように小さな乳房が愛らしく存在を主張し、股間の繁みから力強く突き出した肉の花びらが欲望の充足を求めていた。なぜ、スュードは醜いなどと思い込んでいたのだろう。メイルともフェムとも違っていようと、生殖能力を欠いていようと、この人はこれほどまでにも美しい。

美しい人の前で無様な我が身を晒すことが恥ずかしかった。鶫がためらっていると、孔雀が近づいてきて、シャツのボタンにそっと手をかけた。もちろん、裸のメイルを見るのは初めてだろう。鶫の身体を観察する孔雀の瞳には純粋な好奇心があふれていたが、嫌悪はかけらほどもなかった。これは芸術家の目なのかもしれないと鶫は思う。

ふたりは穏やかに愛を交わした。けものじみたところもなければ、炎のような情欲もなかった。互いを気遣い、暖め合うようにして愛撫し、短い絶頂の代わりに、優しさに満ちた歓びが長く続いた。

翌朝、鶫が目覚めたとき、孔雀はまだ眠っていた。傍らに横たわる人の身体は頼りないほど華奢に見えた。一瞬、不安を覚えてから、変わってしまったのは自分の方だということを思い出す。

失ってから初めて気づくものがある。スュードでなければ与えられない愛、得られない歓びがあることを、鶫は愚かにも今になって知ったのだ。完全なものだけが美

しいのだと思い込んでいた。スュードは子供を産めない不完全な存在であり、フェムより劣っているのだと信じていた。だが、完全さとは何だ。そんなものにどれほどの価値があるというのか。

スュードだったとき、一度でも竜胆《リンドウ》と歓びを分かち合っていればよかった。なぜ、あの頃の自分はフェムの恋人ばかりを追いかけていたのだろう。すべては手遅れだ。竜胆は死んでしまい、鶇はもうスュードではないのだから。

涙があふれてきた。朝の光の中で、鶇は声もなく泣いた。孔雀が身じろぎして起き上がり、まぶしそうな顔で笑いかけてきた。

「おはようございます。お茶をいれますよ」

涙のわけを詮索もせず、不審そうな表情も見せない。その気遣いがありがたかった。

「それでは水を汲んできますよ」

鶇は精いっぱいさりげない風を装って立ち上がり、床に散らばった服を身につけた。水瓶を抱えて外に出ると、無情なほどに青い空が広がっていた。今日も暑くなるだろう。

井戸端に近づいたとき、すぐそばの納屋の陰から誰かがこちらを窺っている気配が感じられた。視線を向けたとたんに身を隠してしまったが、長い服の裾が翻るのがちらりと目に入った。

鶇はゆっくりとポンプを押し、水瓶を満たしてから声をかけた。

「葵だろ。出ておいで」

しばらくためらってから、子供はおずおずと姿を現した。鶇のそばには寄ろうとせず、納屋と井戸の中間あたりに立ってこちらを見ている。

「あのね、鶇と村長が何をしてたか知ってるよ。アイを交わしたんだよね。大人は好きな人とそうするんだって先生が教えてくれた」

葵は大真面目な顔で言った。鶇は吹き出しそうになるのを危うく堪えた。

「ねえ、アイを交わせば相手のことがわかるの。薊とアイを交わせば、お互いにわかり合えるようになるかな」

「それは疑問だね。きみと薊はちゃんと話をした方がいいと思うよ」

「うん。わかってるけど、うまくいかないの」

まるで、鶇が毒蛇か雀蜂ででもあるかのように、葵はおそるおそる距離を詰めてきた。たぶん、この子にとっ

て、メイルは恐ろしいものなのだ。

「薊は太母市へ行ってメイルになりたいっていうんだ。メイルになって、たくさん子供を作れば役立たずじゃなくなるって。でも、わたしはいやなの。役立たずでもいいから、ここで先生やみんなと暮らしたい。薊と離ればなれになるのはいやだけど、メイルにはなりたくないの」

「薊には薊の考えがあるんだろうね。みんな自分の道を見つけていくんだ。大人になるっていうのはそういうことなんだよ」

「これから、スユードはみんなメイルになるのかな。鶫はメイルになってよかったと思ってる？」

メイルになるのは素晴らしい。きみもいつかはわかるはずだ——。そういってやるべきなのだろうか。だが、それは不誠実な答えだ。

「きみはまだ子供なんだから、そんなに急いで決めなくてもいいと思うよ。時間をかけて考えればいい」

葵は小さく頷き、意を決したように近づいてきた。伸びかけた顎髭に指先でそっと触れてから、火傷でもしたようにあわてて手を引っ込めた。

「やっぱりヘンだ。すごくヘン。声だって前と違うし」

今にもべそをかきそうな顔になっている。

「そうだね。自分でも最初のうちは変だと思ったよ。もう慣れたけどね」

「変な身体でも慣れるの？」

「フェムやスユードだって大人と子供は違うだろ。メイルはその違いが極端なだけだよ」

葵はまだ半信半疑で鶫を見上げている。

もし柘榴との交渉がうまくいって、略奪をやめさせることができたら、菘《スズナ》に会いに行こう。黙って姿を消したことを詫びた上で、メイルになった恋人を受け入れてくれるかどうか率直に尋ねよう。菘の答えがどうであれ、そこから新しい人生が始まるのだ。

鶫は改めてそう思っていた。

いつの間にか、孔雀が外へ出てきて無言でこちらを見守っていた。

伊東 麻紀（いとう まき）

SF、ファンタジー作家。主な著作に、『フォクシー・レディ』『〈ブラック・ローズ〉の帰還』『宝剣物語』『エストレリャ国異聞』『〈反逆〉号ログノート』『海賊ランスロット・華麗なる冒険』などがある。

TH Literature Series J-15

根の島

著 者　伊東 麻紀

発行日　2024年7月11日

編 集　岩田恵
発行人　鈴木孝
発 行　有限会社アトリエサード
東京都豊島区南大塚1-33-1 〒170-0005
TEL.03-6304-1638 FAX.03-3946-3778
http://www.a-third.com/ th@a-third.com
振替口座／00160-8-728019
発 売　株式会社書苑新社
印 刷　モリモト印刷株式会社
定 価　本体2300円＋税
ISBN 978-4-88375-525-7 C0093 ¥2300E

www.a-third.com

出版物一覧

アトリエサードHP　AMAZON（書苑新社発売の本）

TH Literature Series（小説）

伊野隆之

「ザイオン・イン・ジ・オクトモーフ ――イシュタルの虜囚、ネルガルの罠／〈エクリプス・フェイズ〉シェアード・ワールド」

J-14 四六判・カヴァー装・224頁・税別2300円

「おまえはタコなんだよ」。
なぜかオクトモーフ(タコ型義体)を着装して覚醒したザイオン。
知性化カラスにつつき回されながら、地獄のような金星で成り上がる!
実力派による、コミカルなポストヒューマンSF!

ケン・リュウ他

「再着装(リスリーヴ)の記憶 ――〈エクリプス・フェイズ〉アンソロジー」

四六判・カヴァー装・384頁・税別2700円

血湧き肉躍る大活劇、ファースト・コンタクトの衝撃……
未来における身体性を問う最新のSFが集結!
ケン・リュウら英語圏の超人気SF作家と、さまざまなジャンルで
活躍する日本の作家たちが競演する夢のアンソロジー!

健部伸明

「メイルドメイデン～A gift from Satan」

J-13 四六判・カヴァー装・256頁・税別2250円

「わたし、わたしじゃ、なくなる!」。
架空のゲーム世界で憑依した悪霊〝メイルドメイデン〟が、
現実世界の肉体をも乗っ取ろうとする。
しかし、その正体とは――。

涙なく泣く孤独な魂をめぐる物語。

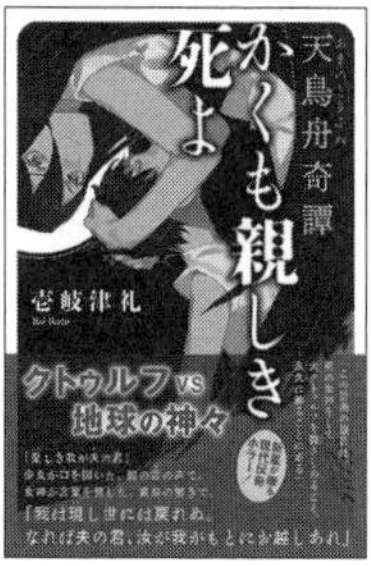

壱岐津礼

「かくも親しき死よ～天鳥舟《あまのとりふね》奇譚」

J-12 四六判・カヴァー装・192頁・税別2100円

〝クトゥルフ vs 地球の神々〟新星が贈る現代伝奇ホラー!
クトゥルフの世界に、あらたな物語が開く!

大いなるクトゥルフの復活を予期し、人間を器として使い、
迎え討とうとする神々。ごく普通の大学生たちの日常が、
邪神と神との戦いの場に変貌した――

詳細・通販は、アトリエサード http://www.a-third.com/

TH Literature Series（小説）

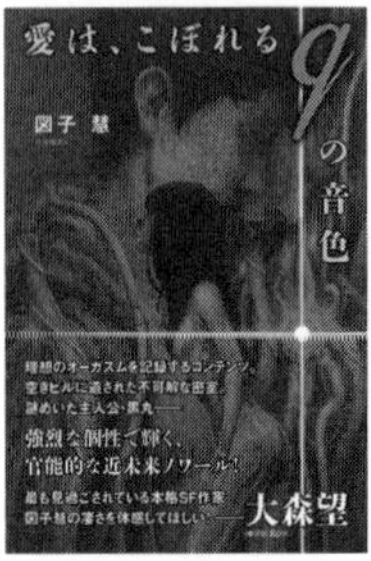

図子慧

「愛は、こぼれるqの音色」

J-06 四六判・カヴァー装・256頁・税別2200円

理想のオーガズムを記録するコンテンツ。
空きビルに遺された不可解な密室。
……官能的な近未来ノワール!

最も見過ごされている本格SF作家、
図子慧の凄さを体感してほしい!——大森望（書評家、翻訳家）

篠田真由美

「レディ・ヴィクトリア完全版1 ～セイレーンは翼を連ねて飛ぶ」

J-11 四六判・カヴァー装・352頁・税別2500円

ヴィクトリア朝ロンドン、レディが恋した相手は……
天真爛漫なレディと、使用人たちが謎に挑む傑作ミステリ
《レディ・ヴィクトリア》シリーズに、待望の書き下ろし新作が登場!

装画:THORES柴本／描き下ろし口絵付!

橋本純

「妖幽夢幻～河鍋暁斎 妖霊日誌」

J-10 四六判・カヴァー装・320頁・税別2500円

円朝、仮名垣魯文、鉄舟、岩崎弥之助……
明治初頭、名士が集う百物語の怪談会。
百の結びに、月岡芳年が語りだすと——

猫の妖怪、新選組と妖刀、そして龍。
異能の絵師・河鍋暁斎が、絵筆と妖刀で魔に挑む!

石神茉莉

「蒼い琥珀と無限の迷宮」

J-07 四六判・カヴァー装・320頁・税別2400円

美しすぎて身の毛もよだつ怪異たちの〝驚異の部屋〟へ、ようこそ—
怪異がもたらす幻想の恍惚境!

《玩具館綺譚》シリーズなどで人気の
石神茉莉ならではの魅力が凝縮された待望の作品集!
各収録作へのコメント付

詳細・通販は、アトリエサード http://www.a-third.com/

TH Literature Series（小説）

ケイト・ウィルヘルム

「翼のジェニー～ウィルヘルム初期傑作選」

伊東麻紀・尾之上浩司・佐藤正明・増田まもる・安田均 訳

四六判・カヴァー装・256頁・税別2400円

思春期を迎えた、翼のある少女の悩み事とは? ——
あの名作長編「鳥の歌いまは絶え」で知られる
ケイト・ウィルヘルムの初期から、未訳中篇など8篇を厳選。
ハードな世界設定と幻想が織りなす、未曾有の名品集!

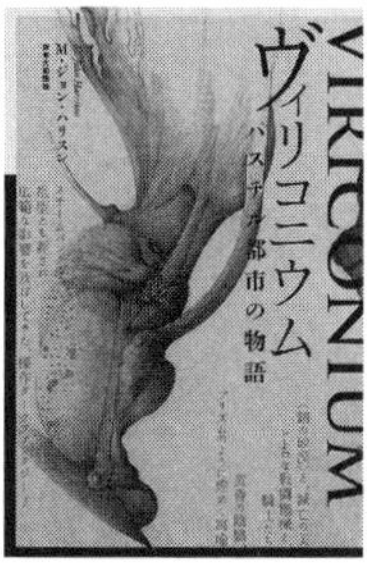

M・ジョン・ハリスン
大和田始 訳

「ヴィリコニウム～パステル都市の物語」

四六判・カヴァー装・320頁・税別2500円

〈錆の砂漠〉と、滅亡の美。レトロな戦闘機械と、騎士たち。
スチームパンクの祖型とも評され、〈風の谷のナウシカ〉の
系譜に連なる、SF・幻想文学の先行作として知られる
ダークファンタジーの傑作!

トンネルズ&トロールズ・アンソロジー

「ミッション：インポッシブル」

ケン・セント・アンドレほか著、安田均／グループSNE訳

四六判・カヴァー装・320頁・税別2500円

とてつもなく豪快な7つの冒険が待っている。
さあ剣を取れっ! 魔法を用意っ! 飛び込むのはいまだっ!!
人気TRPG「トンネルズ&トロールズ（T&T）」の世界
〈トロールワールド〉で繰り広げられる、数多の「英雄」たちの冒険!

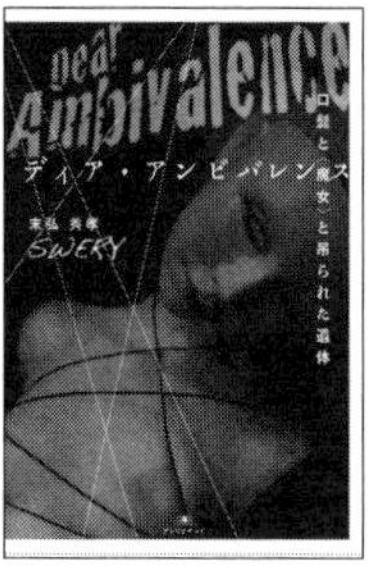

SWERY（末弘秀孝）

「ディア・アンビバレンス ～口髭と〈魔女〉と吊られた遺体」

J-09 四六判・カヴァー装・416頁・税別2500円

魔女狩り。魔法の杖。牛乳配達車。
繰り返される噂。消えない罪。
イングランドの田舎町で発見された、少女の陰惨な全裸死体。
世界的ゲームディレクターSWERYによる初の本格ミステリ!

詳細・通販は、アトリエサード http://www.a-third.com/

ナイトランド叢書（小説）

キム・ニューマン
鍛治靖子 訳

「ドラキュラ紀元一八八八」（完全版）

四六判・カヴァー装・576頁・税別3600円

吸血鬼ドラキュラが君臨する大英帝国に出現した切り裂き魔。

諜報員ボウルガードは、500歳の美少女とともに犯人を追う――。

実在・架空の人物・事件が入り乱れて展開する、壮大な物語!


◉シリーズ好評発売中!「《ドラキュラ紀元一九一八》鮮血の撃墜王」

「《ドラキュラ紀元一九五九》ドラキュラのチャチャチャ」

「《ドラキュラ紀元》われはドラキュラ――ジョニー・アルカード〈上下巻〉」

クラーク・アシュトン・スミス
安田均 編訳／柿沼瑛子・笠井道子・田村美佐子・柘植めぐみ 訳

「魔術師の帝国《3 アヴェロワーニュ篇》」

4-1 四六判・カヴァー装・320頁・税別2400円

スミスはやっぱり〝異境美〟の作家だ――。
跳梁跋扈するさまざまな怪物と、それに対抗する魔法の数々。
中世フランスを模したアヴェロワーニュ地方を舞台にした、
絢爛華美な幻想物語集!

エドワード・ルーカス・ホワイト
遠藤裕子 訳

「ルクンドオ」

3-3 四六判・カヴァー装・336頁・税別2500円

探検家のテントは夜毎にざわめき、ジグソーパズルは
少女の行方を告げ、魔法の剣は流浪の勇者を呼ぶ――。
自らの悪夢を書き綴った比類なき作家ホワイトの
奇想と幻惑の短篇集!

アルジャーノン・ブラックウッド
夏来健次 訳

「いにしえの魔術」

3-2 四六判・カヴァー装・320頁・税別2400円

鼠を狙う猫のように、この町は旅人を見すえている……
旅人を捕えて放さぬ町の神秘を描き、
江戸川乱歩を魅了した「いにしえの魔術」をはじめ、
英国幻想文学の巨匠が異界へ誘う、5つの物語。

詳細・通販は、アトリエサード http://www.a-third.com/

評論・エッセイ

井村君江

「妖精世界へのとびら～新版・妖精学入門」

四六判・カヴァー装・192頁・税別2000円

妖精の誕生・分類・系譜から、
伝説・文学・絵画・演劇などでの描かれ方まで、
その多彩な世界の魅力を、妖精学の第一人者・井村君江が
コンパクトに解説した格好の入門書!
図版多数掲載!

アーサー・コナン・ドイル
井村君江 訳

「妖精の到来～コティングリー村の事件」

ナイトランド叢書4-2 四六判・カヴァー装・192頁・税別2000円

〈シャーロック・ホームズ〉のドイルが、妖精の実在を世に問う!
20世紀初頭、2人の少女が写し世界中を騒がせた〝妖精写真〟の
発端から証拠、反響などをまとめた時代の証言!
妖精学の第一人者・井村君江による解説も収録。

樋口ヒロユキ

「恐怖の美学～なぜ人はゾクゾクしたいのか」

四六判・カヴァー装・320頁・税別2500円

妖怪、UFO、心霊写真、美術、漫画、小説、映画……
多様な書物、文化を縦横に読み解いた〝恐怖のワンダーランド〟!

「恐怖は、人間らしい魅力に満ち溢れ、
私たちの生に未来を与える感覚だ」

東雅夫氏推薦!

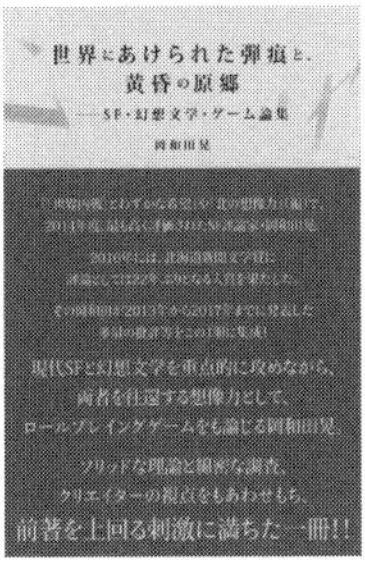

岡和田晃

「世界にあけられた弾痕と、黄昏の原郷 ～SF・幻想文学・ゲーム論集」

四六判・カヴァー装・384頁・税別2750円

現代SFと幻想文学を重点的に攻めながら、両者を往還する
想像力として、ロールプレイングゲームをも論じる岡和田晃。
ソリッドな理論と綿密な調査、クリエイターの視点をもあわせもち、
前著『「世界内戦」とわずかな希望』を上回る刺激に満ちた一冊!!
★『「世界内戦」とわずかな希望～伊藤計劃・SF・現代文学』電子版好評配信中!

詳細・通販は、アトリエサード http://www.a-third.com/

根の島　目次

カバー・扉／オブジェ及びイラスト：山下昇平

根の島

neno
shima

伊東麻紀
ITO Maki

アトリエサード